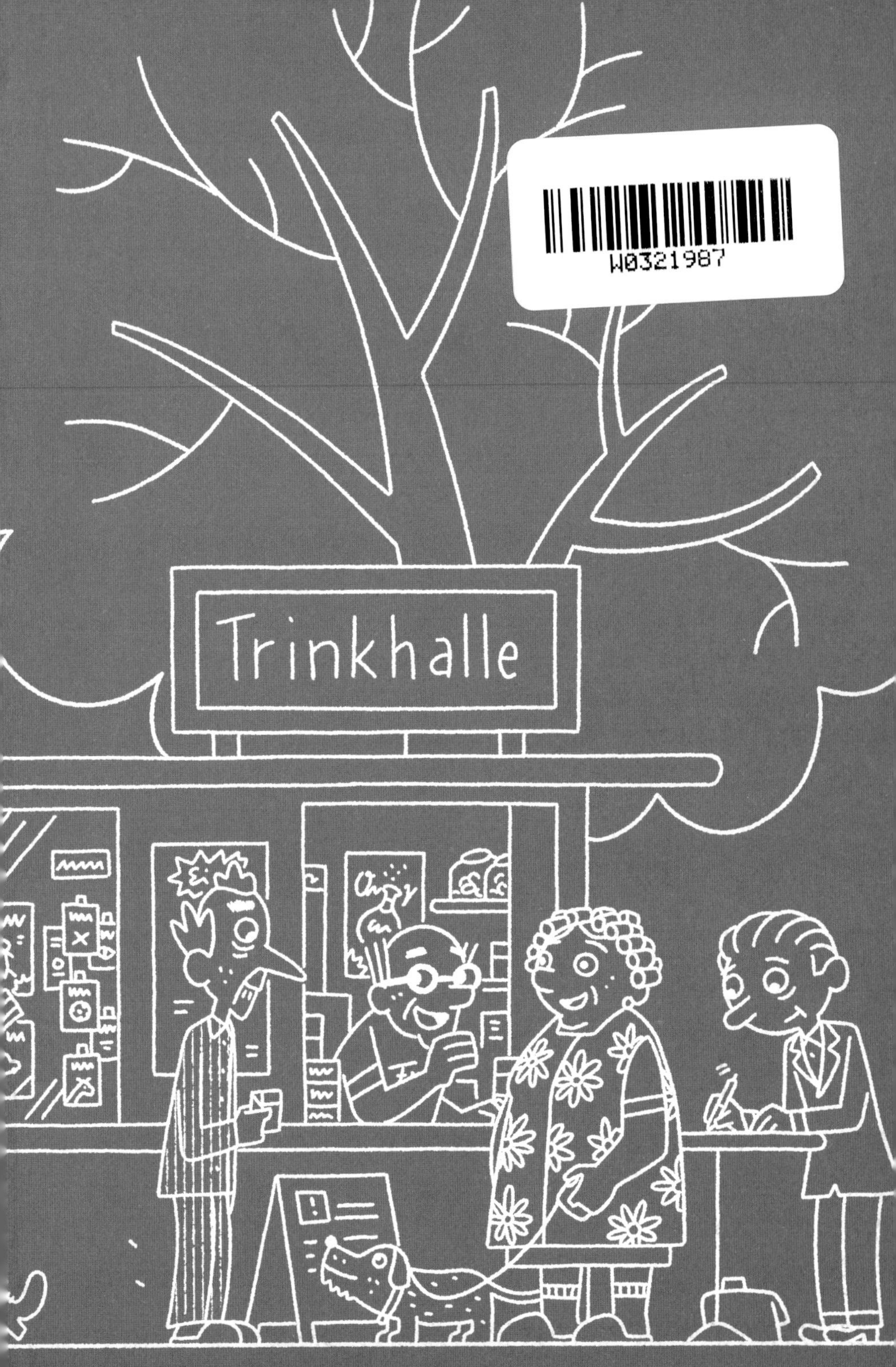
Trinkhalle

Für Emil.
Der mir seinen Namen geliehen hat.
Und für Rüdiger.
Der ganz zufällig auch Bertram heißt, aber kein bisschen fies ist, sondern ein richtig toller Kinderbuchautor.

Die Arbeit an diesem Buch wurde mit einem Stipendium des Hessischen Ministeriums für Wissenschaft und Kunst gefördert.

MIX
Aus verantwortungsvollen Quellen
FSC® C022120
www.fsc.org

5 4 3 2 25 24 23 22 21

ISBN: 978-3-649-61511-8

Vermittelt von: Literatur Agentur Hanauer

Text: Jutta Wilke
Illustrationen und Umschlaggestaltung: Ulf K.
Lektorat: Anja Fislage
Satz: Sabine Conrad, Bad Nauheim
Printed in Slovakia
www.coppenrath.de

Das ebook erscheint unter der ISBN: 978-3-649-64088-2.

Jutta Wilke

Das Karlgeheimnis

Ein Fall für die Detektivin und mich

Mit Illustrationen von Ulf K.

COPPENRATH

Das total geheime Notizbuch

von

Emil K.

Karl

Alter: Weiß ich nicht so genau. Auf jeden Fall älter als Frau Wischnewski.

Frisur: Keine. Also keine Haare. Fast keine.
Nur über den Ohren und hinten ein paar weiße Haare, die immer zu schnell wachsen. Dann kommt Silke und schneidet die Haare wieder ab. Damit es ordentlich aussieht, sagt Karl.
Im Sommer hat Karl einen Strohhut auf dem Kopf, dann sieht man nicht, dass er fast keine Haare mehr hat.

Kleidung: Eine Brille mit runden Gläsern. Ein T-Shirt, meistens orange.
Mit Werbeaufdruck. Im Winter so eine geriffelte Jacke drüber.
Mama sagt, der geriffelte Stoff heißt Cord. Die Hose ist auch aus dem geriffelten Cord.

Merkmale: Karl gehört das Büdchen unten an der Ecke.
Da verkauft er Kaffee, Zigaretten, Zeitungen und Bier.
Eis und Cola gibt's auch. Und Lollis.
Kommt aus Prag. Das ist die Hauptstadt der Tschechischen Republik.

1. Kapitel

In dem ein abgerissener Finger noch nicht gefunden wird, Frau Wischnewski Paul mit Hundekuchen füttert und der andere Paul schon tot ist …

Erst als die Frau den Knopf für dieses Rückholdings drückte, flutschte der Hund langsam aus dem Gestrüp. Er zappelte und röchelte, weil die Leine so an ihm zerrte und …

Ich höre kurz auf zu lesen und werfe Karl und Frau Wischnewski einen schnellen Blick zu. Gleich kommt die Stelle mit dem abgerissenen Finger. Ich habe schon eine Gänsehaut, wenn ich nur daran denke. Die Stelle ist nämlich richtig gut geworden.

Okay, das mit dem Finger war nicht wirklich meine Idee. Ich habe das mal in einem Film gesehen. In einem Krimi. Den Krimi habe ich heimlich geguckt, als Mama abends nicht zu Hause war und ich eigentlich schlafen sollte. Mit dem Schlafen wurde es danach nix mehr, weil ich Angst hatte, dass unter meinem Bett eine Hand liegen könnte. In dem Film fand nämlich ein Jäger eine abgerissene Hand im Wald. Sonst nichts. Nur die Hand. Und dann hat der Kommissar mit seinen Leuten während des ganzen Films den restlichen Körper gesucht, der zu der Hand gehörte.

Ich verrate euch jetzt nicht, wo sie den Typ gefunden haben. Vielleicht kann ich das später noch für meine Geschichte gebrauchen. Ich muss das dann nur ein bisschen abändern, damit mein Buch nicht genauso wird wie der Film. Das wäre sonst nämlich geklaut und ist natürlich nicht erlaubt. Auch wenn es nur eine erfundene Story ist.

Deshalb liegt da in meinem Krimi auch keine abgerissene Hand, sondern nur ein Finger im Gebüsch. Und der wird auch nicht von einem Jäger gefunden, sondern von einem Hund. Die Stelle, wie der Hund mit dem Finger im Maul zu seinem Frauchen zurückkommt und dabei mit dem Schwanz wedelt, ist die beste Stelle im ganzen Buch. Also bisher jedenfalls. Ein richtiger Schocker. Dabei weiß ich noch gar nicht, wem dieser Finger eigentlich gehört. Das muss ich mir erst noch ausdenken.

Nur ganz langsam blättere ich um und lasse meine Worte noch ein bisschen in der Luft nachklingen. Gleichzeitig versuche ich, mich so hinzusetzen, dass Karl mir nicht länger über die Schulter gucken und mitlesen kann. Ich bin nämlich nicht so gut im Vorlesen, wenn mir einer dabei zuguckt.

»Ich wette, da liegt ein Jogger im Gebüsch.«

»Was?« Vor Schreck lasse ich fast mein Notizbuch fallen. Vor mir stehen zwei rot-weiß geringelte Beine auf einem Skateboard. Keine Ahnung, wo die auf einmal herkommen. Genau genommen stehen ein Paar blaue Sneakers auf einem Skateboard, in denen diese geringelten Beine stecken. Jetzt springen die Sneakers auf den Asphalt und einer von ihnen tippt das Board so an, dass es nach oben wippt und von einer Hand aufgefangen wird.

»Oder ein Teil von einem Jogger. Ein Turnschuh oder so.«

Ich lasse meinen Blick langsam nach oben wandern. Das Mädchen, zu dem die geringelten Beine und das Skateboard gehören, setzt sich einfach neben mich auf die Treppenstufen.

»Rück mal ein Stück. Und? Hab ich recht?« Sie versucht, einen Blick in mein Notizbuch zu werfen, aber ich klappe es schnell zu. Wäre ja noch schöner.

»Ähm, nein.«

»Klar, dass du noch nichts verraten willst.« Sie

zuckt mit den Schultern. »Aber es ist bestimmt ein Jogger. Es ist fast immer ein Jogger«, fügt sie hinzu und guckt zu Frau Wischnewski und Karl hoch. Ich suche die ganze Zeit in meinem Kopf, aber ich bin mir ziemlich sicher, dass ich das Mädchen hier noch nie gesehen habe. Sie ist ungefähr so groß wie ich, hat kurze blonde stoppelige Haare, die in alle Richtungen abstehen, und jede Menge Sommersprossen.

»Ich weiß nicht …«, fängt Karl an und legt den Kopf schief, als ob er erst darüber nachdenken müsste. »Aber wenn Finja das sagt …«

Finja also. Ich kenne sie trotzdem nicht.

»Schön, dass du wieder da bist«, sagt Karl da. »Wie geht es Watson? Hat er sich von dem Schreck erholt? Wo ist er überhaupt?«

»Watson ist zu Hause. Er darf noch nicht so viel laufen.«

Finja. Watson. Komische Namen haben die.

»Du bist neu hier«, stellt Finja fest und mustert mich von oben bis unten.

Von wegen neu. Wenn hier einer neu ist, dann sind es ganz eindeutig diese Finja und Watson, der sich von irgendeinem Schreck erholen muss. Keine Ahnung, wieso ich diese Finja noch nie vorher hier gesehen habe, Karl sie aber kennt. Eigentlich ist mir das auch egal. Ich will endlich weiterlesen.

»Finja ist nämlich eine richtige Detektivin«, erklärt

Karl da. Eine Detektivin? Jetzt werde ich doch ein bisschen neugierig. Schließlich schreibe ich gerade einen Krimi. Dann fällt mir ein, dass diese Finja höchstens so alt ist wie ich und deshalb unmöglich schon Detektivin sein kann. Also keine richtige jedenfalls.

»Trotzdem ist es kein Jogger«, sage ich deshalb nur und notiere mir irgendwo im Hinterkopf, dass mir dringend etwas anderes einfallen muss. Ein Jogger wäre ja wirklich zu einfach, da hat sie leider recht.

Aber jetzt will ich endlich die Stelle mit dem Finger vorlesen. Und für den Finger ist es vollkommen egal, ob er zu einem Jogger oder einer alten Frau oder einem einsamen Wanderer gehört hat. Der Finger ist sowieso ab. Und das kommt doch jetzt erst.

Ich blättere in meinem Notizbuch zu der Seite, an der ich aufgehört habe zu lesen. Dann fange ich noch mal an.

Erst als die Frau den Knopf für dieses Rückholdings drückte, flutschte der Hund langsam aus dem Gestrüp. Er zappelte und röchelte, weil die ...

»Gestrüpp schreibt man mit zwei p«, sagt Finja. Na toll! Schnell klappe ich meine Notizen wieder zu. Ich werfe dieser Finja einen finsteren Blick zu. Erst rollert sie mit ihrem Skateboard einfach mitten in meine Lesung und dann kann sie nicht mal die Klappe halten. Außerdem ist es für die Spannung völlig unwichtig, wie viele p so ein Gestrüpp hat.

Karl räuspert sich. »Ich will jetzt aber auch wissen, was da in der Gegend rumliegt.«

Karl gehört das Büdchen, vor dem wir sitzen. Manche sagen auch Trinkhalle oder Kiosk. Aber Mama sagt immer Büdchen. Als wir hierhergezogen sind, hat sie mir irgendwann 50 Cent rübergeschoben und gesagt: »Geh mal runter zum Büdchen und hol dir einen Lolli!«

So habe ich Karl kennengelernt. Und beim vierten oder fünften Mal, als ich zum Büdchen kam, um einen Lolli zu kaufen, hat Karl mir das 50-Cent-Stück zurück über den Tresen geschoben und gesagt: »Lass mal stecken!«

Den Lolli habe ich trotzdem gekriegt und die 50 Cent kamen in meine Spardose.

»Kannst mir ja dafür mal was vorlesen«, hat Karl noch gesagt. »Ich hör so gerne Geschichten.«

So fing das an mit Karl und mir. Mama weiß nichts davon. Sie gibt mir immer noch ab und zu 50 Cent für einen Lolli, und ich freue mich jedes Mal darüber, weil ich das Geld in die Spardose werfen kann. Wenn ich die Dose schüttele, klimpert es schon ganz ordentlich.

Alles soll besser werden, dafür will ich sorgen. Na-

DROPS
Limo

türlich nicht nur mit dem Geld von Mama, das wäre ja keine wirkliche Hilfe. Aber es ist ein Anfang, bis mir etwas anderes einfällt. So lange gehe ich jeden Nachmittag zu Karl ans Büdchen und lese ihm was vor. Sozusagen als Bezahlung für den Lolli. Für Karl ist das praktisch, weil er dabei weiterarbeiten kann und nicht selbst lesen muss. Ich setze mich dann mit der Zeitung oder einer Illustrierten und manchmal auch mit meinem Deutschbuch auf die Stufen vor seinem Büdchen. Karl lässt die Tür offen und räumt drinnen Sachen ein, kocht Kaffee oder sortiert die neuen Zigaretten ins Regal und hört mir dabei zu.

Irgendwann hat Karl zwischen meinen Schulbüchern mein eigentlich total geheimes Notizbuch gesehen und mich gefragt, was ich darin aufschreiben würde. Da habe ich ihm von meinem Krimi erzählt, den ich angefangen habe. Als Karl gehört hat, dass ich mal ein richtiger Schriftsteller werden will, ist er total ausgeflippt vor Begeisterung und hat gemeint, dass ich ihm unbedingt mal was aus meinem eigenen Buch vorlesen müsse.

Deshalb sitze ich jetzt hier bei ihm auf der Treppe, und weil heute nicht viel los ist, hat Karl sich einen Kaffee gekocht und sitzt ausnahmsweise auf der Stufe über mir und guckt mir über die Schulter. Was blöd ist, weil ich besser lesen kann, wenn Karl weiter in seinem Büdchen räumt und nicht dauernd mitliest. Aber wenigstens unterbricht er mich nicht immer wegen so Kleinigkeiten wie einem p zu viel oder zu wenig.

Trotzdem soll Karl nicht schon vorher wissen, wie die Geschichte weitergeht. Das nennt man Spannungsbogen. Schlimm genug, dass diese Finja einfach in meine Notizen geguckt hat. Bei Frau Wischnewski funktioniert das mit der Spannung nämlich schon ganz gut.

Frau Wischnewski ist zufällig vorbeigekommen, weil sie sich die neue Fernsehzeitung kaufen wollte, und dann ist sie einfach dageblieben und hat auch zugehört.

»Der arme Hund«, flüstert sie jetzt und schnappt selbst ein bisschen nach Luft. Sie beugt sich zu Paul runter und gibt ihm einen Hundekuchen, den sie vorher aus ihrer Kittelschürze gekramt hat. »Du musst keine Angst haben, das ist nur eine Geschichte, bestimmt geht alles gut aus«, flüstert sie und tätschelt seinen Kopf. Paul ist der Dackel von Frau Wischnewski, und sein Schmatzen verrät, dass er überhaupt keine Angst hat, sondern einfach noch mehr von diesem leckeren Hundeknabberzeug will.

Karl hat mir erzählt, dass Paul eigentlich einmal der Name von Frau Wischnewskis Mann war. Paul Wischnewski. Mit dem war Frau Wischnewski verheiratet, seit sie ein junges Mädchen gewesen war. Sie hat für ihn gekocht und die Wohnung geputzt und mit ihm abends zusammen Fernsehen geguckt, wenn er müde von der Arbeit nach Hause kam. Aber der richtige Paul Wischnewski ist vor drei Jahren ganz plötzlich gestorben. Erst habe ich gedacht, ich könnte seinen Tod vielleicht in meinem Krimi verarbeiten. Ein guter Krimi braucht eine Leiche, und da wäre es praktisch gewesen, jemanden zu verwenden, der sowieso schon tot ist. Aber Karl wusste, dass dieser Paul nur an Herzversagen gestorben war. Ganz ohne Grund. Also er wurde nicht einmal besonders erschreckt oder so und es hat ihn auch niemand vergiftet. Er hat einfach in seinem Sessel vor dem Fernseher gesessen und irgendeine langweilige Musiksendung geguckt, als sein Herz plötzlich aufgehört hat zu schlagen. Vielleicht war dem Herz die Musik auch zu langweilig gewesen. Vielleicht war es auch einfach nur müde vom vielen Arbeiten. Das kann ich für meinen Krimi nicht gebrauchen. Deshalb kommt Paul Wischnewski darin gar nicht vor. Außerdem hätte es mir auch leidgetan, wenn Paul Wischnewski ermordet worden wäre, denn dann hätte ich Frau Wischnewski zu einer Verdächtigen machen müssen. Und dafür ist sie eigentlich viel zu nett.

Weil aber die nette Frau Wischnewski keine Lust hatte, immer nur für sich alleine zu kochen, und auch abends nicht immer alleine Fernsehen gucken wollte, hat sie sich Paul aus dem Tierheim geholt. Also den anderen Paul. Den Dackel. Und der schmatzt und kaut jetzt an seinem Hundekuchen herum.

»Psst!«, zischt Karl und rückt wieder dichter an mich heran.

»'tschuldigung.« Frau Wischnewski steckt Paul schnell noch einen Krümel aus ihrer Schürzentasche zu. »Aber das ist doch wirklich gemein, so an dem armen Hund zu zerren.«

»Darum geht es aber doch gar nicht.« Karl verdreht die Augen.

»Darum geht es nicht?« Frau Wischnewski schnauft. »Aber natürlich geht es darum. Emil hat das doch eben selbst vorgelesen: *Der Hund zappelte und röchelte.*«

Ich hole tief Luft. So macht das alles überhaupt keinen Spaß. Die spannende Stelle mit dem Finger kommt schließlich erst noch. Karl holt auch tief Luft. Dann stellt er seine Kaffeetasse so heftig auf den Boden, dass sie klirrt und ein Schluck Kaffee auf die Treppenstufe schwappt. »Es geht doch darum, *WARUM* der blöde Hund so störrisch ist und unbedingt in diesem Gebüsch bleiben will. Bestimmt hat er irgendwas gefunden, das da nicht hingehört.«

Frau Wischnewski zuckt zusammen. Ihr Gesicht ist

jetzt kalkweiß. Paul fiept. Frau Wischnewski fummelt noch einen Hundekuchen aus ihrer Tasche.

»Er hat es nicht so gemeint«, murmelt sie.

»Was habe ich nicht so gemeint?« Verwirrt guckt Karl von Paul zu mir, dann zu Finja und dann wieder zu mir.

»Blöder Hund«, sagt Finja. »Du hast *blöder Hund* gesagt.«

Frau Wischnewski stößt einen Schluchzer aus.

Ich seufze. Und lege vorsichtshalber meinen Zeigefinger auf die Stelle, an der ich aufgehört habe zu lesen.

Frau Wischnewski zieht geräuschvoll die Nase hoch. »Mein Paul ist nicht blöd. Er ist sogar ein ausgesprochen kluger Hund. Gell, Paul, das müssen wir uns nicht gefallen lassen?« Sie kramt wieder in ihrer Schürze. Diesmal zieht sie ein Taschentuch hervor, mit dem sie sich Tränen aus den Augen wischt. Dann schnäuzt sie sich so laut, dass Paul erschrocken den Kopf einzieht.

»Autsch.« Finja hat mir ihren Ellenbogen in die Seite gestoßen. »Los, lies weiter!«, zischt sie. »Schnell!«

Das ist gar nicht so einfach. Schließlich ist das meine erste öffentliche Lesung aus meinem Kriminalroman. Also eigentlich ist der Roman noch lange nicht fertig, es ist also meine erste öffentliche Lesung aus meinem noch nicht fertigen Roman, und weil ich die ganze Geschichte mit einem Bleistift in mein Notizbuch geschrieben habe, muss ich mich beim Vorlesen sehr konzentrieren, denn manchmal kann ich meine eigene Schrift nicht richtig entziffern. Das liegt daran, dass ich oft nur heimlich unter der Bettdecke schreiben kann, wenn ich eigentlich schlafen soll. Oder in der Schule unter dem Tisch, wenn die fiese Bertram mal nicht so genau hinguckt.

Die fiese Bertram ist meine neue Lehrerin. Mama mag es nicht, wenn ich sie so nenne, deshalb sage ich zu Hause immer nur »Frau Bertram«, aber verglichen mit meiner alten Lehrerin ist sie wirklich richtig fies. Meine alte Lehrerin hieß Frau Sonntag, und die war tatsächlich immer wie ein sonniger sommerwarmer Sonntag. Sie las uns jeden Freitag spannende Geschichten vor, brachte uns manchmal Eis mit oder Kuchen, hatte Heimwehbonbons und Trostpflaster in ihrer Schublade und für besonders tolle Hausaufgaben bekam man einen witzigen Sticker für das Sammelalbum. Bei Frau Sonntag machte die Schule fast immer Spaß. Aber blöderweise mussten Mama und ich umziehen, weil Mama ihren Job verloren hatte und in ihrem neuen Job nicht mehr genug verdiente, um unsere Wohnung bezahlen zu können. Und weil Papa nicht mehr da war und ihr nicht mehr helfen konnte, die Wohnung zu bezahlen. Klingt alles ein bisschen kompliziert, und irgendwann schreibe ich die ganze Geschichte auch mal auf, damit man sie besser versteht, aber das wird ein ziemlich trauriges Buch, und damit kann man nicht so viel Geld verdienen. Deshalb habe ich beschlossen, zuerst einen Krimi zu schreiben. Mit Krimis kann man nämlich ziemlich reich werden. Oder mit Science-Fiction. Aber mit Aliens und solchen Sachen kenne ich mich nicht so gut aus. Karl hat gesagt, als Science-Fiction-Autor muss man ganze Welten ganz neu erfinden. Mit allen Ländern und Flüssen, allen Orten und Pflanzen und Außerirdischen und Weltraumtechnik und allem Pipapo. Das stelle ich mir ziemlich anstrengend vor. Mir reicht es ja schon, dass wir in einen anderen Stadtteil umgezogen sind und ich deshalb auch die Schule wechseln musste. Das ist mir genug neue Welt.

Es gab in der alten Klasse eine Abschiedsparty für mich, und dann schenkte mir Frau Sonntag ein geniales Notizbuch, weil jetzt so viel Neues in meinem Leben passiert. »Damit du alles aufschreiben kannst«, sagte sie. »Bestimmt wird aus dir mal ein richtiger Schriftsteller.«

Und jetzt sitze ich auf den Treppenstufen neben Karls Büdchen und lese den Anfang meines ersten richtigen

Romans vor. Das heißt, ich hätte gerne vorgelesen, wenn ich nicht dauernd dabei gestört worden wäre.

»Kannst du jetzt bitte weiterlesen?« Karl gibt mir einen Schubs. »Ich will echt wissen, was der Hund in dem Gebüsch zu suchen hatte.«

»Bestimmt einen Jogger«, murmelt Finja.

Ich gucke zu Frau Wischnewski rüber. Sie hat ihr Taschentuch wieder eingesteckt und zuppelt die ganze Zeit an ihrem Kopftuch rum.

»Soll ich?«, frage ich vorsichtshalber. Frau Wischnewski wirft Karl noch einen vernichtenden Blick zu, dann verschränkt sie ihre Arme und nickt. Die Lockenwickler auf ihrem Kopf rascheln leise.

»Okay.« Ich nicke auch. Ich blättere eine Seite zurück und wiederhole den letzten Absatz:

... erst als die Frau den Knopf für dieses Rückholdings drückte, flutschte der Hund langsam aus dem Gestrüpp. Er zappelte und ...

»He, Karl, bist du da?« Eine Klingel scheppert durchs Büdchen und Karl zuckt bedauernd mit den Schultern. »Kundschaft«, sagt er und steht auf. »Da muss ich wohl.« Auch Frau Wischnewski erhebt sich mühsam von den Treppenstufen. »Das ist der Alte aus der Dreizehn«, raunt sie mir zu. »Das kann dauern.«

Ich seufze und klappe mein Notizbuch zu. Das war es dann wohl für heute mit der Lesung.

»Komm, Paulchen, das Abendessen ruft.« Frau Wischnewski bückt sich und wuchtet Paul auf ihren Arm.

Wenn er immer nur getragen wird, stirbt der Köter eines Tages noch an Herzverfettung, sagt Karl immer. Er sagt das aber nur, wenn Frau Wischnewski und ihr Dackel das nicht hören können. Ich überlege, ob der echte Paul vielleicht auch an Herzverfettung gestorben ist, aber den hat Frau Wischnewski ja ganz bestimmt nicht getragen.

»Jetzt kannst du es mir doch verraten!« Finja springt auf die Füße und lässt ihr Skateboard auf den Asphalt knallen. »Was?« Irritiert gucke ich zu ihr hoch.

»Na, das mit dem Jogger.«

Ich gebe keine Antwort. Stattdessen klappe ich das Notizbuch endgültig zu und stopfe es zurück in meine Schultasche zu den anderen Sachen. Finja starrt noch eine Weile auf mich herunter, was mich irgendwie nervös macht. Ich ziehe die Nase hoch und krame in meiner Tasche herum, als ob ich etwas suchen würde. Aus den Augenwinkeln beobachte ich die rot-weiß geringelten Beine, die immer noch vor mir stehen. Langsam weiß ich nicht mehr, was ich in meinem Ranzen noch suchen soll, ich habe jetzt bestimmt schon jedes Heft und jedes Buch dreimal in der Hand gehabt.

»Okay«, sagt Finja da. »Ich muss jetzt nach Hause.«

»Ich auch«, murmele ich, ohne hochzugucken. Ich will nicht, dass sie mir meine Erleichterung ansieht. Schnell klappe ich den Deckel runter und lasse das Schloss einschnappen. Dabei versuche ich, so viel wie möglich von meinem Ranzen mit meinen Armen zu verdecken. Es ist mir peinlich, dass lauter kleine glitzerige Planeten und Raketen über seinen Deckel flitzen.

Als ich vor fünf Jahren in die Schule gekommen war, fand ich das Muster total cool, und ich weiß noch, wie Papa mir den neuen Ranzen am ersten Schultag auf den Rücken gesetzt hat. Dann hat er mir seinen Motorradhelm über den Kopf gestülpt und angefangen, mich zu fotografieren.

»Wie ein echter Astronaut«, hat er gesagt und ist mit seiner Kamera immer um mich herumgesprungen.

Die Fotos von mir mit dem riesigen Helm auf dem Kopf und dem Weltraum-Schulranzen auf dem Rücken hängen jetzt bei uns im Flur, und Mama sagt immer, das seien die coolsten Erster-Schultag-Fotos überhaupt.

Trotzdem hätte ich gerne einen anderen Ranzen. Raketen und Planeten passen einfach nicht zu einem Schriftsteller. Höchstens zu einem, der Science-Fiction schreibt. Star Wars oder so Sachen. Aber das mit dem Ranzen kann ich Mama nicht sagen, weil so ein Ding wahnsinnig teuer ist und sie sonst wieder traurig werden würde. Und Mama ist schon viel zu oft traurig in letzter Zeit.

Frau Wischnewski

Vorname: Gerda

Alter: 59 Jahre (hat Karl mir verraten)

Frisur: Blonde Locken.
Silke sagt, das Blond ist nicht echt, aber Frau Wischnewski soll nicht wissen, dass Silke das sagt. Außerdem hat sie sowieso meistens Lockenwickler auf dem Kopf (also Frau Wischnewski), da sieht man die Haarfarbe gar nicht.

Kleidung: Kittelschürze mit Sonnenblumen drauf, manchmal auch mit Streifen (wenn die andere in der Wäsche ist). Pantoffeln, weil sie immer nur kurz mit dem Hund rausgeht.

Merkmale: Ein Dackel mit so einer Zurückholleine.
Der Dackel heißt Paul, weil Frau Wischnewskis Mann auch Paul hieß. Der Mann ist aber schon lange tot.

Zusatz: Der Dackel ist ziemlich dick. Frau Wischnewski auch.

2. Kapitel

In dem ein wichtiger Brief kommt, es Nudeln und Kartoffelbrei gibt und ich mich lieber ins Badezimmer verziehe ...

Als ich die Haustür aufschließe und ins Treppenhaus komme, weiß ich sofort, dass Mama noch nicht da ist. Das sehe ich daran, dass das ganze Werbezeugs oben aus unserem Briefkasten rausguckt. Mama hat also noch nicht unsere Post geholt. Das macht sie sonst immer als Erstes, wenn sie nach Hause kommt. Obwohl wir eigentlich nie richtige Post kriegen. Also jedenfalls keine schöne Post. Einmal haben wir eine Ansichtskarte mit einem blauen Meer und einem Segelboot darauf bekommen, aber als ich die Karte umgedreht habe, war es nur Werbung für ein neues Sonnenstudio. Mama sagt, sie würde sich niemals in so ein künstliches Sonnenlicht legen wegen der ungesunden Strahlungen und so, aber sie hat die Karte in der Küche an die Pinnwand gehängt. Mit der schönen Urlaubsseite nach vorne. Nicht, weil sie in das Sonnenstudio gehen wollte, aber sie hat gesagt, wir können ja so tun, als ob uns jemand eine richtige Postkarte aus einem fernen Land geschickt hat, und dann haben wir zusammen überlegt, welches Land das wohl sein könnte und wie weit die Karte jetzt gereist ist, bis sie zu uns kam. Und das Bild mit dem Segelboot ist wirklich hübsch. Sonst wirft Mama die ganzen Prospekte immer sofort ins Altpapier und schimpft, was für eine Verschwendung das jedes Mal sei und wie viele Bäume jetzt wieder sterben mussten, nur damit die Leute wissen, dass ein Kilo Hackfleisch in dieser Woche im Angebot ist oder dass nur das Waschmittel in der hellblauen Flasche die Wäsche besonders flauschig macht. Mama und ich essen sowieso kein Fleisch. Und das hat ausnahmsweise nichts mit dem Geld, sondern auch mit den Bäumen zu tun. Ich erkläre euch das später mal.

Jedenfalls habe ich sogar mal einen Werbung-Nein-Danke-Aufkleber an unserem Briefkasten angebracht, aber das hat leider nichts genützt. Die Werbung kriegen wir trotzdem. Und manchmal glaube ich sogar, dass Mama sich heimlich darüber freut, auch wenn sie das wegen der Umwelt und so nie zugeben würde.

Aber ich habe mal gesehen, wie sie auf dem Sofa in einem dieser Kataloge geblättert und mit einem Stift lauter Sachen angekreuzt hat. Um ihn dann doch wieder ins Altpapier zu werfen. Also den Katalog, nicht den Stift.

Ich fummele den Briefkasten auf und hole die Prospekte raus. Einen Schlüssel brauche ich dafür nicht, weil das Schloss sowieso schon lange kaputt ist. Zwischen den bunten Werbezetteln steckt diesmal tatsächlich auch ein richtiger Brief. Er sieht wichtig aus und irgendwie bedrohlich. Meistens lässt Mama diese Art von Briefen direkt in der Schublade unter dem Küchentisch verschwinden. Ich stopfe das Zeug in meinen Ranzen und mache mich auf den Weg in unsere Wohnung.

Bestimmt muss Mama wieder länger arbeiten. In letzter Zeit ist sie oft erst spät von der Arbeit gekommen. »Sind so viele krank«, sagt sie dann meistens. Oder auch: »Es ist Urlaubszeit. Es fehlen so viele.« Ich glaube aber, dass das nicht stimmt. In Wirklichkeit macht Mama dauernd Überstunden, damit sie ein bisschen mehr Geld verdient. Ich kannte dieses Wort nicht, Überstunden, aber ich habe neulich gehört, wie sie am Telefon zu Tami gesagt hat, dass die Überstunden ihr helfen, über die Runden zu kommen. ›Über die Runden kommen‹ heißt, dass man gerade genug Geld verdient, um überleben zu können. Kein Wunder, dass das Überstunden heißt, bei so viel ›über‹.

Tami heißt eigentlich Tamara und ist Mamas beste Freundin. Leider wohnt sie ziemlich weit weg, sodass die beiden sich nur sehr selten sehen können. Dafür telefonieren sie fast jeden Tag.

Karl hat mir später erklärt, dass Überstunden einfach die Stunden sind, die man mehr arbeitet. Also über die eigentliche Arbeitszeit hinaus.

»Wie viele Schulstunden hast du in der Woche?«, hat Karl gefragt. Ich habe ihm meinen Stundenplan gezeigt und zusammen haben wir die ausgefüllten Kästchen gezählt. Achtundzwanzig.

»Wenn du jetzt statt achtundzwanzig Stunden in der Woche dreißig Stunden zur Schule gehen würdest, dann wären das zwei Überstunden«, hat Karl gesagt. Ganz bestimmt werde ich in der Schule keine Überstunden machen. Jedenfalls nicht, wenn ich nicht dafür bezahlt werde. So wie Mama. Die bekommt Geld, wenn sie länger im Laden bleibt.

Mama arbeitet nämlich jetzt in dem großen Supermarkt in unserem Viertel. Sie sitzt dort an der Kasse und schiebt die ganzen Sachen, die die Kunden auf das Band legen, über den Scanner, der piepst dann und rechnet aus, was die Leute bezahlen müssen. Abends ist Mama immer ganz müde von dem ganzen

Gepiepse. Und als ich mir mal ein Meerschweinchen gewünscht habe, hat Mama gesagt, das ginge nicht, weil Meerschweinchen auch den ganzen Tag piepsen und sie dann automatisch von mir Geld verlangen müsste. Ich könnte deshalb nur ein Haustier haben, das gar keine Geräusche macht. Einen Fisch oder so. Einen Fisch kann man aber nicht mit ins Bett nehmen zum Kuscheln und auch sonst nicht viel mit ihm anfangen. Eine Zeit lang habe ich über eine Schildkröte nachgedacht, aber so richtig kuschelig ist eine Schildkröte auch nicht. Ein Hund wäre toll, aber ein Hund kann bellen und jaulen und außerdem sind Hunde in unserer Wohnung gar nicht erlaubt.

Trotzdem wäre es schön, einen zu haben. Der würde mich jetzt an der Wohnungstür begrüßen, an mir hochspringen, mir das Gesicht ablecken und mit dem Schwanz wedeln. Was Hunde halt so tun, wenn sie sich total freuen. Zumindest glaube ich das. Okay, der Dackel von Frau Wischnewski springt vielleicht nicht mehr ganz so hoch, aber dafür kann er ganz schön laut kläffen.

Als ich in unsere Wohnung komme, ist da nichts. Kein Bellen, kein Kläffen, kein bisschen Wedeln oder Hochspringen und auch sonst keine Freude. Einfach gar nichts. Ich schlüpfe aus meinen Turnschuhen und schiebe sie unter die Kommode im Flur. Oben drüber hängen die Fotos von meiner Einschulung. Ich strecke dem Jungen in Papas Motorradhelm (also mir selber) die Zunge raus und gehe in die Küche. Solange ich auf Mama warte, kann ich vielleicht ein bisschen an meinem Krimi weiterschreiben. Schließlich muss ich mir dringend noch überlegen, zu wem der einzelne Finger gehört, den der Hund da im Gebüsch findet. Jedenfalls nicht zu einem Jogger, so viel steht fest. Während ich mein Notizbuch aus dem Ranzen krame und es aufschlage, muss ich wieder an dieses Mädchen denken. Finja. Was für ein merkwürdiger Name. Ich wüsste zu gerne, warum ich diese Finja noch nie vorher getroffen habe. Und wer dieser Watson ist, wüsste ich auch gerne. Aber erst muss ich rausfinden, wer der Kerl ist, zu dem der Finger gehört. Ich versuche verzweifelt, nicht ständig an rot-weiß geringelte Beine zu denken, was mir irgendwie nicht gelingt. Wenn man nämlich die ganze Zeit krampfhaft versucht, an etwas nicht zu denken, dann denkt man genau daran. Die ganze Zeit. Und kriegt es nicht wieder aus seinem Kopf. Ich versuche zum Beispiel immer, nicht an Papa zu denken, weil er mir so schrecklich fehlt. Aber je mehr ich versuche, nicht an ihn zu denken, desto häufiger denke ich an ihn. Und dann fehlt er mir noch viel mehr. Es funktioniert einfach nicht. Denk mal nicht an einen rosa Elefanten! Siehst du?!

Ein Elefant kommt in meiner Geschichte bisher nicht vor, aber vielleicht kann ich ihn ja noch irgendwo einbauen. Ich blättere in meinem Notizbuch auf die letzte Seite, auf der ich alles sammele, das ich vielleicht noch für mein Buch gebrauchen kann. Da höre ich den Schlüssel im Schloss. Mama ist da. Endlich.

Sie zieht gar nicht erst ihre Jacke aus, sondern kommt gleich zu mir in die Küche.

»Hallo, Schatz«, sagt sie und wuschelt mir durch die Haare. »Tut mir leid, dass du ein bisschen warten musstest. Ist so viel los gerade.« Sie lässt ihre Tasche auf den freien Stuhl plumpsen. »Hunger?«

Ich nicke und packe mein Notizbuch zurück in den Ranzen. Wird ja heute doch nix mehr mit dem Schreiben. »Was gibt's denn?«

Mama wühlt ein bisschen in ihrer Tasche und stellt dann vier Plastikschalen auf den Tisch. Fünf-Minuten-Terrinen. Das ist Essen in so kleinen praktischen Dosen, über das du nur noch heißes Wasser kippen musst, und zack ist alles fertig.

»Nudeln mit Rahmsoße, Nudeln mit Tomatensoße, Kartoffelbrei mit Erbsen, Kartoffelbrei mit Röstzwiebeln. Such dir was aus!« Mama füllt Wasser in den Wasserkocher und schaltet ihn ein.

»Ich nehme die Nudeln«, rufe ich schnell und fummele schon mal die Aludeckelchen von allen Verpackungen. Kartoffelbrei hatte ich gestern erst. Mama bringt oft was Schnelles aus dem Supermarkt mit. Sie schimpft zwar immer auf das Fertigessen und die vielen Plastikverpackungen, aber manchmal darf sie die umsonst mitnehmen oder ganz, ganz billig, weil das Datum darauf schon abgelaufen ist. Das mit dem abgelaufenen Datum macht nix aus, sagt Mama, das ist nur so ein Trick, damit man was wegwerfen darf, das eigentlich noch gut ist. So ganz kapiere ich nicht, warum jemand etwas wegwerfen will, das man noch gar nicht wegwerfen muss. Irgendwie habe ich wohl den Trick noch nicht so richtig verstanden, aber wenn man ihn komplett verstehen würde, wäre es ja auch kein Trick mehr.

Mama gießt das heiße Wasser bis zur geriffelten Markierung in meine beiden Nudelbecher und ich rühre kräftig um. Das muss man machen, damit man keinen großen matschigen Nudelklumpen kriegt, sondern leckere fluffige Nudeln. Dann stelle ich unsere Tomatenuhr. Eigentlich ist es eine Eieruhr, also so ein Ding, das man aufzieht, und wenn es klingelt, weiß man, dass die Eier gut sind. Unsere Eieruhr ist rot und hat die Form einer Tomate. Keine Ahnung, warum das so ist. Jedenfalls habe ich noch nie gehört, dass jemand wissen will, wann die Tomaten gut sind.

Mama stellt zwei Teller auf den Tisch, einen für meine Nudeln und einen für ihren Kartoffelbrei. Daneben stellt sie zwei Gläser mit Sprudelwasser und zündet eine Kerze an. Draußen wird es langsam dunkel und in der Küche ist es jetzt richtig gemütlich. Ich mag es, mit Mama in dieser Gemütlichkeit am Tisch zu sitzen und zu essen, und Mama mag das auch. Wenn wir mal Tiefkühlpizza essen, legt sie sogar extra eine karierte Tischdecke auf den Tisch. Dann stellen wir uns vor, dass wir die Pizza in Italien essen. Dazu deckt Mama dann zwei Weingläser und daraus gibt es roten Traubensaft. Den nennt Mama *vino rosso* und sie sagt *buon appetito* und singt *O sole mio*. Ich war noch nie in Italien, aber Mama war früher einmal da zusammen mit Papa, das war, bevor es mich gab. Und Mama sagt, dass dort auf allen Tischen karierte Tischdecken liegen und die Italiener beim Essen die ganze Zeit singen. Muss ein tolles Land sein, dieses Italien.

Ich kippe die beiden Nudelsorten auf meinen Teller und achte sehr darauf, dass sie nicht ineinanderlaufen. So habe ich zwei Geschmacksrichtungen. Tomatensoße und Rahmsoße. Und dazwischen verläuft eine ordentliche Linie mit Nichts.

Mama patscht ihre beiden Kartoffelbreitöpfchen einfach zusammen auf den Teller. »Sieht doch lustig aus«, sagt sie und kratzt noch ein paar Erbsen aus dem Becher. Dann sagen wir beide eine Weile lang nichts mehr, weil man mit vollem Mund nicht sprechen darf.

Ein bisschen beneide ich Mama jetzt um ihren Kartoffelbreiberg, weil man da mit dem Löffel richtige Höhlen und Gänge reingraben kann. Mit den Nudeln klappt das nicht so gut, aber dafür sind sie echt lecker.

»Was hast du heute so gemacht?«, fragt Mama und legt ihren Löffel zur Seite.

»Meinst du in der Schule oder danach?« So versuche ich, ein bisschen Zeit zu gewinnen, damit ich überlegen kann, was ich antworten soll. Ich würde Mama gerne von meiner öffentlichen Lesung und dem gelungenen Spannungsaufbau und Frau Wischnewski erzählen, aber ich weiß nicht, ob das so eine gute Idee ist. Mama mag es nicht, wenn ich so viel am Büdchen bin.

»Ein Lolli ist okay«, sagt sie immer. »Aber du sollst da ja nicht gleich einziehen.« Mama findet, die Leute am Büdchen sind nicht der richtige Umgang für ein Kind.

Da fällt mir Finja ein mit ihrem Skateboard. Finja ist so alt wie ich, das wird Mama gefallen.

»Ich habe ein Mädchen getroffen, das ist neu hier. Jedenfalls habe ich sie vorher noch nie gesehen. Sie hat ein Skateboard und einen Watson, aber der war nicht dabei, weil er sich von irgendeinem Schreck erholen muss.«

»Watson?« Mama lacht. »Ist Finja eine Detektivin?«

Eigentlich wollte ich gerade einen Schluck trinken,

aber jetzt verschütte ich vor Schreck fast das Wasser. Wieso glauben alle, dass Finja eine Detektivin ist?

»Das hat Karl auch gesagt.«

Erst als Mama eine Augenbraue hochzieht, merke ich, dass ich den letzten Satz laut ausgesprochen habe. Großer Fehler.

Mama seufzt. »War diese Finja auch am Büdchen?«, fragt sie.

»Ja, aber nur ganz kurz. Also wir waren beide nur kurz da.« Ich spüre, wie ich ein bisschen rot werde, als ich das sage. Das kommt vom Schwindeln. Ich bin nicht gut darin, und ich mache das auch nicht gerne, aber wenn ich Mama erzähle, dass ich den ganzen Nachmittag bei Karl am Büdchen war, wird sie wieder traurig und macht sich Sorgen, und ich will nicht, dass Mama sich Sorgen macht. Davon hat sie schon mehr als genug, sagt sie immer.

Zum Glück kann Mama meine Röte in der dämmerigen Küche gar nicht richtig sehen.

»Wieso glaubst du, dass Finja eine Detektivin ist?«, frage ich schnell.

»Na, wegen Watson«, sagt Mama und lacht. Okay, das ist gerade noch mal gut gegangen. Wenn Mama lacht, bohrt sie nicht länger nach, wo ich meinen Nachmittag verbracht habe. Ich atme erleichtert auf. Das war knapp. Trotzdem bin ich verwirrt. »Wegen Watson?«

»Du weißt nicht, wer Watson ist?« Mama guckt mich erstaunt an. Nein, ich weiß nicht, wer Watson ist. Woher soll ich das auch wissen. Schließlich kenne ich Watson nicht, ich habe bis heute Nachmittag ja nicht mal diese Finja gekannt.

»Watson ist der Freund von Sherlock Holmes«, erklärt Mama da. »Aber wer Sherlock Holmes ist, weißt du, oder?« Mama zwinkert mir zu.

Sherlock Holmes? Natürlich weiß ich, wer Sherlock Holmes ist. Schließlich ist das der berühmteste Detektiv aller Zeiten. Auch wenn es ihn in echt nie gegeben hat. Als Krimiautor werde ich das doch wohl wissen. Und Watson ist sein Freund? Plötzlich bin ich sehr aufgeregt. Schnell schiebe ich mir ein paar Nudeln in den Mund. Wenn ich kaue, muss ich nicht sprechen und kann besser nachdenken. Finja hat einen Watson und Finja ist eine Detektivin, hat Karl gesagt. Und Mama sagt das jetzt auch. Ich muss diese Finja unbedingt wiedersehen und alles über sie herausfinden.

»Ich freue mich, dass du endlich mal Kinder in deinem Alter kennenlernst«, sagt Mama und steht auf. Sie stellt unsere Teller in die Spüle und guckt sich suchend in der Küche um. »Gab's eigentlich keine Post heute?« Schnell gebe ich ihr das ganze Werbezeugs und den Brief, den ich vorhin in meinen Ranzen gestopft habe. Die Prospekte schiebt Mama achtlos zur Seite, aber bei dem Brief runzelt sie die Stirn.

»Ich geh dann mal Zähne putzen und so.« Ich habe keine Ahnung, was in dem Brief steht, aber Mama sah überhaupt nicht glücklich aus, als sie den Absender gesehen hat. Da verschwinde ich besser ins Badezimmer.

Als ich aus dem Bad zurückkomme, ist Mama nicht mehr in der Küche, sondern in ihrem Zimmer. Also eigentlich ist das nicht Mamas Zimmer, sondern unser Wohnzimmer. Hier stehen unser Fernseher, eine gemütliche Couch, ein Sessel und der große Wohnzimmerschrank aus unserer alten Wohnung. Aber die neue Wohnung hier ist viel kleiner. Hier gibt es nur die Küche, das Bad, mein Zimmer und eben das Wohnzimmer. Und weil Mama sonst gar kein Zimmer hätte, darf sie das Wohnzimmer am Abend für sich haben. Dann baut sie aus der Couch ein gemütliches großes Bett, und wenn sie eine Klappe von dem Wohnzimmerschrank runterklappt, hat sie sogar einen richtigen kleinen Schminktisch. Mama nennt das Zimmer deshalb Umbauzimmer und sagt immer, dass sie es sehr praktisch findet, zwei Zimmer in einem zu haben, und dass sie manchmal darüber nachdenkt, unter den Fernseher noch den Kühlschrank zu stellen, dann bräuchte sie nämlich auch keine Küche mehr. Ich könnte sie ja dann manchmal besuchen, wenn ich Hunger hätte. Ich mag Mamas Umbauzimmer und tatsächlich krabbele ich abends ab und zu neben ihr ins Bett und wir reden ein bisschen oder gucken zusammen eine Sendung im Fernsehen. Aber als ich jetzt vor Mamas Tür stehe, höre ich sie mit jemandem sprechen. Mama telefoniert. Bestimmt mit Tami. Ich fühle mich nicht gut dabei, wie ich so im Flur stehe und lausche. Mama klingt traurig und sagt so Sachen wie »Ich weiß nicht, wie das gehen soll« und »Was denn noch alles?« und sie schluchzt ein bisschen und zieht die Nase hoch. Bestimmt hat das mit dem blöden Brief zu tun. Ich beschließe, sie jetzt besser nicht zu stören, sondern gleich in mein Bett zu gehen. Was in dem Brief stand, kann ich auch morgen noch rausfinden. Sicher landet er auch in der Küchenschublade bei all den anderen Briefen. Ich wünschte nur, ich könnte Mamas Sorgen und ihre Traurigkeit und die Überstunden und all das auch einfach in diese Schublade packen.

Mama

Alter: Mama ist 36.
Aber darüber spricht sie nicht so gerne.

Frisur: Wuschelige braune Locken, die ihr auf die Schultern fallen. Mama steht oft vor dem Spiegel und schimpft auf ihre Haare. Das ist nix Halbes und nix Ganzes, sagt sie dann immer. Ich mag ihre Locken. Vor allem am Morgen, wenn sie noch ganz unordentlich sind.

Kleidung: Meistens Jeans und T-Shirt.
Beim Arbeiten muss sie immer einen Kittel drüberziehen, damit die Kunden sehen, dass sie zum Laden gehört und nicht einfach so an der Kasse sitzt. Da könnte ja sonst jede kommen.
Im Sommer hat sie auch manchmal ein blumiges Kleid an.

Merkmale: Mama ist die beste Mama von der ganzen Welt. Leider ist sie in letzter Zeit oft müde und hat Rückenschmerzen. Trotzdem ist sie fast immer fröhlich. Und wenn sie mal traurig ist, ruft sie ihre beste Freundin Tami an, dann geht es wieder.

Zusatz: Sie vermisst Papa. Ich weiß das, auch wenn sie nicht darüber spricht. Und ich vermisse ihn auch.

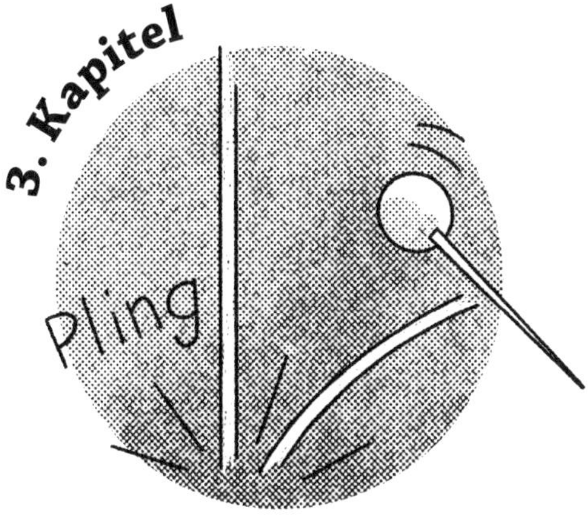

In dem »The King« leider nur kurz vorkommt, die Don Kosaken schrecklich traurig sind und man keine Stecknadel fallen hören kann …

Als ich am nächsten Morgen wach werde, höre ich Mama schon in der Küche mit dem Geschirr klappern. Bestimmt muss sie gleich los, und ich springe schnell aus dem Bett, damit ich ihr noch Guten Morgen sagen kann. Mama muss immer vor mir aus dem Haus, weil der Supermarkt schon eine ganze Stunde vor Schulbeginn öffnet.

»Damit all die Lehrer sich schnell noch ein ungesundes Frühstück kaufen können«, sagt sie immer zum Spaß. Ich muss mir kein Frühstück kaufen, das macht Mama jeden Morgen für mich und sie achtet dabei auch auf ausreichend Gesundheit in meiner Brotbox.

Als ich in die Küche komme, klappt sie gerade meine coole Spiderman-Dose zu und stellt sie auf den Küchentisch. Daneben dampft schon eine Tasse mit heißem Kakao. Mama lächelt in meine Richtung, und ich versuche zu erkennen, wie es ihr heute Morgen geht. Ihre Augen sehen müde aus, aber kein bisschen rot, das ist ein gutes Zeichen. Bestimmt konnte Tami sie doch noch aufmuntern gestern.

»Gut geschlafen, Purzel?«

Purzel nennt Mama mich oft, diesen Spitznamen hat sie mir schon vor meiner Geburt gegeben. Sie sagt, ich hätte schon in ihrem Bauch immerzu Purzelbäume gemacht und dann sei ich mitten in ihr Leben gepurzelt.

Mamas Stimme klingt zum Glück auch ganz normal, das erleichtert mich sehr, dann kann ich aufhören, mir Sorgen zu machen. Ich beschließe, den Brief von gestern erst mal nicht anzusprechen, um die Stimmung nicht zu gefährden. Aber ich nehme mir vor, später trotzdem noch nachzugucken, was darin stand. Sicher ist sicher.

Ich lasse mich auf meinen Stuhl gleiten und umfasse die Kakaotasse mit beiden Händen. Ich mag es, wenn die Wärme so durch die Finger in meine Arme und von da in meinen ganzen Körper strömt. Mama wuselt durch die Küche, trocknet Geschirr ab und nippt zwischendurch an ihrem Kaffee. Dann ist sie fertig mit Abtrocknen und Kaffeetrinken und Rumwuseln und hängt das Handtuch über die Stuhllehne.

»Ich muss los«, sagt sie und gibt mir einen Kuss auf die Haare. »Vergiss nicht, dein Frühstück einzupacken.« Sie schnappt ihre Handtasche und hängt sie sich über die Schulter. »Heute ist ein guter Tag!«, ruft sie noch und dann ist sie auch schon weg.

Das mit dem guten Tag sagt sie seit dem schlimmsten aller Tage fast jeden Morgen, so als ob sie den Tag vorwarnen wollte, dass er sich gefälligst in Acht nehmen soll. Manchmal klappt das und der Tag wird wirklich gut, ganz oft klappt es aber auch nicht. Ich stelle mir dann vor, wie der nicht so gute Tag irgendwo in der Ecke hockt und Mama die Zunge rausstreckt, weil er sich nicht an ihre Anweisungen gehalten hat.

Nachdem Mama gegangen ist, hängt in der Küche noch ein bisschen was von ihrem Parfumduft in der Luft. Ich atme tief ein und trinke einen ersten Schluck von meinem Kakao.

Eine halbe Stunde später mache ich mich auch auf den Weg. Ich will vor der Schule noch kurz bei Karl vorbei und ihm Guten Morgen sagen. Das mache ich fast jeden Morgen, aber Mama weiß nichts davon.

Karl öffnet noch früher als Mamas Supermarkt. Als ich zum Büdchen komme, hat Karl schon den Rollladen hochgezogen und den Ständer mit den Tageszeitungen rausgestellt. Bei ihm gibt es zwar kein Frühstück, aber dafür den besten Kaffee in der ganzen Stadt. Das sagen jedenfalls Ali, Fred und Serhad. Ich habe keine Ahnung von Kaffee, weil ich immer nur Kakao trinke, aber wenn die drei das sagen, dann stimmt das auch. Die kommen nämlich in allen Stadtteilen rum und kennen deshalb alle Kaffeesorten. »Von Berufs wegen«, sagt Fred immer.

Fred fährt das große orange Müllauto, das überall den Müll einsammelt. Ali und Serhad laufen nebenher und schubsen die Tonnen in diese Halterung, die sie erst automatisch hochhebt und dann so kippt, dass der ganze Müll hinten in das Müllauto reinfällt. Wenn längere Strecken zwischen den Mülltonnen liegen, springen Ali und Serhad auf ein kleines Trittbrett hinten am Wagen, und dann dürfen sie ein kurzes Stück mitfahren. Ich würde auch gerne mal auf diesem Trittbrett mitfahren, aber Fred sagt, das ist verboten, wegen der Unfallgefahr und der Versicherung und so. Eine Zeit lang habe ich deshalb sogar überlegt, ob ich auch Müllwagenfahrer werden soll, aber dann müsste ich warten, bis ich erwachsen bin, und kann noch nicht gleich mit dem Geldverdienen anfangen. Bei einem Schriftsteller ist es egal, wie alt er ist. Nur die Geschichte muss spannend sein.

»Hallo, Emil!« Ali winkt mir zu. »Geht gut?«

Ali kommt aus Syrien und muss unsere Sprache erst lernen. Das ist schrecklich schwer, sagt er. Damit es leichter wird, lässt er manchmal einfach ein paar Wörter weg. Ich finde das sehr praktisch und habe sogar schon mal darüber nachgedacht, ob ich bei meinem Krimi nicht auch ein paar überflüssige Wörter streichen kann. Dann wäre ich schneller fertig.

»Alles bestens«, rufe ich. Ali reckt den ausgestreckten Daumen in die Höhe. Fred und Serhad prosten mir mit ihren Kaffeetassen zu.

Nachmittags helfe ich Karl manchmal dabei, die ganzen Tassen zu spülen. Meine Lieblingstasse ist dunkelblau mit einer ganzen Geschichte drauf. Da steht ein kleines Mädchen in einem Nachthemd barfuß im Schnee und am Himmel ist alles voller blinkender Sterne. Ein paar der Sterne purzeln runter und das kleine Mädchen fängt sie mit seinem Nachthemd auf. Die Sterne, die es schon aufgefangen hat, sehen aus wie riesige Goldstücke. Dem Mädchen muss schrecklich kalt sein mit den nackten Füßen in dem Schnee, aber vor lauter Sternesammeln und Nach-oben-Gucken scheint es das gar nicht zu merken. Auf der Tasse steht *Weihnachtsmarkt 1998*. Die Tasse ist also schon richtig alt und trotzdem nur ein ganz winziges bisschen angeschlagen. Eine kleine Ecke fehlt am Henkel, aber das sieht man kaum, weil man von dem ganzen

Sternengefunkel und dem Mitleid mit dem Barfußmädchen so abgelenkt ist.

Heute Morgen habe ich zum Spülen keine Zeit, aber ich würde Karl gerne was fragen. Ich weiß nur nicht richtig, wie ich anfangen soll, ohne dass es peinlich ist. Vor allem stört es mich, dass Fred, Ali und Serhad noch da stehen. Müssten die sich nicht endlich um die vollen Mülltonnen kümmern? Fred kann offenbar Gedanken lesen, denn gerade, als ich das denke, knallt er seine Tasse auf den Tresen.

»Auf, Männer, die Arbeit ruft!«, brüllt er und marschiert zum Müllauto.

»Ich hör nix«, murmelt Serhad.

»Lass rufen«, brummelt Ali, aber dann stellen die beiden ihre Tassen ebenfalls ab und trotten hinter Fred her. Na endlich.

»Woher kennst du Finja?«, platzt es aus mir heraus, so plötzlich, dass Karl erstaunt die Augenbrauen hochzieht. Aber dann erzählt er mir, dass Finja eigentlich schon immer hier wohnt, länger als ich, drüben in der Fünfzehn zusammen mit ihrem Papa, und dass sie aber gerade ein halbes Jahr woanders gewohnt hat, nämlich bei ihrer Oma, weil ihr Papa ein paar Monate im Ausland arbeiten musste und Finja nicht mitnehmen konnte.

»Sie hat deshalb sogar die Schule gewechselt«, sagt Karl und sammelt die leeren Kaffeebecher ein.

»Und Watson?«, frage ich.

»Watson? Watson konnte auch nicht mit ins Ausland und ist bei Finja geblieben. Und dann ist er blöderweise vor ein Auto gelaufen und wurde angefahren. Aber jetzt ist er wieder fit und darf bestimmt auch bald wieder nach draußen.« Karl wirft mir einen Lappen zu und ich wische damit einmal über die Theke.

Wenn ich Watson wäre, würde ich mit dem Fitwerden ja bis zu den Herbstferien warten. Die fangen in ein paar Tagen an und dann dürfte er zwar raus, müsste aber noch nicht gleich wieder in die Schule. Als ich Karl das sage, guckt er mich erst erstaunt an, dann lacht er laut. »Watson in der Schule«, kichert er, »das würde ich gerne sehen!« Erwachsene sind manchmal echt doof. Hätte er mir doch gleich sagen können, dass Finjas Bruder noch so klein ist und noch gar nicht in die Schule geht. Aber da lacht Karl noch lauter und lacht und lacht und dann reicht er mir einen Lolli über den Tresen.

»Da, kriegst jetzt schon einen, weil du mich schon am Morgen zum Lachen gebracht hast. Watson in der Schule, das ist so lustig!«

Ich schnappe mir den Lolli und funkele Karl mit dem bösesten Blick an, den ich gerade auf Lager habe. Ich würde ja gerne mitlachen, wenn er mir endlich mal verraten würde, was eigentlich so komisch ist.

»Watson ist ein Hund«, platzt es da aus ihm heraus. »Watson ist Finjas Hund!«

Ich starre Karl an. Diese Finja hat einen Hund? Einen richtigen echten Hund? Einen Hund und ein Skateboard und sie kennt Karl schon viel länger als ich und einen Papa hat sie auch. In mir breitet sich ein fieser kalter Klumpen aus. Neid. Plötzlich bin ich mir sehr sicher, dass das keiner von den guten Tagen wird. Ich lasse den Lolli absichtlich liegen und mache mich auf den Weg in die Schule.

In der Schule ist aber erst mal alles ganz normal. Zuerst haben wir Mathe und das kann ich ganz gut. Außerdem mag ich meinen Mathelehrer. Er heißt Herr König und spielt in seiner Freizeit in einer richtigen Rockband. Deshalb hat er auch lange Haare, die er in der Schule zu einem Zopf zusammenbindet, und trägt meistens so coole Lederklamotten. Von uns wird Herr König oft »The King« genannt, aber nur, wenn er es nicht hören kann.

Nach Mathe haben wir Deutsch. Eigentlich müsste Deutsch eins meiner Lieblingsfächer sein, schließlich bin ich Schriftsteller und Schriftsteller lieben Sprache und Geschichten und alles drum herum. Ist es aber nicht. Und das liegt nicht an den Geschichten, die wir da lesen, sondern an meiner Lehrerin, der fiesen Bertram.

Ich habe euch ja schon gesagt, dass Mama es nicht gut findet, wenn ich sie so nenne, aber das liegt nur daran, dass Mama meine Klassenlehrerin nicht richtig kennt. Sie hat sie nur einmal ganz kurz gesehen an meinem ersten Schultag in der neuen Schule und da hat die Bertram ihre Fiesheit noch gut vor all den Müttern und Vätern versteckt und so ein ganz falsches Grinsen aufgesetzt. Dass es falsch war, hat Mama gar nicht gemerkt, aber ich habe es sofort gesehen. Das Grinsen war nämlich nicht das einzige Falsche an der Bertram.

Zuallererst ist mir ihre Haarfarbe aufgefallen. Meine Lehrerin hat lange schwarze Haare. Sie sind schwärzer als das schwärzeste Schwarz, so schwarz, dass sie aussehen wie eine von diesen Perücken, die man an Fasching kaufen kann. Die Bertram ist aber schon uralt. Mindestens fünfzig. Und alte Frauen haben keine schwarzen Haare. Nur noch graue. Deshalb kann die Haarfarbe von der fiesen Bertram nicht echt sein. Genauso wenig wie die Farbe ihrer Lippen. Ich habe vorher noch nie so rote Lippen gesehen. Mama schminkt sich auch manchmal, bevor sie ausgeht. Etwas aufhübschen nennt sie das. Und sie sieht dann auch wirklich immer ganz besonders hübsch aus. Die Lippen von der fiesen Bertram sehen nicht hübsch aus, sondern gruselig. Gruselig rot.

Das hat Silke auch gesagt. Und die muss es wissen.

Silke ist nämlich Friseurin und besucht Karl manchmal am Büdchen, um ihm die Haare zu schneiden. Für umsonst. Aber Karl gibt ihr dafür immer einen Kaffee, wenn sie vorbeikommt. Auch ganz ohne Haareschneiden. Und auch für umsonst.

Als ich Karl mal von der fiesen Bertram erzählt habe, hat Silke gerufen: »Ihh! Ist das die mit den falschen Wimpern und dem gruselig roten Lippenstift?«

Die Wimpern hatte ich tatsächlich ganz vergessen. Die sind genauso falsch wie alles andere an der Bertram.

Unser Mathelehrer ist noch nicht richtig aus dem Klassenzimmer draußen, da stürmt die Bertram schon herein. Herr König schafft es gerade noch, uns einen mitleidigen Blick zuzuwerfen, bevor sie die Tür hinter ihm zuknallt.

Sie wirft ihre Tasche mit so viel Schwung auf das Pult, dass die Klunker um ihren Hals und an den Handgelenken nur so klirren und klingeln. Die sind auch unecht, die Klunker, jedenfalls hat Silke das gesagt. Das ganze klingelige Zeug erinnert mich immer ein bisschen an einen Weihnachtsbaum. Besonders groß ist die Bertram nicht, aber sie trägt extrahohe Stiefel, damit das nicht so auffällt. Ihre Hose stopft sie immer in die Stiefel rein. Damit sieht sie aus wie einer von diesen russischen Sängern, die ich mal im Fernsehen gesehen habe. Don Kosaken Chor hat Mama die genannt. Der Chor hat schrecklich traurige Lieder gesungen von Sehnsucht und Heimat und Einsamkeit und so. Vielleicht wollen die Don Kosaken nicht, dass die Bertram in den gleichen Klamotten rumläuft wie sie, und sind deshalb so traurig.

Mit ihren Stiefeln klackert meine Lehrerin jedenfalls immer so laut durch die Gegend, dass man sie schon hören kann, wenn sie noch ganz weit weg ist. Das ist das einzig Gute an den Dingern.

Heute hat die Bertram zu den Stiefeln und der unechten Klunkerkette noch eine Leopardenfellweste an. Die ist auch nicht echt, und ausnahmsweise bin ich total froh darüber, weil mir der Leopard sonst schrecklich leidgetan hätte. Bei dem Gedanken an einen toten Leoparden, der ja zum Glück gar nicht tot ist, muss ich wieder an meinen Krimi denken. Und auf einmal habe ich eine Idee. Die Bertram. Ich werde die Bertram in meinen Krimi einbauen. Entweder als Opfer, dann wäre das *ihr* Finger, den der Hund im Gestrüpp findet. Oder noch besser als Mörderin. Dann kann sie der Kommissar am Schluss festnehmen und für alle Zeit in ein Gefängnis stecken.

Leise krame ich mein Notizbuch aus dem Ranzen und schlage es vorsichtig unter dem Tisch auf. Ein Schriftsteller muss eine gute Idee immer gleich no-

tieren, sonst wird er am Ende von irgendwas abgelenkt und dann ist der gute Einfall wieder futsch und er bekommt eine Schreibblockade und dann geht nix mehr. Ich kritzel schnell eine kleine Skizze von der Bertram in mein Notizbuch und schreib die wichtigsten Merkmale dazu. Bestimmt kann ich das später noch gebrauchen.

Das Auffälligste an ihr sind übrigens nicht die ganzen falschen Wimpern und Haare und Klamotten und so. Das Auffälligste sind ihre Augen. Auch wenn sie selbst sich überhaupt nicht bewegt, jagen die Augen immer hin und her wie bei einer Katze, die im Gras sitzt und nach der Maus Ausschau hält. Das Gejage macht einen ganz nervös, deshalb darf man am besten gar nicht hingucken. Denn irgendwann hört sie mit diesem Jagdblick ganz plötzlich auf und starrt dir direkt ins Gesicht, so als ob sie sagen wollte: »Ha! Hab ich dich, du Maus!«

Und so fühlt man sich dann auch. So winzig wie eine Maus. Und man kann nicht weglaufen. Auch jetzt steht die Bertram vorne vor der Klasse und jagt mit ihren Augen über unseren Köpfen hin und her. Alle machen sich ganz klein und ich würde am liebsten unter den Tisch kriechen. Aber zack – da ist es schon zu spät. Ihre Augen stehen plötzlich still und sind genau auf mich gerichtet. Mit hochgezogenen Augenbrauen starrt sie mich an. »Na? Ich warte!«

Mist. Hatte sie eine Frage gestellt? Hab ich vielleicht zwischen all meinen Überlegungen zu russischen Sängern und toten Leoparden etwas Wichtiges überhört? Hilfe suchend schaue ich mich in der Klasse um. Alle wirken total erleichtert, dass die Bertram mit ihrem Jagdblick mich ausgewählt hat. Ich sehe in ihren Gesichtern kein bisschen Mitleid oder so. Und Hilfe schon gar nicht.

Die Bertram starrt mich immer noch an. Jetzt versuche ich, ihrem Blick standzuhalten. Wenn ich es schaffe, lange genug zurückzustarren, gibt sie vielleicht auf und wiederholt ihre Frage. Oder sie stellt sie einem anderen Kind. Langsam fange ich an zu schwitzen. Ich bin nicht so gut in diesen Dingen. Aber ich weiß auch nicht, was ich sonst machen soll. Aus den Augenwinkeln sehe ich, dass uns inzwischen alle gespannt beobachten. Frau Bertram steht immer noch vor mir in ihrer unechten Leopardenfellweste und funkelt mich böse an. Irgendwie sieht sie aus wie ein Dompteur in einem Zirkus. Eigentlich fehlt ihr nur noch so eine Peitsche zum Rumknallen.

»Und? Kriege ich heute noch eine Antwort?!«

Ich zucke zusammen. Ihre Stimme klingt auch wie ein Peitschenknall. Das mit dem Zurückstarren kann ich vergessen.

»Ich … ich habe die Frage nicht gehört«, stottere ich, froh darüber, dass meine Stimme überhaupt noch funktioniert. Die Bertram klackert einen Schritt näher auf mich zu und stemmt die Hände in die Hüften.

»Ich habe gefragt, warum deine Mutter nicht beim Elternabend war?«

Der Elternabend. Mist. Den hatte ich ganz vergessen. Mama wusste von dem Elternabend, aber sie hatte es einfach nicht gepackt. Elternabende waren nicht so ihr Ding. Schon früher nicht. Deshalb ist Papa immer zu allen Elternabenden gegangen. Mama fand das nur gerecht. Schließlich sei sie tagsüber für meine Erziehung und meine Hausaufgaben und so zuständig, hat sie immer gesagt. Da könne Papa sich wenigstens am Abend um die Schule kümmern. Aber jetzt ist Papa nicht mehr da und ich mache meine Hausaufgaben schon lange alleine. Da wäre es eigentlich ihr Job gewesen. Aber als der Elternabend war, hat Mama im Supermarkt an der Kasse gesessen, und ich glaube, sie war heimlich froh darüber, eine Ausrede zu haben. »Manchmal ist es verdammt schwer, Mama und Papa gleichzeitig zu sein«, sagt sie öfter. Im Supermarkt hätte sie aber sowieso nicht frei bekommen, weil doch gerade so viel zu tun ist.

»Wird schon nichts Wichtiges gewesen sein«, hat sie hinterher gesagt.

Die Bertram sah allerdings gerade aus, als ob der

verpasste Elternabend lebenswichtig gewesen sei. Ich nehme meinen ganzen Mut zusammen, um ihrem finsteren Blick nicht wieder auszuweichen.

»Meine Mutter hatte keine Zeit«, sage ich leise. »Sie lässt sich entschuldigen.«

»So, keine Zeit!« Die Bertram verzieht ihre Lippen zu einem falschen Lächeln. »Dann hatte sie bisher wohl auch keine Zeit, deinen Beitrag für die Klassenfahrt zu bezahlen, oder?«

Irgendjemand kichert. Die anderen bleiben mucksmäuschenstill. Wenn man jetzt eine Stecknadel fallen ließe, könnte man das bestimmt hören, so still ist es. Das sagt man zumindest so. Aber natürlich ist es ziemlich unwahrscheinlich, dass jemand in einem ganz normalen Klassenzimmer eine Stecknadel dabeihat. Nur langsam sickert bei mir durch, was die Bertram gerade gesagt hat.

Die Klassenfahrt. Meine Sorgen wegen des verpassten Elternabends waren nichts im Vergleich zu dem neuen Schock.

Die Klassenfahrt soll nach den Herbstferien stattfinden, so richtig mit Jugendherberge und Wandern und allem Drum und Dran. Obwohl ich meine Klassenlehrerin nicht leiden kann, habe ich mich auf die Fahrt gefreut, weil Herr König nämlich auch mitfahren will. Und der hat uns versprochen, seine E-Gitarre mitzunehmen und einen richtig fetzigen Partyabend mit uns zu machen.

Wir hatten von der Bertram einen Elternbrief mit allen Infos zu dieser Fahrt bekommen, den habe ich Mama auch gegeben. Ich versuche, mich zu erinnern, was sie damals gesagt hat, aber mir fällt nichts mehr ein. Ich weiß nur noch, dass sie den Brief überflogen und dann gemurmelt hat: »Oje, gleich so viel«, und dass ich dachte, sie meint die Tage oder die Entfernung und dass ich doch schon groß bin und gut mal ein paar Tage ohne sie auskommen kann. Dann hat sie mir einen Kuss gegeben und den Brief zu den anderen wichtigen Briefen in die Küchentischschublade gelegt. Und da muss sie ihn vergessen haben.

Mir wird ganz eng im Hals und in meinem Kopf rattert alles durcheinander. Was soll ich jetzt machen? Ich will nicht, dass die Bertram sauer auf meine Mama ist oder denkt, sie würde sich nicht richtig kümmern oder so. Das tut sie nämlich doch. Nur manchmal hat sie selbst so viel Kummer, dass das mit dem Kümmern ein bisschen schwierig ist. Kummer. Kümmern. Am liebsten würde ich die beiden Wörter jetzt schnell in mein Notizbuch schreiben, um später in Ruhe darüber nachdenken zu können, ob sie etwas miteinander zu tun haben. Aber dafür ist jetzt nicht der richtige Augenblick. Schließlich steht meine Lehrerin immer noch vor mir und starrt mich an. Verzweifelt suche ich nach einer Antwort, mit der ich sie ein bisschen beruhigen könnte, aber mir fällt nichts ein.

»Sag deiner Mutter, dass ich sie noch vor den Herbstferien sprechen will!« Die Bertram hat ihren Zeigefinger ausgestreckt und fuchtelt damit rum, als ob sie mich mit dem Finger erstechen wolle. Die Klunker an ihrem Handgelenk klirren leise. Innerlich beschließe ich, die Bertram doch zum Opfer in meinem Krimi zu machen. Wegen des Fingers. Und vielleicht kann der Hund ja auch gleich noch ein paar von diesen Glitzerketten im Gebüsch finden. Dann erst fällt mir auf, was sie gerade gesagt hat. Sie will Mama sprechen? Noch vor den Herbstferien?

»Und die zweihundert Euro soll sie dann bitte gleich mitbringen. Sonst fällt die Klassenfahrt für dich nämlich aus!« Nach diesen Worten dreht die Bertram sich auf dem Absatz um und klackert zurück zur Tafel.

Zweihundert Euro. Ich fühle mich, als ob sie nicht nur mit ihrem Finger gefuchtelt, sondern mir gleich die ganze Faust in den Magen gerammt hätte. Zweihundert. Die Herbstferien fangen in neun oder zehn Tagen an. Wo soll Mama in der kurzen Zeit so viel Geld hernehmen? Den Rest der Stunde kriege ich kaum noch mit. In meinen Ohren ist die ganze Zeit so ein komisches Rauschen. Ich will nicht, dass Mama wieder traurig wird. Aber ich will auch unbedingt mit auf die Klassenfahrt. Man hat schließlich nicht jeden Tag die Gelegenheit, mit seinem Mathelehrer eine fetzige Rockerparty zu feiern. Ich starre weiter wie betäubt auf die Tafel, bis das Klingeln zur Pause mich endlich erlöst.

Erst jetzt merke ich, dass ich die ganze Zeit unterm Tisch mein Notizbuch umklammert habe. Ich will es gerade unauffällig zurück in meinen Ranzen schieben, als die Bertram wieder auf mich zugestiefelt kommt.

»Gibt das her!«, sagt sie und streckt die Hand aus.

Ich schnappe nach Luft. Bestimmt bleibt mein Herz gleich stehen und ich falle tot um. Dann sterbe ich an plötzlichem Herzstillstand wie der Mann von Frau Wischnewski. Kein schöner Tod mitten im Klassenzimmer.

»Aber ich …« Mit beiden Händen halte ich mein Notizbuch ganz fest, aber die Bertram reißt es einfach an sich, dreht sich um und lässt es mit einem leisen Klirren und Klingeln in ihrer riesigen schwarzen Tasche verschwinden.

Die fiese Bertram

Vorname: U Punkt. Mehr weiß ich nicht.
Kann Ulrike heißen. Oder Ursula.
Oder Unfassbar fies.

Alter: Auf jeden Fall älter als Mama.
Auch wenn sie so tut, als wäre sie noch ganz jung.

Frisur: Lange schwarze Haare. Wie eine Faschingsperücke.

Kleidung: Weste aus falschem Leopardenfell. Zum Glück für den Leoparden. Hohe schwarze Stiefel, in die sie ihre Hose reinstopft, damit sie aussieht wie ein russischer Sänger. Aber ich glaube, sie kann gar kein Russisch. Und singen kann sie auch nicht.

Merkmale: Knallroter Lippenstift. Falsche Wimpern. Und total viele falsche Klunker um die Handgelenke und um den Hals. Auch sonst ist alles voller fieser Falschheit.

Zusatz: Besonders auffällig ist ihr Jagdblick. Wenn sie damit anfängt, muss man schnell ganz woanders hingucken. Sonst starrt sie einem irgendwann direkt in die Augen und dann ist man erledigt.

4. Kapitel

In dem in einem Topf siebzehn Euro fünfzig sind und in dem anderen 7,5 Millionen. Der andere gehört aber einem Jack und man kommt nicht an ihn ran …

Heute gehe ich nach der Schule direkt nach Hause. Ich will niemanden mehr hören oder sehen. Schon gar nicht Karl mit seinen tollen Geschichten über diese Finja, die all das hat, was ich mir wünsche. Bestimmt bezahlt Finjas Papa auch jede Klassenfahrt für sie, ohne mit der Wimper zu zucken.

In unserem Briefkasten herrscht diesmal gähnende Leere. Nicht mal ein Fitzelchen von einem Werbeprospekt steckt darin und auch sonst keine Post. Das ist auch gut so, denn noch mehr schlechte Nachrichten kann ich gerade echt nicht gebrauchen.

Ich verkrieche mich in mein Zimmer.

Von wegen guter Tag. Das ist einer von den ganz miesen Tagen und er ist jetzt erst gerade mal zur Hälfte rum. Am liebsten würde ich jetzt eine Runde heulen, was auch kein Problem wäre, weil ja keiner da ist, der es sehen kann. Aber gleichzeitig ist auch genau das das Problem, denn dann ist auch niemand zum Trösten da. Und wenn man beim Heulen niemanden hat, der einen tröstet, dann muss man das ganz alleine machen. Also erst alleine heulen, sich dann alleine alles mögliche Tröstliche sagen, bis man aufhören kann zu heulen. Und dann kann man das alles eigentlich auch gleich ganz lassen. Deshalb liege ich nur auf dem Bett und starre nach oben. An der Decke über mir hängen ein paar von diesen Klebesternchen, die in der Nacht leuchten. Mama hat sie dahin geklebt und mir früher immer gesagt, dass die Sterne nachts auf mich aufpassen würden. Eigentlich bin ich schon viel zu groß für leuchtende Klebesternchen, und jetzt am Tag leuchten sie sowieso nicht, sondern sehen aus wie ganz gewöhnliche gelbe Plastiksterne, die jemand an die Decke geklebt hat. Der Anblick der falschen Sterne erinnert mich schlagartig wieder an die fiese Bertram und all ihre Falschheit. Sofort wird mir wieder schlecht.

Für einen Moment weiß ich gar nicht, was ich schlimmer finde: dass Mama für die Klassenfahrt zweihundert Euro bezahlen soll oder dass die Bertram mir mein Notizbuch weggenommen hat. Und dann fällt mir etwas ein, das ich in all dem Chaos völlig vergessen habe. Meine Notizen.

Wenn die Bertram alles, was ich über sie und ihre falschen Klunker und ihre gruseligen Lippen geschrieben habe, liest, reißt sie mir garantiert höchstpersönlich den Kopf ab. Und ohne Kopf kann ich die Klassenfahrt sowieso vergessen. Also ist mein Notizbuch eindeutig das größere Problem.

Außerdem ist da noch der Brief, wegen dem Mama gestern die halbe Nacht mit Tami telefoniert hat. Ich muss endlich nachgucken, was darin steht. Ich setze mich so schnell im Bett auf, dass mir schwindelig wird. Hoffentlich liegt der Brief noch in der Schublade. Ich mache mich auf den Weg in die Küche. Bei der Gelegenheit kann ich mir auch gleich was zu essen suchen, denn langsam kriege ich Hunger und mit leerem Magen kann kein Mensch richtig nachdenken.

Mein Herz klopft bis zum Hals, als ich in die Küche komme. Neben der Spüle steht noch unser Frühstückgeschirr von heute Morgen. Ich beschließe, erst schnell Mamas Kaffeetasse und meinen Kakaobecher abzuwaschen und ein bisschen aufzuräumen. Beim Spülen kann man besonders gut nachdenken, sagt Mama immer.

Aber es funktioniert nicht. Vielleicht liegt es daran, dass man nur ein paar Minuten braucht, um zwei Tassen und eine kleine Müslischale zu spülen, jedenfalls kommt mir in der kurzen Zeit kein einziger hilfreicher Gedanke.

Es nützt alles nichts. Ich muss wissen, was in diesem Brief von gestern steht. Ich komme mir vor wie ein Kommissar, der einer ganz wichtigen Sache auf der Spur ist und sich dabei direkt in die Höhle des Verbrechens begeben muss, als ich zu unserem Küchentisch gehe und langsam die Schublade aufziehe. Die ist zwar nicht abgeschlossen, aber Mama mag es trotzdem nicht, wenn ich heimlich an ihr Zeug gehe. Deshalb habe ich auch sofort ein schlechtes Gewissen. Denn wenn sie gewollt hätte, dass ich von dem Brief weiß, hätte sie ihn mir vorgelesen. Hat sie aber nicht.

Aber diese Überlegungen bringen mich jetzt auch nicht weiter. Sherlock Holmes hat bestimmt nie ein schlechtes Gewissen, wenn er in den Sachen von anderen Leuten rumschnüffelt.

Die Schublade klemmt ein bisschen, und ich muss sie erst ein paarmal vor- und zurückruckeln, ehe sie sich öffnen lässt. Sie ist so vollgestopft, dass ihr Inhalt sofort anfängt rauszuquellen, als ich sie nur einen kleinen Spalt weit aufziehe. Ich fummele das oberste Blatt vorsichtig raus und betrachte es von allen Seiten. Das muss der Brief von gestern sein. Ich erkenne das Logo oben auf der Vorderseite. Das gleiche Logo war auch auf dem Umschlag, den ich aus dem Briefkasten gezogen habe.

Ich falte das Blatt auseinander und beginne zu lesen. Zuerst verstehe ich nicht viel. In dem Brief stehen nur lauter Zahlen mit einer ganzen Menge Stellen nach dem Komma und geheimnisvolle Abkürzungen. Aber dann, weiter unten, kommen Wörter, die ich kenne. Sofort schlägt mein Herz wieder heftiger. *Strom* steht da. Und *Wasser*. Und *Gas*. Und dann noch das Wort *Nachzahlung*. Und irgendwo noch weiter unten dann eine Zahl, die so hoch ist, dass mir sofort wieder schlecht wird. 328 Euro.

Und ein Satz, der direkt von der fiesen Bertram stammen könnte: *Zahlen Sie diesen Betrag innerhalb von zwei Wochen*.

Schlagartig wird mir eiskalt. So muss sich das Barfußmädchen im Schnee gefühlt haben, als die Sterne vom Himmel gepurzelt sind. Nur dass meine Sterne sich nicht in Goldstücke verwandeln, sondern blöde gelbe Plastiksterne bleiben, die an der Decke kleben. Und Mama soll in zwei Wochen dreihundertachtundzwanzig Euro bezahlen.

Hunger habe ich keinen mehr. Nur fürchterliche Bauchschmerzen. Was soll ich denn jetzt nur machen? Ich weiß genau, dass Mama nicht so viel Geld hat.

Und ich habe keine Ahnung, was passiert, wenn sie diesen Betrag nicht bezahlen kann. Vielleicht haben wir dann keinen Strom mehr und auch kein Wasser. Dann müssen wir das Kartoffelpulver aus den Plastiktöpfchen trocken essen und können keinen fluffigen Kartoffelbrei mehr machen. Meine Zunge fühlt sich bei diesem Gedanken sofort ganz staubig an.

Ich falte den Brief wieder zusammen und stopfe ihn, so gut es geht, zurück in die volle Schublade. Dann gehe ich in mein Zimmer und hole die Dose mit den gesparten Geldstücken aus meinem Geheimversteck unter dem Bett hervor. Eigentlich hatte ich mir geschworen, das Geld erst zu zählen, wenn die Dose randvoll ist. Aber das hier ist ganz eindeutig ein Notfall und deshalb öffne ich jetzt den Deckel und kippe den kompletten Inhalt auf den Fußboden. Ich gebe zu, ich bin ein bisschen enttäuscht, als ich das Häufchen Münzen so auf dem Teppich liegen sehe. Die Dose fühlte sich so schwer an und nach viel mehr Geld, als es tatsächlich zu sein scheint. Ich fange an zu zählen. Ich muss zweimal anfangen, weil ich so aufgeregt bin, dass ich mich beim ersten Mal verzähle. Ich habe siebzehn Euro und fünfzig Cent. Siebzehnfünfzig in lauter Fünfzig-Cent-Stücken. In Lollis umgerechnet ist das sicher ganz schön viel, aber für die Stromnachzahlung und meine Klassenfahrt viel zu wenig. Traurig werfe ich das Geld zurück in die Dose und schiebe sie wieder unter das Bett.

Schon wieder ist mir nach einfach Losheulen. Aber ich will nicht weinen. Davon wird meine Spardose auch nicht voller. Stattdessen versuche ich auszurechnen, wie viele Lollis ich von siebzehn Euro fünfzig tatsächlich kaufen könnte, und bei dem Gedanken an die Lollis muss ich an den einen Lolli denken, den Karl mir heute Morgen geschenkt hat und den ich einfach liegen gelassen habe, weil ich so sauer war wegen Finja und Watson und allem. Und auf einmal fühle ich mich gar nicht mehr sauer, sondern will nur noch runter zu Karl ans Büdchen und mit ihm reden und ihm von der fiesen Bertram und meinem Notizbuch erzählen. Vielleicht hat Karl ja eine Idee, was ich jetzt machen soll, und falls nicht, hat er vielleicht wenigstens noch meinen Lolli.

Obwohl in wenigen Tagen schon die Herbstferien anfangen, ist es draußen noch richtig warm und sonnig. Karls Büdchen steht auf einem kleinen Stück Wiese an der nächsten Kreuzung, und ich muss erst zu einer Fußgängerampel gehen, um rüberzukommen. Die zwei großen Kastanienbäume, die direkt neben dem Büdchen stehen, sind noch richtig grün und haben bisher fast keine Blätter verloren. Nur ganz ab und zu rieselt ein einziges gelbes Blatt zu Boden. Unter den

Bäumen hüpfen ein paar Spatzen herum und warten darauf, dass einer der Büdchenbesucher einige Krümel für sie fallen lässt. Karl reicht gerade einem kleinen Jungen ein Eis über den Tresen, und als der Junge mit dem Eis in der Hand davonspringt, winkt er ihm freundlich hinterher. Irgendwie passt die ganze fröhliche Draußenstimmung gerade gar nicht zu den traurigen Gedanken und den Sorgen in mir drin. Ich überlege schon, wieder umzukehren, aber da schaltet das Ampelmännchen auf Grün um, und ich gehe los.

Karl ist nicht alleine. Am Tresen steht ein älterer Herr in einem silbergrauen Anzug und mit genauso silbergrauen Haaren. Die Haare kleben ganz eng an seinem Kopf. So als ob er sie mit viel Spucke angeklebt hat. Vielleicht aber auch mit Haargel. So genau kann ich das nicht erkennen. Obwohl ich ihn nur von hinten sehe, weiß ich sofort, wer das ist. Lotto-Werner. So nennt jedenfalls Frau Wischnewski ihn.

Lotto-Werner kommt jeden Freitag zu Karl ans Büdchen, um dort seine Lottozahlen zu tippen. Frau Wischnewski sagt auch, dass Lotto-Werner früher einmal ein richtig hohes Tier bei einer Bank war. Das mit dem hohen Tier ist wieder so ein Erwachsenenspruch und hat mit Tieren nichts zu tun. Es bedeutet nur, dass Werner früher bei einer Bank einen sehr wichtigen Job hatte. Aber dann hat die Bank krumme

Geschäfte gemacht und musste schließen. Da wurden natürlich alle Angestellten entlassen. Werner gehörte auch zu denen, die gehen mussten. Damals hat er ziemlich viel Geld, sein schickes Haus, sein dickes Auto und auch seine Frau verloren. Die wollte nämlich so ohne Haus und Auto nichts mehr von Werner wissen und ist mit dem Bankdirektor durchgebrannt.

Das Einzige, das Werner aus dieser Zeit noch geblieben ist, ist sein silbergrauer Anzug und seine Aktentasche. Den Anzug zieht er jetzt jeden Morgen an und tut so, als ob er weiter zur Arbeit geht. In Wirklichkeit trinkt er nur einen Schnaps bei Karl und holt sich eine Zeitung. Dann setzt er sich den ganzen Tag auf eine Bank im Park und füttert die Enten mit dem Brot, das er immer in seiner Aktentasche dabeihat. Und freitags füllt er auf dem Heimweg einen Lottoschein aus.

Karl hat Frau Wischnewski schon mal vorgeschlagen, sich doch ein bisschen um Lotto-Werner zu kümmern, aber da hat sie ihn nur ganz entrüstet angesehen und ihm erklärt, dass keiner ihren toten Paul ersetzen könne und so ein Aktentaschen- und Anzugträger gleich dreimal nicht.

»Hallo, Emil!«, ruft Karl, als er mich sieht. »Kommst ja spät heute. Ich hab dich schon vermisst.«

Ich murmele was von vielen Hausaufgaben. Solange

Werner mit seinem Lottoschein beschäftigt ist, will ich nicht über meinen Kummer reden. Karl schiebt mir einen Lolli über den Tresen. »Warst ja so schnell weg heute Morgen, da habe ich ihn für dich aufgehoben.«

Ich schnappe mir schnell den Lolli, auch wenn Werner nicht so aussieht, als ob er ihn mir wegnehmen will. Dann setze ich mich auf die Treppenstufen neben dem Büdchen und fummele das Papier ab.

Werner hält in der einen Hand einen Kugelschreiber, mit der anderen streicht er sich immer wieder über die angeklebten Haare, so als ob er sich vergewissern wolle, dass alle noch da sind. Was ziemlich wahrscheinlich ist bei so viel Klebstoff.

»Emil, du musst mir mal helfen«, wendet er sich plötzlich an mich. »Was sind deine Glückszahlen?«

Glückszahlen? So was habe ich gar nicht. Keine Ahnung, was ich ihm jetzt antworten soll. Früher hielt ich die Drei für eine ziemlich coole Zahl, einfach weil wir drei, Mama, Papa und ich, ja auch ziemlich glücklich waren. Aber Glück hat mir die Drei ja dann trotzdem nicht gebracht. Genau genommen schwirren mir gerade so viele Zahlen im Kopf herum, dass mir davon ganz schwindelig ist, aber das sind alles Unglückszahlen und ganz bestimmt nicht die Zahlen, die Lotto-Werner jetzt hören will.

»Na, komm schon! Eine Zahl wirst du doch wohl auf Lager haben.« Lotto-Werner lässt nicht locker. »Wann hast du denn Geburtstag?«

»Frühlingsanfang«, murmele ich. »Zwanzigster März. Warum?«

»Zwanzigster Dritter also«, wiederholt Werner und kreuzt was auf seinem Zettel an.

»Werner will nämlich den Jackpot knacken.« Karl beugt sich über den Tresen. »Wenn du ihm dabei hilfst, gibt er dir vielleicht was ab.« Mit diesen Worten verschwindet Karl wieder im Inneren des Büdchens.

Pot ist Englisch für Topf. Das weiß ich. Keine Ahnung, was Werner mit diesem Topf von irgendeinem Jack will. Ich muss wohl ziemlich verständnislos geguckt haben, denn Werner erklärt mir sofort, dass der Jackpot eine Art gigantischer virtueller Geldtopf ist, in den alles reinkommt, was in den letzten Wochen nicht von irgendwem gewonnen wurde. Und dieser Topf ist jetzt voll bis oben hin und am Wochenende kann man ihn gewinnen. Mit einem Jack hat das alles aber gar nichts zu tun.

»Wie viel Geld ist denn in dem Topf?«, frage ich und muss automatisch an meine ganz gut gefüllte Blechdose unter dem Bett denken.

»Sieben Komma fünf Millionen Euro«, sagt Werner und ich verschlucke vor Schreck fast meinen Lolli.

»Sieben Millionen?«, flüstere ich.

»Komma fünf«, kommt Karls Stimme aus dem Büdchen.

Ich denke an die Klassenfahrt und die Nachzahlungen für Strom und Gas und an die 5-Minuten-Terrinen mit dem abgelaufenen Datum und an Mamas Überstunden und ihre Müdigkeit und alles auf einmal.

»Und was muss man machen, um diesen Pot zu gewinnen?«

»Man muss die sechs Richtigen tippen. Also die richtigen Zahlen. Aber das ist gar nicht so einfach«, sagt Werner und streicht sich wieder über die Gel-Haare. »Deshalb sollst du mir ja dabei helfen. Kriegst auch was ab, wenn ich gewinne«, fügt er schnell hinzu, als er meinen skeptischen Blick sieht.

Ich habe keine Ahnung, warum Werner glaubt, dass ich weiß, welches die sechs richtigen Zahlen sind. In meinem Kopf dreht sich alles. Wenn Werner diesen Jackpot tatsächlich gewinnt und wenn er mir nur ein winziges bisschen davon abgibt, dann wären meine und Mamas Probleme mit einem Schlag alle gelöst.

»Achtzehn«, sage ich schnell.

»Achtzehn?« Werner runzelt die Stirn. »Warum ausgerechnet achtzehn?«

Ich zucke mit den Schultern. Die Achtzehn kam mir einfach so in den Sinn, sie hat keine besondere Bedeutung. Genauso gut hätte ich auch dreiundzwanzig sagen können.

»Achtzehn also.« Werner starrt auf seinen Lottozettel. »Ich weiß nicht ...«

»Achtzehn ist genauso gut oder schlecht wie jede andere Zahl. Hallo, Emil, rück mal ein Stück.« Finja lässt sich neben mich auf die Treppenstufen plumpsen. Ich war so mit den ganzen Zahlen in meinem Kopf beschäftigt, dass ich sie vorher gar nicht bemerkt habe.

Und ich weiß auch noch gar nicht, ob ich das gut finde, dass sie jetzt da ist. Ich will doch mit Karl alleine reden und dauernd kommt mir jemand dazwischen.

»Ne, achtzehn ist gut«, sagt Werner da. »Wenn Emil das sagt, dann nehme ich achtzehn.«

»Ich hätte aber genauso gut dreiundzwanzig sagen können«, werfe ich ein.

Werner schüttelt den Kopf. »Dreiundzwanzig hab ich ja schon. Also die Drei und die Zwanzig.«

»Werner will den Jackpot knacken«, erklärt Karl zum zweiten Mal, diesmal wendet er sich an Finja. Er beugt sich aus dem Fenster und reicht ihr auch einen Lolli. »Und Emil soll ihm dabei helfen.«

Finja wickelt den Lolli aus und schiebt ihn sich in den Mund. Eine Weile lutscht sie darauf herum und lässt ihn im Mund von einer Seite auf die andere wandern.

»Mach das nicht!«, sagt sie plötzlich und dreht sich zu mir um. Dabei zieht sie den Lolli mit einem satten Ploppgeräusch aus dem Mund. »Werner will nur, dass du ihm hilfst, damit er jemanden hat, dem er hinterher die Schuld geben kann, wenn es nicht klappt.«

»Aber wenn er den Jackpot knackt, gibt er mir was ab.« Ich überlege bereits fieberhaft, welche Zahl ich Werner als Nächstes nennen könnte. Die Achtzehn war ganz automatisch in meinen Kopf geflutscht, aber jetzt fällt mir auf einmal überhaupt keine Zahl mehr ein.

»Tut er nicht!« Finja schüttelt den Kopf.

»Das ist ja wohl die Höhe!« Entrüstet haut Werner mit der flachen Hand auf den Tresen. »Tu ich wohl! Was ich verspreche, das halte ich auch.«

Ich zucke zusammen, aber Finja zuckt nicht mal mit den Wimpern. Sie lutscht nur weiter an ihrem Lolli und schüttelt den Kopf.

»Er wird den Jackpot nicht knacken«, sagt sie schließlich zu mir und steht auf. »Die Chance, sechs Richtige im Lotto zu haben, liegt bei rund eins zu fünfzehn Millionen.«

»Wer hat sechs Richtige im Lotto?«, fragt Frau Wischnewski und versucht, etwas auf Werners Lottozettel zu lesen. Aber der hat schnell seine Hand darübergelegt. Vielleicht hat er Angst, dass sie die richtigen Zahlen einfach bei ihm abgucken und ihm den Jackpot wegschnappen will, jedenfalls verrenkt Frau Wischnewski sich völlig umsonst den Hals.

Ich habe keine Ahnung, wo sie auf einmal herkommt und was sie jetzt hier will. Die Fernsehzeitung hat sie sich doch gestern schon geholt und Paul, also den Dackel, hat sie auch nicht dabei. Gassi gehen fällt also als Möglichkeit aus. Aber warum ist sie dann am Büdchen? Während ich noch darüber nachdenke, fällt mir auf, dass Frau Wischnewski heute auch irgendwie anders aussieht. Statt der Lockenwickler und dem Kopftuch hat sie heute frische goldene Kringellöckchen auf dem Kopf und ihre Kittelschürze hat sie gegen ein hübsches Kleid mit lila Blümchen eingetauscht.

»Haben Sie Geburtstag?«, platzt es aus mir heraus.

Frau Wischnewski schüttelt ihre Goldlöckchen. »Geburtstag? Ich? Nein! Wie kommst du denn darauf, Schätzchen?«

Schätzchen hat Frau Wischnewski mich noch nie genannt. Ich fühle, wie ich rot werde.

Dann sehe ich, wie Finja zu Karl rüberguckt und ihm zuzwinkert. Karl grinst zurück und beugt sich wieder aus dem Fenster.

»Vielleicht fragen Sie mal Frau Wischnewski nach ihren Glückszahlen«, sagt er zu Werner. »Sie kann Ihnen bestimmt helfen.« Karl und Finja sehen aus, als ob sie sich gerade am liebsten mit einem High-Five abklatschen würden. Und ich komme mir schrecklich überflüssig vor.

Frau Wischnewski kichert wieder, dass die Löckchen nur so wackeln, und ich warte darauf, dass sie jetzt zu Karl ›Schätzchen‹ sagt. Tut sie aber nicht. Stattdessen greift sie nach Werners Arm, hängt sich bei ihm ein und flüstert ihm was ins Ohr. Fasziniert beobachte ich, wie jetzt Werner anfängt zu kichern und sich immer wieder über die Gelfrisur streicht. Kurz streift mein Blick die Pantoffeln an Frau Wischnewskis Füßen. Die passen so gar nicht zu dem hübschen Kleid und der neuen Frisur. Aber Lotto-Werner scheint das überhaupt nicht zu merken. Er kreuzt ganz verzückt alle Zahlen an, die Frau Wischnewski ihm ins Ohr flüstert.

»Ach, Frau Wischnewski, was täte ich nur ohne Ihre Hilfe«, säuselt Werner.

»Sagen Sie doch Gerda zu mir«, zwitschert Frau Wischnewski zurück.

»Komm, wir hauen ab«, sagt Finja da zu mir und reicht mir ihre Hand, um mich hochzuziehen. »Ich will endlich hören, wie deine Geschichte weitergeht. Und ob es jetzt ein Jogger war, der da im Gebüsch rumliegt.«

Als Finja ›deine Geschichte‹ sagt, hätte sie mir genauso gut einfach den Boden unter den Füßen wegziehen können. Denn dann fällt mir alles wieder ein, was ich für einen kurzen Moment vergessen hatte. Die fiese Bertram, das gestohlene Notizbuch, die Klassenfahrt und die Stromrechnung zu Hause in der Küchenschublade. Meine Probleme kommen mit einem Schlag alle zu mir zurück. Und mit einer Chance von eins zu fünfzehn Millionen werden sie da wohl bis in alle Ewigkeit bleiben.

Lotto-Werner

Vorname: Werner.
Den Nachnamen kenne ich nicht.

Alter: Weiß ich nicht.
Aber Frau Wischnewski
weiß das bestimmt, sie weiß fast alles über Werner,
auch wenn sie immer so tut, als ob er sie nicht
interessiert.

Frisur: Silbergraue Haare, die mit ganz viel Spucke oder Gel
am Kopf festgeklebt sind.

Kleidung: Silbergrauer Anzug. Sehr elegant. Auch wenn seine
Frau den Bankdirektor eleganter fand und Werner
deshalb verlassen hat.

Merkmale: Kann nicht damit aufhören, jeden Tag mit der
Aktentasche zur Bank zu gehen. Muss dafür aber
leider die Parkbank nehmen, weil die andere Bank
geschlossen wurde.

Zusatz: Glaubt, dass er den vollen Pot von Jack knacken
kann. Was schon cool wäre.

5. Kapitel

In dem eine rostige Schaukel doch noch benutzt wird, eine ganze Stadt golden leuchtet und ein kleiner Hund mit einer langen Leine für ein totales Durcheinander sorgt. Was richtig guttut.

Ich trotte hinter Finja her. Ihre Beine stecken wieder in den rot-weiß geringelten Leggings und den blauen Sneakers. Nur ihr Skateboard hat sie diesmal nicht dabei. Keine Ahnung, wo sie jetzt hinwill.

In meinem Kopf sind nur noch Zahlen. Zweihundert. Siebzehnfünfzig. Dreiundzwanzig. Siebenmillionenkommairgendwas. Achtzehn. Dreihundertachtundzwanzig. Und dann ist da nur noch ein riesengroßes schwarzes Loch, das aussieht wie die Tasche von der fiesen Bertram.

»He, pass doch auf!«

Fast wäre ich über Finja gestolpert. Ich habe gar nicht gemerkt, dass sie einfach stehen geblieben ist. Wir sind jetzt auf der Rückseite vom Büdchen, und Finja setzt sich auf eine der leeren Getränkekisten, die Karl hinter dem Büdchen stapelt.

Komisch. Ich gehe schon so lange jeden Tag hierher. Aber hinter dem Büdchen habe ich noch nie gesessen. Ich nehme mir auch eine Kiste und setze mich neben Finja. Dann lehne ich mich an die Wand und schließe für einen Moment die Augen. Hier hinten ist es total ruhig und friedlich, der ganze Verkehr findet vorne statt.

Ein Stückchen neben uns sind noch die zwei riesigen Kastanienbäume und direkt daneben steht ein altes rostiges Schaukelgestell. Da wo Finja und ich jetzt sitzen, kommen nur noch ein paar Meter Gras mit Hundekacke und dann kommt schon die nächste Straße.

Ich weiß nicht so richtig, was ich jetzt sagen soll, deshalb sage ich erst mal nichts. Eine Weile schweigen wir beide so nebeneinander her. Ich überlege, ob ich Finja nach Watson fragen soll. Von Frau Wischnewski weiß ich, dass Hundebesitzer sich immer ganz besonders freuen, wenn man sich nach ihrem kleinen Liebling erkundigt. Aber dann wüsste Finja auch sofort, dass ich mich mit Karl über sie unterhalten habe.

Und das ist mir irgendwie peinlich. Schließlich soll sie nicht denken, dass ihr Auftauchen hier so etwas Besonderes für mich ist.

»Und? Verrätst du es mir jetzt endlich?«, fragt Finja da plötzlich.

»Was denn?« Verwirrt sehe ich sie an.

»Na, was der Hund da im Gebüsch gefunden hat. In deinem Krimi«, fügt sie noch hinzu, als ich nicht sofort antworte.

Ich schüttele den Kopf. Ein Schriftsteller verrät nie vorher, um was es geht, das müsste sie doch eigentlich wissen. Außerdem war ich mir ja bis heute Morgen noch gar nicht sicher, wie die Geschichte weitergehen soll. Und als ich jetzt daran denke, sehe ich sofort wieder die falschen Klunker von der Bertram vor mir und ihren Finger, mit dem sie herumgefuchtelt hat, und sofort fällt mir auch alles andere wieder ein. Vor allem das Allerschlimmste:

Ohne mein Notizbuch gibt es auch keine Geschichte mehr, die ich weiterschreiben könnte. Und dann kann ich auch kein Geld als Schriftsteller verdienen. Und außerdem braucht Mama jetzt gerade so schnell so viel Geld, dass mein ganzer schöner Plan sowieso nicht aufgegangen wäre. Irgendwie fühle ich mich gerade, als ob nicht nur mein Notizbuch, sondern auch ich selbst in der großen schwarzen Tasche von der Bertram verschwunden wäre.

»Liest du mir wenigstens noch mal den Anfang vor?«

»Geht nicht.« Ich presse die Lippen zusammen und wünsche mir nur, dass Finja endlich mit dieser Fragerei aufhört. Je mehr ich nämlich über mein Notizbuch und die fiese Bertram und das alles nachdenke, desto schlechter geht es mir. Als sei ich in einem riesigen grauen Strudel, der mich immer tiefer in das schwarze Loch hineinzieht.

»Warum geht das nicht? Hast du dein Notizbuch nicht dabei?« Fragend sieht Finja mich an.

»Weil es nicht geht, verdammt noch mal, und jetzt lass mich endlich in Ruhe!«, brülle ich. Und dann fange ich doch an zu heulen. So ein blöder Mist.

Finja sagt jetzt gar nichts mehr. Sie guckt mich nur erschrocken an, dann starrt sie eine Weile schweigend vor sich hin. Dann guckt sie wieder hoch. Sie räuspert sich.

»Tut mir leid«, sagt sie leise. »Papa sagt auch oft, dass ich ihn mit meinen vielen Fragen nerve. Und dass ich nicht immer so neugierig sein soll.« Dann seufzt sie tief, steht auf und reicht mir die Hand. »Bitte entschuldige. Wollen wir schaukeln?«

Ich bin so überrascht, dass ich ihre Hand nehme und kurz schüttele. Ohne meine Antwort abzuwarten, schlendert sie zu dem rostigen Schaukelgestell rüber und setzt sich auf eins der Schaukelbretter. Ich ziehe die Nase hoch und wische mir mit dem Ärmel über das Gesicht. Irgendwie bin ich ihr dankbar, dass sie zu der Heulerei nichts gesagt hat. Am liebsten würde ich jetzt einfach nach Hause gehen. Aber zu Hause warten nur die leere Wohnung und der Brief mit der Nachzahlung und kein Notizbuch. Und Mama ist auch noch nicht zu Hause. Bestimmt muss ich dann noch mehr heulen, und ich bin mir gerade nicht so sicher, ob mir zu der Heulerei auch was Tröstliches einfällt. Deshalb stehe ich auf und gehe zu der anderen Schaukel.

Seltsam. Ich sehe die Schaukel jeden Tag, aber ich bin noch nie auf die Idee gekommen, sie auszuprobieren. Es ist fast so, als ob Finja erst kommen musste, damit ich lauter neue Sachen mache. Eine Weile sitzen wir schweigend nebeneinander und scharren mit den Füßen in dem Sand unter uns rum. Mir ist es immer noch peinlich, dass ich angefangen habe zu heulen, und ich weiß nicht, was ich jetzt sagen soll. Aber irgendwas muss ich sagen, sonst geht es mir gleich wieder schlecht. Ich scharre so heftig mit den Füßen auf dem Boden, dass Staub nach oben wirbelt.

»Die Bertram hat mein Notizbuch, deshalb kann ich dir nichts vorlesen«, platzt es dann aus mir heraus.

Finja hält abrupt die Füße still und starrt mich an. »Die Bertram?«

»Meine Lehrerin. Die mit den falschen Haaren und

Wimpern und dem gruseligen Lippenstift. Das mit dem ganzen falschen Zeug hat Silke mir gesagt«, sprudele ich los. Und dann erzähle ich Finja die ganze Geschichte. Finja hört mir lange zu, ohne mich zu unterbrechen. Nur als ich von den zweihundert Euro für die Klassenfahrt erzähle, zieht sie scharf die Luft ein. Aber sie sagt trotzdem nichts.

Als ich endlich aufhöre zu reden, fühle ich mich ganz leer. Finja sagt immer noch nichts. Stattdessen stößt sie sich jetzt fest mit den Füßen ab und fängt an zu schaukeln. Immer höher schaukelt sie, sodass die rostige Kette, an der die Schaukel hängt, ziemlich beängstigend anfängt zu quietschen und zu knirschen. Eine Zeit lang sehe ich nur noch die rot-weiß geringelten Beine an mir vorbeifliegen. Ich bin total verunsichert. Warum sagt Finja nichts? Warum schaukelt sie stattdessen immer heftiger? Langsam mache ich mir wirklich Sorgen, dass die Kette reißen könnte. Ich scharre weiter mit den Füßen auf dem Boden rum, als Finja plötzlich mit einem großen Satz von der Schaukel springt.

»Warte hier, ich bin gleich zurück«, ruft sie und flitzt los.

Und dann ist sie auch schon weg. Ich bin viel zu verdattert, um sie aufzuhalten oder zu fragen, wo sie denn hinwill. Ich starre ihr einfach nur mit offenem Mund nach. Die leere Schaukel schwingt immer noch sanft hin und her, als Finja schon längst nicht mehr zu sehen ist.

Eine Weile bleibe ich noch sitzen und grübele darüber nach, was ich jetzt machen soll. Dann stehe ich langsam von der Schaukel auf und gehe zurück zum Büdchen. Lotto-Werner und Frau Wischnewski sind inzwischen verschwunden. Offenbar haben sie es zusammen doch noch geschafft, den Lottoschein auszufüllen. Auch sonst ist niemand da.

Karl sitzt auf den Treppenstufen und nippt an einem dampfenden Kaffee. Ich lasse mich neben ihn plumpsen. Eine Weile sitzen wir schweigend nebeneinander. Erst jetzt fällt mir auf, wie spät es schon sein muss. Karl und das Büdchen und alles um uns herum leuchten ganz golden in der herbstlichen Abendsonne.

»Schön, oder?«, fragt Karl da, als ich gerade etwas sagen will. Ich schlucke alle Wörter runter und nicke nur.

»Weißt du, dass es eine Stadt gibt, die man ›die Goldene Stadt‹ nennt?«

Eine goldene Stadt? Davon habe ich noch nie gehört. Noch bevor ich Karl fragen kann, welche Stadt er meint, redet er schon weiter.

»Als ich so alt war wie du, habe ich eine Zeit lang

in dieser Stadt gewohnt. Dort gibt es unzählige viele Treppen, lange Treppen mit Hunderten von Stufen, und ganz oben, am Ende der Treppen, liegt eine Burg. Und ein Goldenes Gässchen gibt es dort auch.«

»Ein Goldenes Gässchen?« Ich gucke Karl von der Seite an. So wie jetzt habe ich ihn noch nie gesehen. Er scheint gerade ganz weit weg zu sein. Dann nickt er.

»Ich bin oft nachmittags die vielen Treppen durch die Altstadt nach oben gelaufen, um von oben auf all die Häuser runtergucken zu können. Denn bei Sonnenuntergang fängt die ganze Stadt an, golden zu leuchten. Selbst das Wasser in dem großen Fluss am Fuß der Stadt leuchtet dann golden.«

Goldenes Wasser? Irgendwie erinnert mich Karls Erzählung an meine Lieblingstasse vom Weihnachtsmarkt. Die mit den goldenen Sternen. Ob Karl mir gerade auch nur ein Märchen erzählt?

»Die Stadt ist natürlich nicht wirklich aus Gold«, sagt er da, als ob er meine Gedanken gelesen hätte. »Sie leuchtet nur so in der untergehenden Sonne. Aber ganz früher war sie es tatsächlich einmal. Es gab damals einen Kaiser, der die Turmspitzen seiner Burg hoch über der Stadt vergolden ließ. Und die Dächer der Kirchtürme hat er auch vergoldet. Das Gold ist längst nicht mehr da, man hat es irgendwann eingeschmolzen. Aber die Stadt leuchtet trotzdem noch jeden Abend.«

Der Gedanke an eine goldene Stadt mit goldenen Dächern gefällt mir. Er macht mich innendrin ganz ruhig. Und es ist mir egal, ob Karl sich die Geschichte gerade nur ausgedacht hat oder ob es diese Stadt wirklich gibt.

Ich seufze ein bisschen. »Das ist schön«, sage ich. »Fast wie ein Märchen.«

Karl lacht leise. »Das ist kein Märchen. Diese Stadt gibt es wirklich. Und in dem Goldenen Gässchen hat sogar mal ein richtig berühmter Schriftsteller gewohnt. Damals war er natürlich noch nicht berühmt, sondern ziemlich arm. Aber heute ist er auf der ganzen Welt bekannt.«

Ein berühmter Schriftsteller, der einmal ziemlich arm war? Durch meinen Kopf schießen sofort tausend Fragen, die ich Karl stellen will, aber irgendetwas hält mich davon ab. Karl sieht auf einmal so müde aus. Oder traurig. Und mir fällt auf, dass ich eigentlich fast nichts über ihn weiß. Karl ist einfach der, der immer da ist, der jedem zuhört, der für jeden einen Kaffee hat oder einen Lolli oder auch mal einen Schnaps. Und ich frage mich plötzlich, ob Karl eigentlich auch jemanden hat, der zu Hause auf ihn wartet. Ich weiß ja noch nicht einmal, wo Karl eigentlich wohnt. Und bis eben wusste ich auch nicht, dass er früher ganz woanders gewohnt hat. Wenn ich am Morgen zum Büdchen komme, ist er immer schon da.

Und wenn ich abends nach Hause muss, bleibt Karl noch eine ganze Weile länger im Büdchen, bevor er Feierabend macht. Bisher kam es mir immer so vor, als ob Karl und das Büdchen untrennbar zusammengehören und als ob das schon immer so war, aber natürlich weiß ich, dass Karl irgendwo auch eine richtige Wohnung haben muss.

Ich will ihn gerade danach fragen, als etwas fröhlich bellend um die Ecke geschossen kommt, auf Karl zuspringt und anfängt, ihn von oben bis unten abzulecken.

»Watson, alter Kumpel, da bist du ja wieder!« Karl lacht und stellt seine Tasse ab und wuschelt dem Wollknäuel, das vor Freude völlig aus dem Häuschen ist, mit beiden Händen durchs Fell.

An dem Wollknäuel hängt eine Leine und an der Leine hängt eine total atemlose Finja. Sie hat ihr Skateboard unter dem Arm, und an ihrem Handgelenk baumelt eine alte Stofftasche mit irgendwas drin, aber eigentlich interessiert mich das auch gar nicht, weil ich dauernd Watson anschauen muss. Ich habe keine Ahnung, zu was für einer Rasse Finjas Hund gehört, vermutlich zu gar keiner Rasse, denn irgendwie sieht er aus, als ob er von allem ein bisschen hat. Er geht Finja ungefähr bis zu den Knien, und wo an ihm vorne und wo hinten ist, kann man nur erkennen, weil er mit dem vorderen Teil, also seiner Schnauze, dauernd an Karl rumschlabbert und vor Freude laut winselt. Sein Fell ist total zottelig und lockig, viel lockiger als die Goldlöckchen von Frau Wischnewski, und auf eine Farbe lässt Watson sich auch nicht festlegen. Sein Rücken ist braun und weiß gefleckt, aber seine lustigen Schlappohren sind fast schwarz, und dann hat er noch einen wuscheligen Schwanz, mit dem er die ganze Zeit wedelt, und der ist ganz hell. Watson sieht haargenau so aus, wie ich mir meinen Traumhund immer vorgestellt habe. Nur dass es Finjas Hund ist. Der Gedanke tut ein winziges kleines bisschen weh, aber Watson lässt mir gar keine Zeit, darüber nachzudenken, denn jetzt hat er mich entdeckt und freut sich darüber, als ob wir schon jahrelang Freunde wären. Er springt an mir hoch und schlabbert mir mit seiner nassen Zunge durchs Gesicht und ich möchte ihn umarmen und am liebsten gar nicht mehr loslassen. Und zum ersten Mal an diesem schrecklichen Tag muss ich laut lachen, und ich lache immer noch, als Finja sich vor lauter Hochspringen und Wedeln von Watson in der Hundeleine verheddert und vor mir und Karl auf den Boden plumpst. Sofort hört Watson auf, so rumzutoben, und läuft ganz betroffen zu seinem Frauchen. Aber Finja lacht auch und springt wieder auf die Beine. Sie kramt in ihrer Stofftasche, dann zieht sie etwas raus und drückt es mir in die Hand.

»Treffen morgen um elf Uhr.« Finja grinst und

klopft sich das Gras von den Leggins. »Ich habe nämlich einen Plan.«

»Was für einen Plan?«

Verwirrt gucke ich von Finja auf das, was ich in der Hand halte. Ein Notizbuch. Es ist etwas kleiner als meins und auch nicht schwarz, sondern türkis und mit einem winzigen Muster verziert, aber es ist ein funkelnagelneues Notizbuch.

»Ein anderes hatte ich gerade nicht«, sagt Finja und zuckt bedauernd mit den Schultern. »Aber für den Anfang geht es vielleicht.«

In mir drin wird es plötzlich ganz warm. Am liebsten hätte ich Finja umarmt, aber Finja ist ein Mädchen und deshalb umarme ich Watson und drücke mein Gesicht ganz fest in sein dichtes Fell, damit Finja nicht sehen kann, wie ich rot werde.

Watson

Vorname: Einfach Watson. In den Geschichten über Sherlock Holmes heißt sein Freund Watson mit vollem Namen Dr. John H. Watson. Aber das wäre für einen Hund viel zu lang. Wenn man jedes Mal rufen müsste: „Dr. John H. Watson, bei Fuß!", wäre der Hund schon außer Hörweite, bevor man mit dem Rufen fertig ist. Deshalb heißt Watson einfach Watson.

Alter: Fünf Jahre. Oder auch vier. Finjas Papa hat Watson aus einem Tierheim geholt, deshalb weiß das niemand so genau.

Farbe: Braunbeige Wuschellocken, pechschwarze Schlappohren und ein helles Wuschelschwänzchen.

Merkmale: Watson mag keine Katzen. Und seit er von einem Auto angefahren wurde, mag er auch keine Autos mehr. Verständlich. Aber sonst mag er so ziemlich alles, vor allem alles, was schon lange auf dem Boden liegt und irgendwie gammelig riecht.

Zusatz: Watson ist der erste und einzige Hund, der Pfandflaschen suchen kann. Und sie auch findet.

6. Kapitel

In dem Werner sich in einen Käfer verwandelt, es einen verbotenen Keller gibt und der Alte aus der Dreizehn sogar seinen Namen vergessen hat.

Zu Hause gehe ich sofort an Mamas Computer und lese alles über diesen Schriftsteller aus der Goldenen Stadt nach. Karl hat mir noch verraten, dass der Schriftsteller Franz Kafka hieß. Im Internet finde ich heraus, dass dieser Kafka eines Morgens mal als Käfer aufgewacht ist. Also nicht wirklich, das ist nur eine Geschichte, die er geschrieben hat. In der Geschichte heißt er auch nicht Franz, sondern Gregor und hat plötzlich über Nacht sechs Krabbelbeine, lange Fühler, zwei Flügel und einen dicken Käferpanzer bekommen. Und die Eltern dieses Gregors sind total entsetzt über ihren Käfersohn.

Als ich später im Bett liege, versuche ich mir vorzustellen, wie es sein muss, einzuschlafen und am nächsten Morgen als etwas ganz anderes aufzuwachen. Vielleicht kann ich auch so eine Geschichte schreiben und damit berühmt werden. Und dann verdiene ich doch noch ganz viel Geld. Ein Käfer will ich aber nicht sein. Lieber eine Katze. Oder noch besser ein Hund. So einer wie Watson. Einen Moment lang betrachte ich Mamas leuchtende Klebesternchen über mir, dann schließe ich die Augen und denke an Finja. Es war toll von ihr, dass sie mir das Notizbuch geschenkt hat. Und auf morgen freue ich mich auch. Dann treffen wir uns und ich kann wieder mit Watson spielen. Ich fand das so lieb, wie er an mir hochgesprungen ist und ganz voller Freude war, obwohl er mich doch noch gar nicht kannte.

Ich sehe Watson richtig vor mir, als plötzlich ein Leopard um die Ecke gedüst kommt. Er hängt an einer langen Leine und zerrt irgendetwas hinter sich her, aber das Ende der Leine kann ich gar nicht sehen. Der Leopard hat mein schwarzes Notizbuch im Maul, und Watson versucht sofort, es ihm zu entreißen. Daneben steht Lotto-Werner und ruft total begeistert irgendwelche Zahlen in die Runde, was die beiden aber überhaupt nicht interessiert. Frau Wischnewski kommt und wirft einen Hundekuchen ins Kampfgetümmel, den Lotto-Werner einfach fängt und aufisst, und dann verwandelt er sich plötzlich in einen riesigen schwarzen Käfer. Dann höre ich ein Klingeln und Klirren wie von lauter unechten Klunkern.

Drei Sekunden später sitze ich kerzengerade im Bett.

Und weit und breit kein Watson, kein Leopard und Lotto-Werner schon mal gar nicht. Der hätte auch in meinem Zimmer wirklich nichts zu suchen. Stattdessen sitzt Mama auf meiner Bettkante und lächelt mich an.

»Guten Morgen, Purzel, ich wollte dich gar nicht wecken. Ich wollte dir nur ein bisschen beim Schlafen zusehen, bevor ich wegmuss.«

Schnell betrachte ich meine Hände von allen Seiten. Ich atme auf. Es sind immer noch richtige Hände. Keine krabbeligen Käferbeine. Und auch keine Pfoten. Erleichtert lasse ich mich auf mein Kissen zurückfallen. Mama greift nach ihrem Kaffeebecher und rührt ein bisschen darin herum. Der Löffel klirrt und klingelt leise.

Irgendwie bin ich froh, dass ich alles nur geträumt habe.

In meinem Zimmer ist es noch ganz dunkel. Nur durch den offenen Türspalt fällt etwas Licht aus dem Flur herein. Mama muss schon eine ganze Weile wach sein, sie ist bereits fertig angezogen und ihren Parfumduft trägt sie auch schon mit sich herum. Ich brauche einen Moment, bis mir wieder einfällt, dass heute Samstag ist und ich einfach im Bett bleiben darf. Mama muss jeden zweiten Samstag arbeiten und heute ist so ein zweiter Samstag, deshalb muss sie auch jetzt gleich los. Als ich sie so auf meinem Bett sitzen sehe, sieht sie schrecklich müde und erschöpft aus. Bestimmt würde sie sich auch viel lieber wieder unter die Bettdecke kuscheln und weiterschlafen. Stattdessen stellt sie ihre leere Kaffeetasse mit einem Seufzer auf meinem Nachttisch ab. Dann sitzt sie eine ganze Weile nur da und starrt in die schummerige Dunkelheit meines Zimmers. Besorgt schaue ich sie an.

»Mama?«

Sie fährt sich mit der Hand über die Augen. »Alles gut, Purzel. Ich bin einfach noch ein bisschen müde.«

Ich finde, dass sie eher traurig als müde aussieht. Und das hat bestimmt etwas mit dem Brief in der Küchenschublade zu tun. Darum beschließe ich, Mama auch nichts von der fiesen Bertram und dem Geld für die Klassenfahrt zu erzählen. Jedenfalls jetzt noch nicht. Wenn ich jetzt auf ihre ganzen Sorgen noch meine eigene Traurigkeit draufpacke, dann arbeitet Mama ganz bestimmt noch mehr, und dann wird sie noch müder, und es geht ihr noch schlechter, und irgendwann wird sie vielleicht richtig krank. Das darf ich auf keinen Fall zulassen.

Erst will ich wissen, welchen Plan Finja hat. Gestern wollte sie mir das nämlich nicht mehr verraten. Erklär ich morgen, hat sie nur noch gesagt.

Als Mama gegangen ist, halte ich es keine Sekunde länger im Bett aus, obwohl Finja und ich erst um elf Uhr verabredet sind. Wir wollen uns am Büdchen treffen, und sie hat versprochen, Watson auch wieder mitzubringen. Bei dem Gedanken an Watson muss ich trotz meiner ganzen Probleme und der Sorgen um Mama lächeln. Aber bis elf Uhr habe ich noch jede Menge Zeit.

Draußen wird es gerade erst ein bisschen hell. Ich husche schnell ins Bad, um zu pullern, dann gehe ich in die Küche und mache mir eine große Schüssel mit Honigpops und viel Milch. Am Kühlschrank hängt einer von Mamas Klebezetteln mit einem Herzchen drauf. ›*Hab dich lieb*‹ steht in ihrer schönen schnörkeligen Handschrift darunter. Mama verteilt oft solche Zettelchen mit kleinen netten Botschaften für mich. Meistens finde ich sie an den unmöglichsten Stellen. Am Badezimmerspiegel. Auf meiner Lieblingstasse. An meiner Regenjacke. Am Lichtschalter neben der Wohnungstür. Manchmal finde ich auch eins in meiner Frühstücksbox in der Schule. Und einmal hat sie sogar einen Klebezettel innen in den Klodeckel geklebt. Da drauf stand: ›Nicht im Stehen pullern!‹, aber das war nicht gerade eine Liebesbotschaft, sondern eher als Erinnerung gedacht, falls ich es vergessen sollte.

Ich habe ein kleines Kästchen, in dem ich all die Zettel und Aufkleber von Mama sammele. Das Kästchen steht neben meiner Spardose unter dem Bett. Ich hole es vor, um auch den neuen Zettel von Mama hineinzupacken, da fällt mein Blick auf das Notizbuch, das mir Finja gestern Abend noch geschenkt hat. Ich habe es zu meinen geheimen Schätzen unter das Bett geschoben. Vorsichtshalber. Jetzt hole ich es hervor und beschließe, ein anderes Versteck für das Buch zu finden. Ich brauche ein absolut sicheres unauffindbares Geheimversteck. Aber vorher will ich so viel wie möglich von dem hineinschreiben, was ich von meinen alten Notizen noch im Kopf habe. Vielleicht kriege ich ja den Anfang meines Krimis wieder zusammen. Und alles, was Karl mir über diesen Franz Kafka erzählt hat, muss ich auch noch aufschreiben, dazu war ich gestern nach der Recherche im Internet viel zu müde.

Ich hole meine Schüssel mit den Honigpops, schnappe mir das Notizbuch und mache es mir im Wohnzimmer auf Mamas großem Umbaubett gemütlich. Ich wickele mich in ihre Decke und genieße noch ein bisschen ihre Wärme, die sie dort für mich zurückgelassen hat.

Wenn ich wollte, könnte ich jetzt sogar Fernsehen

gucken, ohne dass jemand meckert. Will ich aber nicht. Weil Fernsehgucken alleine überhaupt keinen Spaß macht. Ich mümmele ein paar Löffel von meinem Frühstück, dann stelle ich die Schüssel zur Seite und nehme mein neues Notizbuch in die Hand. Klar, die Farbe und das niedliche Muster sind ein bisschen kitschig und nicht ganz so cool wie mein schwarzes Notizbuch. Aber dafür ist es ein Geschenk von Finja und das finde ich toll.

Deshalb beschließe ich, dass die erste Seite für Finja sein soll.

Ich nehme meinen Stift und schreibe ihren Namen in großen Buchstaben oben auf die Seite. Jetzt muss ich darunter alles aufschreiben, was ich über Finja weiß. Das machen Schriftsteller so bei Personenbeschreibungen, damit sie nicht vergessen, welche Augenfarbe zum Beispiel jemand hat oder welche besonderen Merkmale. Wenn der Schriftsteller diese Person dann später in einem Roman einbauen will, ist das ungeheuer wichtig. Sonst schreibt er vielleicht irgendwelches romantische Zeug über eine Frau mit blauen Augen und so und hinterher hat sie gar keine blauen Augen und dann gibt es im Roman das größte Durcheinander und Eifersucht und Mord und Totschlag. Was natürlich auch spannend sein kann. Vielleicht sollte ich in meinem Krimi auch noch ein bisschen Eifersucht einbauen.

Aber jetzt überlege ich erst mal, welche Augenfarbe Finja eigentlich hat, und beschließe, dass ich besser noch einmal ganz genau nachgucke, bevor ich hier noch etwas Falsches aufschreibe. Ich glaube, sie hat grüne Augen, aber ganz sicher bin ich mir im Moment nicht. Überhaupt weiß ich noch ziemlich wenig über sie. Außer, dass sie ein Skateboard hat und natürlich Watson.

Deshalb lasse ich die Seite über Finja erst mal leer und schreibe lieber alles auf, was Karl mir über die Goldene Stadt erzählt hat und über diesen anderen Schriftsteller. Im Internet habe ich herausgefunden, dass die Stadt Prag heißt und dass es dort tatsächlich ein Goldenes Gässchen gibt. Die Fotos von Prag sind alle sehr hübsch, viel hübscher als die Postkarten, die es von unserem Viertel an Karls Büdchen gibt. Trotzdem hatte dieser Kafka in dem hübschen Prag kein besonders schönes Leben. Er hatte ständig Stress und Kopfschmerzen und Angst vor anderen Menschen. Am Schluss ist er an einer schlimmen Krankheit gestorben. Aber das war nicht in Prag, sondern in Berlin. Und dann stand da noch, dass es in seinen Geschichten immer sehr merkwürdig und bedrückend zugeht, wie in einem seltsamen Traum. Vielleicht hat Kafka auch einfach nur seine eigenen Träume aufgeschrieben. Ich nehme mir fest vor, einmal eine von seinen Geschichten zu lesen. Am besten die mit dem Käfer.

Und dann schreibe ich vorsichtshalber noch meinen Traum von heute Morgen auf, bevor ich ihn wieder vergesse. Leider weiß ich jetzt immer noch nicht, wer an dem anderen Ende der langen Leopardenleine hing. Dafür mache ich aber noch einen Steckbrief von Lotto-Werner und von Watson.

Gerade als ich das Notizbuch wieder zuklappen will, flattert mir etwas entgegen. Ein zusammengefalteter Zettel. Sofort denke ich an die Klebezettelchen von Mama, aber sie wusste doch gar nichts von meinem neuen Notizbuch. Außerdem lag es die ganze Nacht gut versteckt unter meinem Bett. Neugierig falte ich den Zettel auseinander.

TOP SECRET hat jemand in Großbuchstaben oben drübergeschrieben. Finja. Aufgeregt lese ich weiter.

Darunter steht:

Treffen 11 Uhr bei Karl
Mitbringen:
Rucksack
Stoffbeutel
Taschenlampe
Fahrrad - wenn du hast

Fahrrad? Mist. Also natürlich habe ich ein Fahrrad. Das ist nicht das Problem. Es steht im Keller. Und DAS ist ein Problem. Mama hat mein Rad nämlich nach unserem Umzug in den Keller gestellt und dann den Keller abgeschlossen. Sie will nicht, dass ich hier Fahrrad fahre. Viel zu gefährlich, hat sie gesagt. Dabei ist es hier kein bisschen gefährlicher als da, wo wir früher gewohnt haben. Aber ich weiß auch, dass Mama das weiß. Dass sie mein Fahrrad im Keller eingeschlossen hat, hat überhaupt nichts mit der Gefährlichkeit hier oder dort zu tun. Es hat etwas mit Papa zu tun. Und damit, dass er jetzt nicht mehr da ist. Am Anfang habe ich noch versucht, Mama zu überreden. Ich habe jeden Tag mit ihr diskutiert. Darüber, dass der Weg zur Schule zu Fuß auch gefährlich ist. Und ganz schön weit. Und dass der Bus viel zu teuer ist. Aber nicht mal das konnte Mama umstimmen. Ich will dich nicht auch noch verlieren, hat sie nur gesagt, und damit war für sie das Thema erledigt.

Und jetzt will Finja, dass ich mein Fahrrad mitbringe. Keine Ahnung, wozu das gut sein soll, aber vielleicht kommt sie ja heute auch mit dem Rad zum Büdchen, und dann wäre es doch irgendwie doof, wenn ich ohne dastehe. Ich weiß echt nicht, was ich jetzt machen soll. Ich könnte Finja sagen, dass ich kein Fahrrad habe. Aber das wäre gelogen. Dabei hatte ich inzwischen tatsächlich schon fast vergessen, dass es im Keller steht. Aber Finja hat mich wieder daran erinnert und plötzlich kann ich an nichts anderes mehr denken. Und dann fasse ich einen Entschluss.

Ich laufe in die Küche, um auf die Uhr zu gucken. Es ist noch nicht einmal neun Uhr. Das dauert noch, bis Finja endlich Zeit hat. Aber ich halte es jetzt keine Sekunde länger zu Hause aus. Wenn ich schon warten muss, kann ich das auch genauso gut bei Karl am Büdchen tun. Vielleicht kann ich ihm sogar dabei helfen, neue Ware einzuräumen oder so, und dabei kann Karl mir noch mehr von Prag und dem traurigen Schriftsteller erzählen.

Ich springe im Bad unter die Dusche und dann in meinem Zimmer in die Klamotten. Dann werfe ich das ganze Zeug, das auf Finjas Zettel steht, in meinen Turnbeutel und laufe zur Kommode im Flur. Die unter meinen Astronauten-Erster-Schultag-Fotos. Ich weiß, dass Mama den Kellerschlüssel hier in die Schublade gelegt hat. Ganz hinten, hinter all ihre Schals und unsere Winterhandschuhe. Ich muss ein bisschen suchen, bevor ich ihn endlich in der Hand halte. Mama würde gar nichts davon merken. Wenn sie heute Abend nach Hause kommt, liegt der Schlüssel längst wieder an seinem Platz.

Jetzt aber nichts wie weg.

Das Treppenhaus ist wie ausgestorben. Ich treffe aber auch sonst selten jemanden hier. Wir wohnen jetzt schon fast ein halbes Jahr in diesem Haus, und ich weiß immer noch nicht genau, wer in den anderen Wohnungen lebt. Nur die alte Frau Janssen aus dem Vierten kenne ich, weil ich ihr schon manchmal ihre Einkäufe nach oben getragen habe. Sie läuft die Treppe immer so langsam hoch oder runter, dass es aussieht, als mache sie auf jeder Stufe erst ein Nickerchen, bevor sie die nächste Stufe in Angriff nimmt. Aber heute ist auch von Frau Janssen weit und breit nichts zu sehen. Das ist gut so, denn dann kann ich die Abkürzung über das Treppengeländer nehmen. Ich sause nach unten, bremse kurz vor dem letzten Absatz und springe dann ab.

Ich war nur bei unserem Einzug ein paar Mal mit Mama im Keller und habe ihr geholfen, die Kisten mit Papas Sachen nach unten zu tragen. Und mein Fahrrad, das jetzt irgendwo in der Dunkelheit bei den Kisten steht. Später bin ich nicht mehr nach unten gegangen. Unsere Waschmaschine steht oben im Bad und im Keller ist es kalt und feucht und voller trauriger Erinnerungen. Ich glaube, dass auch Mama nie wieder hier unten war.

Die Kellertreppe ist ziemlich steil und eng und hat auch nicht so ein schönes Treppengeländer zum

Runterrutschen. Nur ein ganz schmales. Und es gibt auch nur eine ganz funzelige Beleuchtung. Man muss sich gut festhalten und richtig aufpassen, dass man nicht abrutscht und dann vielleicht die ganze Treppe runterfällt. Bestimmt geht Frau Janssen nie in den Keller, sonst käme sie vielleicht die steilen Stufen gar nicht mehr hoch und müsste im Keller verrotten. Bei dem Gedanken an eine tote Frau Janssen, die irgendwo da unten in der Dunkelheit sitzt, wird mir total mulmig, und mit jeder Stufe, die ich die steile Treppe hinuntersteige, spüre ich meinen Herzschlag ein bisschen mehr. Es fühlt sich an, als ob ich in eine modrige kalte dunkle Gruft hinabsteigen würde. Die Hand, mit der ich den Schlüssel zu unserem Kellerverschlag umklammere, ist schon ganz schwitzig vor Aufregung. Vielleicht war es doch keine so gute Idee von mir, mich über Mamas Fahrradverbot hinwegzusetzen.

Als ich unten ankomme, ist es stockfinster. Die Treppenbeleuchtung reicht nicht bis hier unten hin. Irgendwo muss ein Lichtschalter sein, aber ich traue mich nicht, an den Wänden herumzutasten und ihn zu suchen. Vielleicht sind die Wände ganz glitschig oder eklige Spinnen krabbeln an ihnen herum. Zum Glück fällt mir meine Taschenlampe ein, die ich in den Turnbeutel geworfen habe. Ich hole sie raus und knipse sie an.

Zwosch!

Fast wie ein Lichtschwert leuchtet sie jetzt durch den dunklen Kellerflur und ich fühle mich gleich ein bisschen sicherer. Ganz hinten, geradeaus, ist die Waschküche und rechts und links auf dem Weg zur Waschküche sind die Kellerverschläge von allen Mietern. Jeder Keller ist mit einer Tür aus Holzlatten verschlossen, durch die Latten kann man hindurchgucken. Das ist ganz praktisch, wenn man vergessen hat, welcher Keller einem gehört. So wie ich gerade. Ich gehe von Tür zu Tür und leuchte mit der Taschenlampe durch jeden Spalt, um etwas erkennen zu können. Es ist unfassbar, was die Leute hier alles stapeln. Alte Möbel, Fernseher, Computerbildschirme, kaputte Fahrräder, volle Plastiksäcke mit irgendwas. Manche Leute sollen ja sogar Leichen im Keller haben. Das hat Frau Wischnewski mal gesagt. Gerade als ich daran denke, leuchtet mir aus einem Regal eine weiße Hand mit einem Arm dran entgegen. Ich schreie auf. Vor Schreck lasse ich fast meine Taschenlampe fallen. Schnell gucke ich mich um, ob der Mörder vielleicht noch hier unten rumschleicht und am Ende schon hinter mir steht. Aber dann sehe ich, dass der Arm aus Plastik ist und zu einer Schaufensterpuppe gehört, die in dem Regal liegt. Inzwischen bin ich nass geschwitzt vor Angst.

Der dritte oder vierte Keller auf der linken Seite, das muss unserer sein. Endlich finde ich ihn. Ich linse zur Vorsicht noch einmal durch die Holzlatten. Fein säuberlich stehen die Umzugskartons, die ich mit Mama hier heruntergetragen habe, an der Wand aufgestapelt. Und gegenüber, an der anderen Wand, lehnt mein Fahrrad.

Ich klemme mir die Taschenlampe zwischen die Zähne und fummele den Schlüssel in das dicke Vorhängeschloss, das an unserem Kellerverschlag hängt. Zum Glück springt das Schloss sofort auf und ich kann den Riegel zur Seite schieben und in unseren Keller schlüpfen.

Eine Weile bleibe ich vor den Kisten stehen und lasse den Schein meiner Taschenlampe über die Aufkleber wandern, die ich mit Mama zusammen darauf angebracht habe. *Fotoausrüstung. Wintersachen. Bürokram.* Die neue Wohnung ist zu klein, um Papas Sachen alle darin unterzubringen, hat Mama damals gesagt. Jetzt stehen sie hier im Keller und sehen aus, als würden sie nur darauf warten, dass er wiederkommt und sie auspackt. Aber er kommt nicht wieder. Und auch sonst packt sie niemand mehr aus. Ich berühre vorsichtig einen der Kartons. Er fühlt sich einfach nur wie ein ganz normaler Karton an. Kein bisschen anders. Reingucken will ich aber trotzdem nicht. Ich will mich gerade zu meinem Fahrrad umdrehen, da erfasst mein Lichtstrahl etwas, das mich vor Schreck die Luft anhalten lässt.

Ganz hinten in der Ecke steht ein Hocker. Ich kenne ihn. Der stand früher in der alten Wohnung bei uns im Badezimmer und war dafür gedacht, dass ich ans Waschbecken rankomme, als ich noch viel kleiner war. Jetzt brauche ich natürlich keinen Hocker mehr, weil ich inzwischen groß genug bin. Der Hocker ist aber auch nicht das, was mich so erschreckt hat.

Auf dem Hocker steht eine Kaffeetasse. Die »Beste-Ehefrau-von-allen-Tasse«. Mamas Tasse. Papa hat sie ihr mal geschenkt und früher hat Mama jeden Morgen ihren Kaffee daraus getrunken. Erst jetzt fällt mir das wieder ein, und mir fällt auch erst jetzt ein, dass ich die Tasse schon ewig nicht mehr gesehen habe. Warum steht die hier unten neben den Kisten? Ich gehe näher ran und leuchte hinein. Auf dem Tassenboden dümpelt ein winziger Schluck alter Kaffee vor sich hin.

Ganz klar. Mama war hier unten. Vielleicht hat sie etwas gesucht. Aber zum Suchen nimmt man doch keinen Kaffee mit in den Keller. Und plötzlich kapiere ich es. Mama hat hier unten Kaffee getrunken. Und dazu hat sie auf meinem alten Badezimmerhocker gesessen. In mir drin wird es ganz eng, als ich mir vorstelle, wie Mama ganz hinten in der dunkelsten Kellerecke auf dem winzigen Hocker sitzt und alleine Kaffee trinkt. Ich lasse meinen Lichtstrahl weiter durch die finstere Ecke streifen, da sehe ich, dass einer der Kartons ein wenig offen steht. Ich muss ein bisschen näher rangehen, um den Aufkleber entziffern zu können. *Motorradzeug* steht darauf. Und dann blitzt mir Papas alter Helm entgegen.

Mir bleibt das Herz stehen. Obwohl ich ihn jeden Tag auf meinen Schulanfängerfotos sehe, ist es etwas völlig anderes, Papas Helm so in echt vor mir zu sehen. In meinen Ohren rauscht es und meine Augen brennen. Ich fühle mich wie festgefroren. Kann mich kein bisschen bewegen. In meinem Kopf schießen tausend Gedanken und Erinnerungen durcheinander. Erst als es irgendwo hinter mir leise raschelt, kann ich mich von dem Anblick der halb offenen Kiste losreißen. Als ich herumfahre, ist nichts zu sehen. War vielleicht nur eine kleine Maus, die sich genauso erschreckt hat wie ich.

Ich muss raus hier. Dringend. Schließlich will ich Mama helfen, und das geht nicht, wenn ich hier unten zwischen all den Erinnerungen stecken bleibe. Ich packe mein Fahrrad und zerre es aus dem Verschlag. Dann schiebe ich den Riegel wieder vor, lasse das Schloss einschnappen und mache, dass ich hier wegkomme.

Auf dem Weg nach oben ist die Kellertreppe noch schmaler und steiler als vorher, was auch daran liegt, dass ich jetzt ein Fahrrad dort hinaufwuchten muss. Käme Frau Janssen aus dem Vierten jetzt aus der Waschküche, würde sie mich mit links überholen. Sogar noch mit vollem Wäschekorb. Aber zum Glück begegnet mir niemand und irgendwann stehe ich tatsächlich mit meinem Rad auf der Straße. Obwohl es draußen ziemlich kalt ist, fühle ich, wie mir Schweiß über den Rücken läuft. Erst jetzt habe ich Zeit, mir das Rad in Ruhe anzuschauen. Es scheint noch alles dran zu sein und die Reifen haben auch genug Luft. Glück gehabt. Ich wische ein paar Spinnweben vom Lenker, steige auf und fahre los.

An der Fußgängerampel treffe ich den Alten aus der Dreizehn. Ich erkenne ihn sofort an seinem gestreiften Pyjama und den alten ausgelatschten Pantoffeln. Frau Wischnewski sagt, dass er an Altersdemenz leidet. Das bedeutet, dass sein Gehirn vom Alter schon ganz viele Löcher und undichte Stellen hat, so wie ein Sieb oder eine alte Socke. Und aus diesen Löchern purzeln immer mal wieder Sachen raus, die er dann vergisst. Zum Beispiel vergisst er, dass man sich erst etwas anderes anziehen muss, bevor man auf die Straße geht. Ich laufe ja auch nicht im Pyjama durch die Gegend. Karl sagt aber immer zu Frau Wischnewski, sie solle den Alten in Ruhe lassen. Ihm mache es nichts aus, wenn seine Kunden im Pyjama kommen, im Gegenteil, er fände das sehr gemütlich.

Meistens kauft der Alte bei Karl nur ein Päckchen Zigaretten und schlurft dann wieder zurück zur Dreizehn. Ich habe mich mal gewundert, wie jemand, der so vergesslich ist, sich überhaupt den Weg merken kann, aber Karl meint, dass der Alte schon seit so vielen Jahren zwischen seiner Wohnung und dem Büdchen hin- und herpendelt, dass der Weg in seinem Kopf vermutlich wie ein ausgetretener Trampelpfad eingegraben ist und er ihn genauso gut im Schlaf gehen könnte. Vielleicht lässt er auch deshalb einfach seinen Pyjama an.

Wie der Alte aus der Dreizehn heißt, weiß ich gar nicht. Aber das ist nicht so schlimm, weil er es vermutlich selbst nicht mehr weiß. Als die Fußgängerampel auf Grün umspringt, überhole ich ihn und flitze zum Büdchen. Dank meiner Information kann Karl schon die richtigen Zigaretten raussuchen.

Eigentlich finde ich es gar nicht gut, dass Karl so viele Zigaretten verkauft. Rauchen ist nämlich total ungesund, und auf den Packungen sind deshalb auch ganz viele gruselig eklige Fotos, die den Rauchern zeigen sollen, was die Zigaretten in ihrem Körper alles anrichten können. Der reinste Horror.

Horror verkauft sich übrigens auch sehr gut. Vielleicht nutzt es deshalb auch gar nichts, diese Bildchen außen auf die Zigarettenschachteln zu drucken, weil die Leute die Zigaretten dann erst recht kaufen wollen. In Horrorfilme rennen ja auch alle rein, obwohl die wirklich eklig sind. Ich habe sogar schon mal versucht, eine Horrorgeschichte zu schreiben. So einen richtigen Schocker. Aber als dann in meiner Geschichte dem Zombie die Körperteile alle einzeln verfault und abgefallen sind, ist mir so schlecht geworden, dass ich nicht einmal mehr Lust auf Mamas Pizza hatte. Da habe ich die Idee mit dem Gruselroman wieder verworfen. Ein abgerissener Finger ist mir Horror genug.

Als der Alte zum Büdchen kommt, liegt die Packung Zigaretten schon für ihn bereit. Kurz huscht ein zufriedenes Lächeln über sein Gesicht, aber dann sieht er wieder genauso gleichgültig aus wie immer. Er legt Karl das abgezählte Geld auf den Tresen, lässt die Schachtel blitzartig in der Tasche seiner Pyjamajacke verschwinden, dreht sich um und schlurft zurück. Karl wünscht ihm noch einen schönen Tag, aber ich glaube, das hört er schon gar nicht mehr.

»Kannst mir mal eben helfen, alle Flaschen nach draußen zu bringen?«

Karl öffnet die Tür zum Büdchen und schiebt einen Pappkarton mit leeren Bierflaschen raus auf die Treppe. »Werden gleich abgeholt.«

Erst versuche ich, den Karton zu tragen, aber er ist viel zu voll und zu schwer, deshalb muss ich ein paar Mal hin und her laufen, bis ich alle Flaschen hinter das Büdchen gebracht habe. Dort stecke ich sie in die Kästen, auf denen Finja und ich gestern gesessen haben. Gerade als ich die letzte Flasche einsortiere, höre ich das Brummen eines LKWs, dann ein Hupen, und dann schlägt eine Autotür zu. Kurz darauf biegt der Getränketyp um die eine und Karl um die andere Ecke. Fast wären sie ineinandergelaufen. Das hätte ein ordentliches Geschepper gegeben, schließlich schiebt der Getränkemann eine Karre vor sich her, auf der mindestens fünf volle Kisten gestapelt sind. Aber zum Glück bremst Karl noch rechtzeitig ab und greift nach einer der Kisten mit den leeren Flaschen.

»Danke fürs Einsortieren.« Karl schnappt sich noch eine zweite Kiste, um sie nach vorne zu dem LKW zu bringen. »Kannst schon mal ein paar Flaschen mit reinnehmen und in den Kühlschrank legen. Müssen noch ein paar Sachen eingeräumt werden. Und bleib mal vorne, falls Kundschaft kommt.«

»Alles klar!« Plötzlich fühle ich mich ungeheuer wichtig. Ich schnappe mir ein paar volle Bierflaschen und trage sie ins Büdchen. Dann sehe ich einen geöffneten Karton auf dem Fußboden. Süßigkeiten. Bestimmt sind das die Sachen, von denen Karl gesprochen hat. Ich stelle gerade eine neue Schachtel mit Überraschungseiern neben die Kaugummis, als ich hinter mir eine dunkle Stimme höre.

»Kannst mir gleich mal drei davon geben!«

Als ich mich umdrehe, fallen mir die Schokoeier fast aus der Hand. Am Tresen steht Darth Vader. Der aus Star Wars. Steht der schon lange da? Ich habe ihn gar nicht kommen hören. Also natürlich ist es nicht der richtige Darth Vader, sondern jemand in schwarzen Lederklamotten und einem schwarzen Helm auf dem Kopf. Sofort muss ich wieder an Papa denken, wie er mich manchmal in seinen Motorradklamotten durch die ganze Wohnung gejagt und mit verstellter knarziger Stimme gerufen hat: »Ich bin dein Vater!«

Schon zum zweiten Mal heute fühle ich einen fiesen ziehenden Schmerz ganz tief in mir drin. Aber Papas Helm war blau, und der Typ, der da vor mir steht, ist von oben bis unten in finsteres Schwarz gehüllt. Das Visier hat er geschlossen, sodass ich seine Augen gar nicht sehen kann. Und deshalb klingt seine Stimme auch ganz dumpf und irgendwie weit weg und unheimlich. Als ich nicht sofort reagiere, hebt er eine schwarze Handschuh-Hand und zeigt damit auf die Überraschungseier.

Für einen kurzen Moment sehe ich den echten

Darth Vader aus dem Film vor mir, wie er mit seiner Hand jemandem die Kehle zudrückt, ohne ihn zu berühren. Automatisch fasse ich mir an den Hals, aber da ist alles in Ordnung. Ich knibbele schnell drei Überraschungseier aus der Schachtel und lege sie auf den Tresen. Dann drehe ich mich um, damit Karl den Kerl abkassieren kann, aber im selben Moment fällt mir ein, dass Karl ja gar nicht da ist, sondern gerade hinter dem Büdchen die neue Getränkelieferung entgegennimmt.

Verdammt. Was kosten die Eier noch mal?

Ich suche auf der Schachtel nach einem Preis, da sehe ich, dass der Ledertyp schon verschwunden ist. Die drei Überraschungseier hat er mitgenommen. Und auf dem Tresen liegt ein Zehn-Euro-Schein. Ich will ihm noch hinterherrufen, dass das viel zu viel ist, da höre ich, wie das Motorrad anspringt und davonbraust. Dann halt nicht. Ich lege das Geld in Karls Kasse und gehe nach draußen, um ihm weiter mit den Getränken zu helfen.

Nach und nach tragen wir die ganze Limonaden- und Bierflaschenlieferung ins Büdchen und legen sie in den Kühlschrank. Dabei erzähle ich Karl von dem Motorradtyp, der viel zu viel für drei Überraschungseier bezahlt hat, und davon, dass ich mit Finja verabredet bin und dass Mama heute arbeiten muss. Dann verrate ich ihm noch alles, was ich über diesen Kafka rausgefunden habe, und von meinem Traum erzähle ich ihm auch. Nur das mit dem Notizbuch lasse ich weg. Und von der fiesen Bertram sage ich auch nichts. Erst will ich wissen, welche Idee Finja hat.

Karl lacht laut, als ich zu der Stelle komme, in der Lotto-Werner sich in einen großen Käfer verwandelt, aber dann wird er plötzlich ganz ernst und guckt mich so komisch an.

»Sag mal, Emil ...« Karl druckst ein bisschen verlegen rum. Dann räuspert er sich und fragt: »Du bist ganz schön oft alleine. Muss deine Mama wirklich so viel arbeiten?«

Ich bin ein bisschen erleichtert, als er das fragt, denn für einen kurzen Moment hatte ich schon Angst, dass es etwas ganz anderes sein könnte, irgendetwas Schlimmes. Zum Beispiel, dass ich ihn störe und deswegen nicht mehr so oft zum Büdchen kommen soll oder so. Deshalb nicke ich nur und erzähle ihm vom Supermarkt und den langen Schlangen, aber auch davon, dass Mama manchmal ganz schön müde und erschöpft ist und ich mir auch wünschte, sie müsste nicht ganz so viele Überstunden machen. Karl sagt eine ganze Weile lang nichts, und es tut gut, einmal jemanden zu haben, der einfach nur zuhört. Ich würde ihm auch gerne von Papa erzählen, aber dann muss ich vielleicht anfangen zu heulen und kann nicht mehr aufhören und Finja kommt doch gleich. Das wäre mir peinlich. Aber Karl guckt auch ohne die Geschichte von Papa schon ganz mitleidig.

»Du und deine Mama, ihr müsstet mal Urlaub machen. Mal raus aus dieser Stadt. Am besten ans Meer. Und dann mal so richtig den Kopf durchpusten lassen.« Seine Stimme ist auf einmal ganz warm und weich.

Und Urlaub am Meer klingt toll, finde ich. Ich war noch nie am Meer. Und werde es ganz sicher so schnell auch nicht sein. Dafür haben wir gar kein Geld. Wir haben ja nicht mal das Geld für die blöde Bertram und die Klassenfahrt. Gerade als ich Karl das erklären will, höre ich ein fröhliches Bellen!

Watson! Und Finja. Ich schnappe meinen Turnbeutel und laufe zu den beiden nach draußen.

Der Alte aus der Dreizehn

Vorname: Weiß ich nicht.
Er aber vermutlich auch
nicht mehr.

Alter: So alt, dass sein Kopf wie
ein Sieb ist, aus dem alles
rausfällt. Oder wie eine alte
löchrige Socke.

Frisur: Zottelige Haare. Weiß. Woran man auch erkennt, dass
er schon ziemlich alt sein muss.

Kleidung: Gestreifter Pyjama.
Manchmal auch ein karierter Pyjama.
Und Pantoffeln, die genauso löchrig sind wie sein
Kopf.

Merkmale: Er kommt fast jeden Tag ans Büdchen und kauft
sich eine Packung Zigaretten.
Vielleicht sammelt er die Gruselbilder auf den
Schachteln.
Vielleicht raucht er auch nur einfach gerne.

7. Kapitel

In dem Watson einen alten Turnschuh findet, ich jede Menge Pfandflaschen und Lotto-Werner das Glück in der Liebe.

Finja zerrt mich sofort hinter das Büdchen. Die Sitzflächen der Schaukeln schimmern nass in der Herbstsonne. Ein Fahrrad sehe ich weit und breit nicht. Dafür lehnt ihr Skateboard an einer der Kastanien. Finja schnappt sich wieder eine der Getränkekisten und setzt sich darauf. Watson lässt sich sofort zu ihren Füßen nieder und starrt sie erwartungsvoll an. Nachdem sie eine Weile in ihrem Rucksack herumgekramt hat, zieht sie eine Papiertüte hervor.

»Hunger?« Sie hält mir die offene Tüte unter die Nase.

Ich muss gar nicht fragen, was in der Tüte ist, ich

erkenne es sofort am Geruch. Quarkbällchen. Herrliche frische duftende Quarkbällchen.

»Hat mein Papa uns gekauft. Zum Frühstück. Damit wir genug Kraft für unseren Plan haben.«

Der Plan. Ich will jetzt endlich wissen, von welchem Plan Finja dauernd redet. Ich habe nämlich gerade so was von gar keinen Plan, wie es weitergehen soll. Aber Frühstücken klingt auch gut. Die paar Honigpops in meinem Magen haben gerade knapp für den Weg in den Gruselkeller und zurück gereicht. Und bei dem Duft, den die Quarkbällchen verströmen, fällt mir auf, wie hungrig ich bin. Fast automatisch schiebt sich meine Hand in die Papiertüte und dann stecke ich mir schon eins dieser leckeren Dinger in den Mund.

»Wasch pfür ein Plan?«, frage ich trotzdem.

»Eigentlich sind es zwei Pläne«, antwortet Finja und schnappt sich ebenfalls ein Quarkbällchen. »Plan A: Wir müssen Geld beschaffen für deine Klassenfahrt. Plan B: Wir holen uns dein Notizbuch zurück.«

Das sagt sie. Einfach so. Wir holen uns dein Notizbuch zurück.

»Hmpf«, antworte ich, nur, um irgendwas zu sagen. Dann schlucke ich runter und schiebe schnell ein neues Quarkbällchen hinterher. Das verschafft mir ein bisschen Zeit zum Nachdenken. Eine Weile geht das so weiter. Quarkbällchen. Kauen. Schlucken. Neues Quarkbällchen. Kauen. Schlucken. Finja macht es genauso und so kauen und schlucken wir eine ganze Zeit lang schweigend nebeneinander her. Aber irgendwann ist selbst die größte Papiertüte leer und außerdem halte ich es vor lauter Anspannung nicht mehr aus.

»Wo willst du denn Geld beschaffen? Und wie sollen wir das Notizbuch zurückholen?«, frage ich deshalb schnell, als Finja die leere Tüte zusammenknüllt.

»Das Notizbuch ist erst Plan B«, erklärt Finja sofort. »Das muss warten. Erst einmal kümmern wir uns um das Geld für deine Klassenfahrt.« Sie tätschelt Watson den Kopf. Er hat uns die ganze Zeit mit einem total sehnsüchtigen Hundeblick beim Essen zugeguckt, aber er hat nicht ein einziges Quarkbällchen abbekommen. Noch nicht mal den Krümel eines Quarkbällchens.

»Sonst wirst du noch so fett wie Paul«, hat Finja gesagt und den Kopf geschüttelt.

»Kommst du?« Finja setzt ihren Rucksack auf, schnappt Watsons Leine und holt ihr Skateboard. Ich würde gerne fragen, wohin wir denn überhaupt wollen, aber da lässt sie das Board schon auf den Gehweg krachen und springt auf. Watson fängt sofort an, an der Leine zu zerren und wie wild vor ihr herzulaufen, sodass sie sich fast gar nicht mehr abstoßen muss, sondern sich einfach von ihm ziehen lässt. Jetzt kapiere ich, warum ich mein Rad mitbringen sollte. So schnell ich kann, strampele ich hinter den beiden her. Finja und Watson warten schon an der nächsten Ampelkreuzung.

»Wohin fahren wir überhaupt?«, frage ich keuchend, als ich sie endlich einhole. Aber da springt die Ampel schon auf Grün um und Finja düst weiter. Ich muss ganz ordentlich in die Pedale treten, um an den beiden dranzubleiben.

Plötzlich biegen Finja und Watson nach rechts ab. Sofort ist etwas weniger Verkehr, die Straße wird schmaler, der Gehweg breiter, sodass in mich endlich neben Finja schieben kann.

»Verrätst du mir jetzt, wohin du willst?«

»Nur ein Stück raus aus der Innenstadt«, sagt Finja. »Zu den Sportplätzen.« Dann greift sie nach meinem Lenker und lässt sich ein bisschen von mir ziehen.

Zu den Sportplätzen. Ich weiß ungefähr, wo die Sportplätze liegen, aber ich war noch nie dort. Das würde Mama auch gar nicht erlauben. Beim Gedanken an sie meldet sich sofort mein schlechtes Gewissen, aber dann fällt mir ein, dass wir das alles hier ja nur machen, um Mama zu helfen. Auch wenn ich immer noch keine Ahnung habe, wie Finja das hinkriegen will und was die Sportplätze damit zu tun haben.

Wir sind jetzt ein bisschen langsamer unterwegs. Watson zerrt nicht mehr an seiner Leine, sondern trottet brav neben Finja her und ich muss nicht mehr wie verrückt in die Pedale treten.

Nicht nur die Straße hat sich verändert, die Stadt rechts und links neben uns verändert sich auch. Die Häuser werden kleiner und haben hübsche grüne Vorgärten. Damit da aber nicht jeder einfach reinspazieren kann, stehen hohe Zäune mit schnörkeligen Verzierungen und eisernen Spitzen vor jedem Garten.

Nach der nächsten Kreuzung hören auch die bebauten Grundstücke auf und wir fahren an vielen kleinen Schrebergärten mit winzigen bunten Holzhäuschen darin vorbei. Beim Anblick der einzelnen Gartenhütten muss ich sofort an Karls Büdchen denken und daran, wie traurig er gestern Abend ausgesehen hat. Ich nehme mir fest vor, die Bilder und Artikel über Prag, die ich gefunden habe, bei nächster Gelegenheit auszudrucken und ihm vorzulesen. Vielleicht erzählt er mir dann auch noch mehr über sich und seine Kindheit in dieser Stadt.

Endlich erreichen wir die Sportplätze. Zuerst sehe ich nur die hohen Masten der Flutlichter hinter den Gärten hervorblitzen, aber dann liegen schon die große Laufbahn und die Wiese mit den Weitsprunggruben und der Hochsprunganlage vor uns.

»Ich fange bei den Umkleidekabinen an«, ruft Finja. »Du kannst ja schon mal bei den Zuschauertribünen suchen.«

Ich will gerade fragen, womit wir denn anfangen und was ich überhaupt suchen soll, aber da rollert sie schon rüber zu dem lang gezogenen flachen Gebäude.

Bei den Fahrradständern springt Finja von ihrem Board. Sie bindet Watson an und läuft zu dem großen Mülleimer, der neben der Eingangstür steht. Fasziniert beobachte ich, wie ihr Oberkörper in der Mülltonne verschwindet. Eine Zeit lang wühlt sie darin herum, dann taucht sie mit einem fröhlichen »Bingo!« wieder aus der Tonne auf. In den ausgestreckten Händen hält sie zwei alte leere Flaschen und strahlt mich an. »Glück gehabt. War noch keiner da. Los, hilf mir suchen!«

»Ähm, was …?«

»Pfandflaschen!« Finja wedelt mit den beiden Flaschen vor meiner Nase herum. »Kapierst du nicht? Wir suchen Pfandflaschen. Mach ich immer so, wenn ich Geld brauche.«

Sie kramt einen Stoffbeutel aus ihrem Rucksack, wirft die beiden Flaschen hinein und läuft zum nächsten Mülleimer. Pfandflaschen. Klar habe ich auch schon mal welche zurückgebracht. Bei Mama im Supermarkt steht so ein Automat. Da legt man die Flaschen einzeln rein, der Automat dreht und wendet jede Flasche so ein bisschen hin und her und guckt, ob es auch wirklich Pfand dafür gibt. Dann werden die Plastikflaschen geschreddert und die Glasflaschen aussortiert, und der Automat rechnet aus, wie viel Geld man jetzt zurückkriegt, und druckt einen Bon aus. Und für den Bon gibt mir Mama an der Kasse dann das Geld. Fünfundzwanzig Cent pro Flasche, und wenn ich Mama ein bisschen in der Küche helfe und beim Einkaufen und dabei, unsere Pfandflaschen wegzubringen, darf ich das Pfandgeld oft behalten. Darüber freue ich mich jedes Mal, weil ich dann wieder ein paar Münzen für meine geheime Spardose habe.

Ich gucke Finja hinterher. Fast ärgere ich mich ein bisschen darüber, dass ich selbst noch nie auf die Idee gekommen bin, die Flaschen von anderen Leuten einzusammeln. Andererseits hätte ich aber auch nie gedacht, dass es so viele Idioten gibt, die Pfandflaschen einfach wegwerfen. Da sehe ich, wie Finja sich nach irgendetwas im Gras bückt, und plötzlich will ich unbedingt auch eine von diesen Flaschen finden. Ich stromere ein bisschen um das flache Umkleidegebäude herum. Direkt daneben sind die Parkplätze und auch bei den Parkplätzen hängen Mülleimer. Aber bevor ich meinen Arm in eins von den dunklen Dingern versenke, hole ich meine Taschenlampe aus dem Turnbeutel und leuchte hinein. Nichts. Nur ein paar vergammelte Bananenschalen und eine zusammengeknüllte Papiertüte. Finja stapft inzwischen durch den Grasstreifen, der den Parkplatz von dem übrigen Gelände trennt. Ich nehme mir den nächsten Mülleimer vor. Na also. Triumphierend ziehe ich eine verbeulte Dose aus dem Müll. Finja hält ebenfalls eine Dose hoch. In meiner ist sogar noch ein Schluck Cola drin, aber den kippe ich ins Gras.

»Du links, ich rechts«, ruft Finja, bindet Watson los und läuft auf die Zuschauertribünen zu. Ich nicke und flitze zur gegenüberliegenden Seite. Die erste Dose finde ich schon, bevor ich überhaupt bei den Tribünen ankomme. Watson springt ständig fröhlich bellend zwischen mir und Finja hin und her und legt uns leere Schokopapierchen, ein Stück von einem alten Turnschuh und ein vergammeltes Handtuch vor die Füße. Eine Pfandflasche ist leider nicht dabei. Trotzdem sind unsere Stoffbeutel eine Stunde später prall gefüllt.

»Feierabend!«, ruft Finja und pfeift nach Watson. Der hebt noch schnell das Bein und pullert an einen Torpfosten, dann läuft er zu uns rüber.

»Und jetzt?« Fragend gucke ich Finja an.

»Jetzt geben wir die Flaschen ab und kassieren die Kohle«, sagt Finja und befestigt die Leine wieder an Watsons Halsband. »Los komm! Außerdem kenne ich noch mehr gute Stellen, an denen man Pfandflaschen finden kann.«

Erst als wir vor dem Laden stehen und ich durch die große Glasscheibe Mama an der Kasse sitzen sehe, wird mir klar, dass ich einen Fehler gemacht habe. Ich bin einfach hinter Finja zurück in die Stadt geradelt, ohne sie zu fragen, wo sie die Flaschen denn abgeben will. Und jetzt stehen wir ausgerechnet vor dem Supermarkt, in dem Mama arbeitet. Hier können wir das auf gar keinen Fall tun. Mama wird mich fragen, woher wir die ganzen Flaschen haben, und vor allem wird sie wissen wollen, wofür wir so viel Geld brauchen und dann ...

Während ich noch darüber nachdenke, wie Mama reagieren wird, verabschiedet sie sich gerade von einer Kundin und reicht ihr noch das Wechselgeld rüber. Dann fährt sie sich mit der Hand über die Haare, massiert sich mit den Fingern kurz die geschlossenen Augen, öffnet sie wieder und guckt für einen Moment aus dem Fenster.

Mist! Hektisch schiebe ich mein Rad ein paar Meter weiter. Was, wenn sie mich jetzt gesehen hat? Oder das Fahrrad? Ich glaube, sie hat die Stirn gerunzelt. Aber ganz sicher bin ich mir nicht. Auf einmal wird mir ganz schlecht.

»Was ist denn los?« Finja guckt mich erstaunt an.

»Meine Mutter«, keuche ich. »Dadrin.« Ich nicke mit dem Kopf in Richtung der großen Fensterscheibe. Und dann erkläre ich Finja, dass meine Mutter mich auf gar keinen Fall mit dem Fahrrad sehen darf. Zum Glück fragt Finja nicht weiter nach.

»Ach so«, sagt sie nur und tätschelt Watson den Kopf. »Dann warten wir eben, bis sie fertig ist mit Einkaufen und wieder rauskommt. Wir können uns ja zwischen den Autos verstecken.« Sie zeigt auf den großen Parkplatz neben dem Einkaufsmarkt.

Ich schüttele den Kopf. »Mama kauft nicht ein. Sie arbeitet hier. Sie sitzt an der Kasse«, ergänze ich, als ich Finjas fragenden Blick sehe, und beobachte dabei ununterbrochen die Eingangstür. Ich bin mir sicher, dass Mama jeden Moment wütend aus dem Laden gestürmt kommt. Hat sie mich gesehen? Hat sie mich erkannt? Sie hat mir doch eben direkt in die Augen geguckt. Oder doch nicht? Vielleicht habe ich mir das ja nur eingebildet.

»Alles klar.« Finja schnappt sich meinen Beutel mit den Pfandflaschen. »Du wartest hier draußen mit Watson. Ist sowieso besser, wenn ich ihn nicht alleine lasse. Mich kennt deine Mutter ja nicht. Ich mach das schon.« Noch bevor ich etwas sagen kann, drückt sie mir die Hundeleine mit Watson dran in die Hand, klemmt sich das Skateboard unter den Arm und schlendert in Richtung Eingang. »Bin gleich wieder da«, ruft sie mir noch über die Schulter zu und dann ist sie auch schon weg. Hoffentlich geht das gut, denke ich noch, als Watson fröhlich bellend an der Leine zerrt, weil er irgendetwas entdeckt hat. Eine ganze Weile bin ich ziemlich damit beschäftigt, Watson und mein Fahrrad abwechselnd festzuhalten und gleichzeitig zu verhindern, dass Watson mich immer mehr in Richtung Eingang zieht. Ich habe es gerade halbwegs geschafft, ihn wieder zu beruhigen und meine Arme, das Fahrrad und die Hundeleine in die richtige Reihenfolge zu bringen, als mir etwas ziemlich Flaches, Dickes zwischen die Füße schießt und eine dünne Schnur sich gnadenlos um meine Beine wickelt. Das dicke Etwas jault begeistert auf und auch Watson fiept und zerrt wieder an seiner Leine.

»Kommst du wohl zurück zu Frauchen! Lass das! Pfui!«

Die Stimme am anderen Ende der Leine erkenne ich sofort. Frau Wischnewski. Und zwischen meinen Füßen freundet sich Watson gerade mit Paul an.

»Ach, hallo, Emil! Ich hab dich gar nicht gleich erkannt!«, zwitschert sie fröhlich und winkt mit einem Arm. Am anderen Arm hängen ihr Einkaufskorb und das Ende von Pauls Leine. Bestimmt hat sie wieder jede Menge Hundekuchen für Paul gekauft.

»Kannst du bitte mal deinen Hund zurückhalten! Paul erschreckt sich immer so vor anderen Hunden und er wurde sogar schon einmal gebissen.«

Ich würde ihr gerne sagen, dass Watson überhaupt nicht mein Hund ist und dass ihr Paul es ist, der hier gerade alles durcheinanderbringt, als sie mir plötzlich den Plastikgriff mit dem Rückholknopf von Pauls Hundeleine in die Hand drückt, beide Arme in die Luft reißt und heftig anfängt zu winken.

»Huhu, Werner, hier drüben, hier sind wir!« Frau Wischnewskis Löckchen wackeln mit ihren Oberarmen um die Wette. Watson schnüffelt begeistert an Pauls Hinterteil, Paul wickelt sich weiter um meine Füße, ich ziehe abwechselnd erst an Watsons, dann an Pauls Leine, was nur dazu führt, dass sich alles noch mehr verknotet. Mir bricht der Schweiß aus. Quer über den Parkplatz sehe ich Lotto-Werner auf uns zukommen.

Fast hätte ich ihn nicht erkannt. Er sieht aus wie ein neuer Mensch. Statt seines immer gleichen Anzugs trägt er heute eine beige Jeans und darüber ein sportliches hellblau kariertes Jackett. Seine Aktentasche hat er auch zu Hause gelassen, stattdessen baumelt an seinem Handgelenk ein kleines braunes Täschchen, so eine Art Handtasche für Männer. Er sieht aus, als befände er sich auf einem dieser schicken Kreuzfahrtschiffe aus der Werbung und nicht mitten auf dem Parkplatz vor einem heruntergekommenen Einkaufszentrum.

»Hallo, Emil«, begrüßt er mich, als er endlich bei uns angekommen ist, und versetzt mir einen lockeren Faustschlag auf den Oberarm. »Hast mir ja richtig

Glück gebracht gestern.« Er grinst und zwinkert Frau Wischnewski bedeutungsvoll zu. Dann nimmt er ihr den Einkaufskorb ab und hängt ihn sich über den Arm. »Eine Dame sollte nicht so schwer tragen, findest du nicht auch, Emil?«

Ich starre ihn wohl sehr verwirrt an, vielleicht liegt es aber auch an der Menge von Hunden und Hundeleinen zwischen meinen Beinen, dass ich ein bisschen merkwürdig aussehe, jedenfalls grinst Lotto-Werner von einem Ohr bis zum anderen, und jetzt zwinkert er zur Abwechslung mir zu. Frau Wischnewski gackert ein bisschen verlegen und sagt: »Alter Charmeur.« Ich weiß nicht so genau, was das heißt, aber sie wird ziemlich rot dabei. Dann reißt sie den Einkaufskorb wieder an sich.

»Nicht gucken!«, schimpft sie und breitet schützend ihren freien Arm über dem Korb aus. »Das Menü soll doch eine Überraschung werden.«

»Hauptsache, es gibt einen guten Wein, so zur Feier des Tages!« Lotto-Werner lacht schallend, als hätte er einen Witz gemacht, und Frau Wischnewski wird noch ein bisschen roter.

Menü? Wein? Feier? Es dauert einen Moment, bis all die Worte in meinem Kopf in einer richtigen Reihenfolge ankommen. Und dann schnappe ich nach Luft.

Das alles kann nur eines bedeuten. Die Lottozahlen!

Werner hat gewonnen. Der Jackpot. Die Millionen! Vor lauter Aufregung wird mir ganz schwindelig. Während wir den ganzen Vormittag gammelige Pfandflaschen gesucht haben, hat Werner mal eben locker die Millionen abgegriffen. Mit meinen Glückszahlen. Und jetzt will er mit Frau Wischnewski feiern und hat ganz vergessen, dass er mir etwas von dem Gewinn abgeben wollte.

»Sie – Sie haben gewonnen?« Ich kann kaum sprechen und meine Stimme klingt ganz piepsig vor Aufregung.

»Gewonnen? Was denn gewonnen, Jungchen?« Frau Wischnewski guckt mich verwirrt an. Lotto-Werner lacht immer noch.

»Kann man so sagen, ja, kann man so sagen.« Dann beugt er sich zu mir rüber. »Die Lottozahlen werden erst heute Abend gezogen«, raunt er mir zu. »Aber das ist auch gar nicht mehr wichtig. Du weißt doch: Pech im Spiel, Glück in der Liebe.« Mit diesen Worten nimmt er mir Pauls Leine aus der Hand und fängt an, sie zu entwirren. Enttäuscht sacke ich ein Stückchen in mich zusammen. Wäre ja auch zu schön gewesen. Lotto-Werner gibt mir einen Knuff. »Na komm! Was nicht ist, kann ja noch werden. Guck mal, da kommt ja schon deine kleine Freundin.«

Ich folge seinem Blick, und richtig, da kommt Finja. Die beiden Stoffbeutel baumeln schlaff in ihren Händen. Die Flaschen ist sie also losgeworden. Sie wirkt ein bisschen gehetzt und sofort werde ich wieder nervös.

»Ist alles in Ordnung?«, frage ich, als sie mir einfach wortlos Watsons Leine aus der Hand nimmt.

»Wir müssen weg, schnell!« Sie zieht an meinem Ärmel, ohne Frau Wischnewski und Werner weiter zu beachten. Fast stolpere ich über Pauls Leine, ich schaffe es gerade noch, meine Füße aus dem Gewirr zu befreien.

»Was ist denn passiert?« Nervös gucke ich wieder zum Eingang des Supermarkts. Hat Mama doch etwas gemerkt?

»Erkläre ich dir unterwegs.« Finja springt auf ihr Skateboard und sofort flitzt auch Watson wieder vor ihr her.

»Na, jetzt aber nix wie hinterher, junger Mann!«

Ich höre Lotto-Werners Lachen noch im Rücken, als wir den Parkplatz des Einkaufszentrums schon längst verlassen haben. An der Straßenkreuzung hole ich Finja endlich ein.

»Kannst du mir jetzt bitte endlich mal verraten, was los ist?«, frage ich sie.

»Deine Mama.« Finja dreht sich zu mir um. »Sie kommt nach Hause. Jetzt«, fügt sie hinzu, als ich sie verständnislos anstarre.

»Jetzt? Wieso das denn? Sie arbeitet normalerweise immer den ganzen Samstag. Bis abends«, erkläre ich. »Und woher willst du das überhaupt wissen?«

»Weil ich gerade an der Kasse stand, als sie ihren Chef gefragt hat, ob sie heute früher Schluss machen kann. Sie hat was von Migräne gesagt. Na ja, und wenn du vielleicht vorher noch dein Fahrrad zurückbringen willst, müssen wir uns wohl ein bisschen beeilen.«

»Okay.« Endlich habe ich es kapiert. »Und jetzt?«

Finja drückt mir meine Stofftasche in die Hand. »Vier fünfundsiebzig. Reicht noch nicht, aber ist ein Anfang. Das Geld ist in der Tasche. Wir treffen uns für Plan B um siebzehn Uhr bei Karl. Ich bringe Watson nach Hause und du dein Rad.«

Ich nicke. Ich habe zwar keine Ahnung, wie ich es schaffen soll, später noch mal zum Büdchen zu kommen. Mama wird das nie erlauben. Aber darüber kann ich mir nachher noch den Kopf zerbrechen. Zuerst muss ich das Fahrrad zurückbringen. Ich stopfe den Stoffbeutel unter meine Jacke und düse los. Zu Hause angekommen lasse ich mich erst ins Haus ein, dann stoße ich die Tür zur Kellertreppe auf. Jetzt noch schnell das Fahrrad nach unten bringen. Kurz wundere ich mich, dass die funzelige Treppenbeleuchtung schon eingeschaltet ist. Da hat doch glatt jemand vergessen, das Licht auszumachen. So eine Schlamperei. Aber vielleicht ist es auch ganz gut so, denn es wird sowieso verdammt schwierig werden, das Rad die steile Treppe nach unten zu schleppen, ohne dabei abzustürzen. Jetzt muss ich mich wenigstens nicht auch noch vorher mit dem Lichtschalter abmühen.

Ich packe das Rad fest mit beiden Händen und schiebe es vorsichtig über die ersten Stufen. Festhalten kann ich mich so nicht mehr. Und merkwürdigerweise fühlt sich das Rad viel schwerer an als vorhin, obwohl es doch jetzt eigentlich nur bergab geht. Stufe für Stufe schiebe ich mich nach unten. Ich rechne jeden Moment damit, dass ich das Fahrrad nicht mehr halten kann und von ihm in den Abgrund gerissen werde. Und weil Mama bestimmt nicht auf die Idee kommt, dass ich im Keller sein könnte, wird man meine Knochen und Überreste erst viel, viel später am Fuß der Kellertreppe verstreut zwischen lauter Fahrradteilen finden.

Fast kommen mir bei dieser Vorstellung die Tränen, und ich überlege schon, ob es nicht besser wäre, das Rad einfach loszulassen, damit es alleine die Kellertreppe nach unten donnern kann. Das würde ihm zwar vermutlich ein paar Schrammen und Beulen einbringen, aber das wäre immer noch besser, als selbst in lauter Einzelteile zerlegt zu werden. Gerade als ich diesen Gedanken zu Ende denke, dringt aus den Tiefen des Kellers ein merkwürdiges Stöhnen zu mir nach oben.

Ich reiße die Augen auf. Von ganz unten, sozusagen

aus dem Schlund der Hölle, auf den untersten Stufen, kommt mir Frau Janssen entgegen. Keine Ahnung, was sie im Keller gemacht hat oder wie sie überhaupt dort hinuntergekommen ist. Im Moment befindet sie sich auf dem Weg nach oben und die ersten zwei oder drei Stufen hat sie schon geschafft. So genau kann ich das von hier oben nicht erkennen. Nur eins sehe ich ganz deutlich: Frau Janssen, das Fahrrad und ich werden auf dieser engen Kellertreppe auf gar keinen Fall aneinander vorbeikommen. Es bleibt mir also gar nichts anderes übrig, als mein Fahrrad wieder nach oben zu zerren und zu warten, bis Frau Janssen oben angekommen ist. Es sei denn …

»Frau Janssen, hallo!«, rufe ich nach unten in den Keller. Fast warte ich auf ein gruseliges Echo, aber es kommt keins. »Bitte warten Sie mal! Können Sie mich bitte erst nach unten lassen? Ich helfe Ihnen dann auch mit der Treppe!«

Keine Reaktion. Frau Janssen guckt nicht hoch und reagiert auch sonst überhaupt nicht. Genau genommen hat sie noch nicht einmal gezuckt. Ob sie überhaupt noch lebt?

»Frau Janssen? Hallo??«

Frau Janssen antwortet nicht. Aber ganz, ganz langsam hebt sie ein Bein und setzt es auf die nächste Stufe. Dann fällt sie zurück in ihre alte Starre. Wenn das so weitergeht, stehe ich morgen noch hier oben an der Kellertür und warte. Und hinter mir kann jeden Moment meine Mutter nach Hause kommen. Ich bin kurz davor durchzudrehen. Was soll ich denn jetzt nur machen?

Frau Janssen

Vorname: Marlene
(steht auf dem Klingelschild)

Alter: uralt, bestimmt fast 100

Frisur: Weiße Haare, vermutlich lang.
Sie hat immer so einen festen Knoten auf dem Hinterkopf und Mama sagt, das geht nur mit ganz langen Haaren.

Kleidung: Schwarze Bluse, schwarzer Rock, schwarze Strumpfhose, schwarze Schuhe.

Merkmale: Sie ist der einzige Mensch bei uns im Haus, den ich kenne, weil sie die Einzige ist, die ich manchmal im Treppenhaus treffe. Das liegt aber nur daran, dass sie so langsam die Treppe hoch und runterläuft, dass sie bequem auf jeder Stufe ein Mittagsschläfchen machen könnte.

Zusatz: Mama sagt, Leute wie Frau Janssen müssten eigentlich im Erdgeschoss wohnen. Damit sie es leichter haben. Aber ich glaube, dass Frau Janssen gerne im Vierten wohnt. Wegen der Aussicht und so. Und weil sie ja ohne die vielen Treppen auch den ganz Tag nichts zu tun hätte und sich sonst bestimmt fürchterlich langweilen würde.

8. Kapitel

In dem eine Fremde an Karls Büdchen auftaucht, Stöckelschuhe und eine schwedische Bommelmütze eine wichtige Rolle spielen und am Ende ein Mädchenklo die letzte Rettung ist.

Ich muss hier raus. Kurz überlege ich, das Fahrrad nach oben zu schleppen und in unserer Wohnung zu verstecken.

Aber das würde viel zu lange dauern und außerdem haben wir dafür auch gar keinen Platz. Mir fällt wirklich kein gutes Versteck ein. Unter mein Bett passt das Rad jedenfalls nicht. Ich könnte zurück zum Büdchen fahren und Karl bitten, auf das Rad aufzupassen, aber bestimmt kommt mir genau dann Mama auf der Straße entgegen. Ich brauche jetzt wirklich ganz schnell eine rettende Idee.

Da fällt mir der schmale Garten hinter dem Haus ein. Eigentlich ist es kein Garten, nur ein kleines Stück Rasen, auf dem für die Mieter noch ein paar Wäscheleinen gespannt sind.

Ich ziehe die Haustür auf und zerre das Rad wieder ins Freie. Zum Glück ist von Mama noch nichts zu sehen. So schnell ich kann, schiebe ich das Fahrrad auf dem schmalen Weg neben dem Haus nach hinten. *Fahrräder abstellen verboten* steht auf einem Schild, das jemand an die Hauswand genagelt hat. Darauf kann ich jetzt leider keine Rücksicht nehmen. Ich hoffe einfach, dass heute niemand mehr nach hinten in den Garten kommt, um abgestellte Fahrräder oder Wäscheleinen zu kontrollieren. Und nachher werde ich schon irgendeine Möglichkeit finden, das Rad zurück in den Keller zu bringen. Ich lehne es an die Hauswand und husche schnell zurück ins Haus. Dann renne ich die Treppe rauf, nehme immer zwei Stufen auf einmal, damit es schneller geht, stürme in unsere Wohnung, hänge meine Jacke auf den Haken im Flur, schmeiße die Stofftasche mit dem Pfandgeld erst mal unter mein Bett, meinen Turnbeutel werfe ich gleich hinterher. Ich will mich gerade mit einem Buch in der Hand dekorativ ins Wohnzimmer legen, da höre ich den Schlüssel im Schloss. Mama ist da.

»Purzel, nicht erschrecken, ich bin's nur«, ruft sie schon von Weitem.

»Mama?« Ich versuche, möglichst überrascht zu klingen. »Was machst du denn schon hier?«

Als Mama ins Wohnzimmer kommt, sehe ich sofort, dass es ihr wirklich nicht gut geht. Sie ist schrecklich blass und hat ganz dunkle Ringe unter den Augen.

»Kopfschmerzen«, haucht sie nur und lässt sich auf das Umbausofa sinken. »Zum Glück durfte ich ein bisschen früher gehen.« Sie bemüht sich nicht einmal zu lächeln. Und dann geht es ihr wirklich richtig schlecht.

Mama hat oft Migräne, seit Papa nicht mehr da ist. So heißt die Sorte Kopfschmerzen, die so heftig ist, dass Mama manchmal den ganzen Tag im dunklen Zimmer liegen bleiben muss. Ich hatte das noch nie, aber Mama sagt, das fühlt sich an, als ob jemand gerade versucht, von außen ein Loch in deine Schädeldecke zu bohren, während ein anderer dabei ist, mit einem Hammer von innen nach außen durchzubrechen. Schon wenn ich nur daran denke, tut mir alles weh. Ich stelle mir immer vor, dass es Mamas viele schwere Gedanken und Sorgen und ihre Traurigkeit sind, die ihr so lange durch den Kopf gehen, bis es ihnen zu eng da drin wird, und dann wollen sie raus. Und die anderen Gedanken, die schönen Erinnerungen, die wollen auch mal wieder rein, und dann fängt das Bohren und das Hämmern an, weil sich alle ständig im Weg sind und keiner für den anderen Platz machen will.

»Holst du mir mal die Tabletten? Und ein Glas Wasser?«

Mamas Stimme ist ganz leise und schwach. Ich nicke und flitze sofort los. Das Körbchen mit den Medikamenten steht in unserem Badezimmerschränkchen über dem Waschbecken. Normalerweise darf ich da nicht alleine dran, aber bei ihren Kopfschmerztabletten macht Mama manchmal eine Ausnahme. Ich weiß genau, wie die Schachtel aussieht, und inzwischen bin ich auch groß genug, um ganz ohne meinen Badezimmerhocker an das Körbchen ranzukommen.

Und dann fällt mir wieder Mamas Kaffeetasse auf meinem Hocker im Keller ein. Den ganzen Tag habe ich dieses Bild in mir verdrängt, jetzt kommt es zurück und macht sich in meinem Bauch breit, der sofort anfängt, ein bisschen wehzutun. Bestimmt kann man auch im Bauch Migräne kriegen. Am liebsten würde ich Mama gleich danach fragen, aber als ich mit den Tabletten und einem Glas Wasser ins Wohnzimmer zurückkomme, liegt sie ausgestreckt auf dem Sofa, und auf ihrem Gesicht liegt schon ihre Kopfschmerz-Maske. Das ist so ein mit Gel gefülltes Plastikding für die Augen mit Schlitzen drin wie bei Zorro und das legt man eine Weile in den Kühlschrank. Wenn die Maske dann gut durchgekühlt ist, kann man sie sich auf das Gesicht legen, und dann hören die Gedanken im Kopf auf zu hämmern und zu bohren, weil sie dann nämlich einfach einfrieren.

Auf jeden Fall tut die Eismaske meiner Mama meistens gut, und ich weiß, dass sie jetzt eine ganze Weile so liegen bleiben wird. Dabei will ich sie auf gar keinen Fall stören.

Ich gebe ihr schnell das Wasser und die Tabletten und will mich gerade in mein Zimmer verkrümeln, als sie mich noch mal zurückruft.

»Ich muss ein bisschen schlafen«, murmelt sie. »Nicht böse sein, ja? Ich hab dir von der Frischetheke ein Käsebrötchen mitgebracht. Liegt auf dem Küchentisch.«

Als Mama Käsebrötchen sagt, merke ich erst, wie hungrig ich bin. Mein Frühstück und die Quarkbällchen von Finja sind ja auch schon eine ganze Weile her.

Finja! Fast hätte ich vergessen, dass wir uns ja noch mal treffen wollen. Ob ich Mama einfach fragen soll? Aber was, wenn sie Nein sagt? Einfach wegschleichen ist schon schwer genug. Aber wegschleichen, wenn sie es ausdrücklich verboten hat, ist noch viel, viel schwerer.

»Geh doch noch ein bisschen raus«, murmelt Mama da unter ihrer Maske. »Darfst dir auch einen Lolli holen. Vielleicht triffst du ja diese Finja.«

Puh. Der Stein, der gerade von meinem Herzen plumpst, hätte Mama mit Sicherheit wieder hellwach gemacht. Zum Glück hat sie ihn nicht gehört.

Ich schleiche auf Zehenspitzen zur Tür und knipse das Licht aus, dann gehe ich in mein Zimmer, um endlich das Pfandgeld in meine Dose zu legen. Die Münzen klimpern leise, als ich sie aus der Stofftasche auf meinen Teppich schütte. Immerhin habe ich jetzt schon über zwanzig Euro. Das ist natürlich immer noch viel zu wenig, aber es fühlt sich an wie ein winzig kleines Licht am Ende eines Tunnels voller finsterer Schwärze.

Jetzt aber nix wie weg hier. Die Stofftasche lasse ich da, aber den Turnbeutel mit dem neuen Notizbuch und der Taschenlampe nehme ich vorsichtshalber mit. Und das leckere Käsebrötchen, das mir Mama aus dem Supermarkt mitgebracht hat, natürlich auch. Das kann ich gleich auf dem Weg essen. Mein Fahrrad bleibt hinter dem Haus, Finja hat nichts davon gesagt, dass ich es wieder mitbringen soll. Es ist auch eine ziemlich wackelige Angelegenheit, mit einem Käsebrötchen in der Hand Fahrrad zu fahren. Außerdem wird es schon langsam dämmerig, und im Dunkeln zwischen all den Autos rumzuflitzen, ist selbst mir ein bisschen zu gefährlich.

Am Büdchen ist von Finja weit und breit nichts zu sehen. Dafür hat Karl wieder Kundschaft, und diesmal ist es jemand, den ich noch nicht kenne. Eine junge Frau in einem ziemlich kurzen Rock mit lila Strumpfhosen und hochhackigen Schuhen darunter. Dazu trägt sie eine rote Regenjacke, was ich ein bisschen merkwürdig finde, weil es doch überhaupt nicht regnet. An ihrem linken Arm baumelt eine pinke Handtasche mit Glitzer drauf, und auf dem Kopf hat sie halblange orangerote Haare, die ungefähr auf Kinnlänge so gerade abgeschnitten sind, dass der Friseur bestimmt ein Lineal benutzt hat, um das so hinzukriegen. Oder die Friseurin. Karl scheint die Frau zu kennen, denn er unterhält sich sehr angeregt mit ihr.

»Hallo, Karl«, rufe ich schon von Weitem. »War Finja schon hier? Wir wollten uns noch mal treffen, um …« Weiter komme ich nicht, denn jetzt prusten Karl und diese Fremde los, als hätte ich einen guten Witz gemacht. Irritiert gucke ich an mir runter. Vielleicht habe ich mich ja mit der Mayonnaise von dem Käsebrötchen vollgekleckert oder meine Hose steht offen oder sonst irgendwas ist komisch. Ich kann aber nichts finden. Auf den ersten Blick ist alles in Ordnung. Ich mag es nicht, wenn man über mich lacht, ohne dass ich weiß, warum. Dann fühle ich mich sofort ganz klein und unsicher. Auch jetzt würde ich am liebsten kehrtmachen und wieder nach Hause gehen.

»Finja? Nein, sie war noch nicht hier.« Karl schüttelt den Kopf und lacht schallend. »Haben Sie vielleicht Finja gesehen?«, wendet er sich dann an die neue Kundin. Woher sollte die denn Finja kennen? Und wieso kichert sie so dämlich bei dieser Frage? Das Kichern kommt mir total bekannt vor. Wenn ich nur wüsste, wo ich das schon mal gehört habe.

Die Kundin dreht sich um und winkt mir huldvoll zu, während ihre Glitzerhandtasche am Handgelenk baumelt. Mir bleibt fast das Käsebrötchen im Hals stecken. Die Kundin IST Finja.

»Isch abe deine kleine Frrundin nischt gesähen.« Mit einer schwungvollen Handbewegung streicht sie sich eine Strähne ihrer orangen Perücke aus dem Gesicht. »Sagte man doch so, oder? Frrundin?«, fragt sie.

»Das heißt Freundin«, antworte ich fast automatisch und will mir dann am liebsten die Zunge abbeißen. Wie dämlich kann man eigentlich sein? Aber Finja lacht nur, zieht sich die Perücke vom Kopf und heraus kommen endlich wieder ihre blonden Wuschelhaare. »Da bist du ja endlich. Ich dachte schon, deine Mutter würde dich nicht mehr weglassen.«

Ich schüttele den Kopf. »Sie hat sogar gesagt, ich soll ein bisschen rausgehen. Damit sie schlafen kann.«

»Prima! Dann kann es ja jetzt losgehen! Tschüss, Karl, bis später!«

»Bis später!« Karl verzieht sich wieder ins Innere des Büdchens. »Und passt auf euch auf!«

Finja stülpt sich wieder die Perücke auf den Kopf, dann stöckelt sie in ihren hohen Schuhen davon.

»Komm schon! Dein Notizbuch wartet!«

Mein Notizbuch. Irgendwie habe ich die ganze Zeit erfolgreich verdrängt, warum wir überhaupt noch einmal loswollen. Ich laufe hinter Finja her.

»Wo ist denn dein Skateboard? Und wo ist Watson?«, will ich wissen.

»Zu Hause. Das Skateboard können wir jetzt nicht gebrauchen und Watson würde uns vielleicht nur verraten. Außerdem ist er heute schon genug gelaufen, er muss sich mal ausruhen.«

Ich zeige auf die Perücke auf ihrem Kopf und danach auf ihre lila Beine und die hochhackigen Schuhe, mit denen sie etwas wackelig neben mir herstöckelt. »Und wozu soll das gut sein?«, frage ich.

»Das brauchen wir für Plan B. Verdeckte Ermittlungen, verstehst du? Muss uns ja nicht gleich jeder erkennen.« Sie öffnet ihre Handtasche und zieht eine schwarze Sonnenbrille und eine gelb-blau geringelte Pudelmütze mit einer blauen Bommel daran heraus. »Da, zieh das mal an. Die Sachen sind von meinem Vater, aber sie müssten dir eigentlich passen.«

Ganz sicher werde ich jetzt keine dämliche Pudelmütze aufsetzen, mit der ich aussehe wie Werbung für IKEA. Und eine Sonnenbrille mit so schwarzen Gläsern schon mal gar nicht. Da kann ich ja gleich die Augen zumachen.

»Wie sieht Plan B überhaupt aus?«, frage ich stattdessen. »Und warum soll uns keiner erkennen können?«

Finja bleibt stehen und guckt mich unter ihrem orangen Pony hervor an, als wäre ich geistig ein bisschen zurückgeblieben. Als sie mir endlich antwortet, wünschte ich, ich hätte sie nie nach ihrem Plan gefragt.

»Na, in die Schule. Wohin denn sonst? Wir wollen doch dein Notizbuch zurückholen.«

In die Schule? Jetzt? Es ist Samstagnachmittag und es wird schon dunkel.

»Samstags finden immer noch jede Menge Kurse für Erwachsene in der Schule statt«, sagt Finja da, als ob sie meine Gedanken gelesen hätte. »Malen nach Zahlen oder Stricken für Anfänger. Solche Sachen halt.«

»Tagsüber vielleicht. Aber jetzt ist doch kein Mensch mehr in dem Gebäude. Wie willst du denn da reinkommen?«

Noch während ich frage, ahne ich, dass ich die Antwort gar nicht hören will.

»Der Hausmeister dreht jeden Abend noch mal seine Runde. Das weiß ich, weil ich früher mal mit seiner Tochter befreundet war. Er läuft dann einmal durch die ganze Schule und guckt, ob alle Fenster geschlossen sind, ob die Putzfrauen irgendwo noch Licht angelassen haben oder ob jemand aus Versehen eingeschlossen wurde. Wir müssen nur schnell hinter ihm ins Gebäude schlüpfen und wieder draußen sein, bevor er mit seinem Rundgang fertig ist.«

Ich schnappe nach Luft. »Du willst in die Schule einbrechen?«

»Wieso einbrechen? Er schließt sie doch für uns auf.«

»Ja, aber wenn er uns sieht?« In meinem Mund wird es ganz trocken. Bestimmt kann ich gleich gar nicht mehr sprechen.

»Er wird uns nicht sehen. Und wenn doch, kann er uns ja nicht erkennen.« Finja bleibt stehen und drückt mir endgültig die Pudelmütze und die Sonnenbrille in die Hand.

»Aber wir haben doch keine Ahnung, wo wir suchen sollen«, wende ich ein. Finja funkelt mich an.

»Willst du nun dein Notizbuch zurückhaben oder nicht?«, fragt sie.

»Ja schon, aber ...«

»Na also. Dann komm jetzt.« Sie wirft sich ihre Handtasche über die Schulter und stöckelt weiter.

Und kurz darauf stehen wir vor meiner Schule.

Ich war noch nie am Wochenende hier. Der Schulhof liegt leer und wie ausgestorben vor uns, auch aus dem Gebäude kommt kein einziger Lichtstrahl. Noch ist es Zeit umzukehren, und für einen Moment überlege ich, Finja genau das vorzuschlagen. Soll die blöde Bertram doch das Notizbuch behalten. Aber dann muss ich an Mama denken, wie sie unter ihrer eisigen Maske zu Hause auf dem Sofa liegt und mit ihren Gedanken kämpft, und daran, dass sie manchmal ganz einsam und alleine in dem gruselig dunklen Keller sitzt, nur um ein bisschen näher bei Papa sein zu können. Und an die vielen Briefe in der Küchenschublade denke ich auch. Und an meinen Krimi, den meine Lehrerin sich jetzt unter den Nagel gerissen hat und den ich doch brauche, wenn ich endlich richtig Geld verdienen will.

»Na gut«, sage ich, atme tief durch, stecke die Sonnenbrille für später ein und setze die Mütze auf. »Dann los!«

Ein Junge mit einer schwedischen Pudelmütze bei 15 Grad im Schatten und ein Mädchen mit orangen Haaren und einer pinkfarbenen glitzerigen Handtasche. Vermutlich ist noch nie jemand in einer so dämlichen Aufmachung hier herumgelaufen.

Der Schulhof wirkt riesig in der Dämmerung. Weit und breit ist kein vernünftiges Versteck zu sehen. Außer ein paar verkümmerten Hecken ganz am Rand liegt vor uns einfach nur eine große leere Fläche. Wenn der Hausmeister jetzt um die Ecke kommt, wird er uns sofort entdecken. Finjas Schuhe klackern über den Asphalt. Bestimmt sind wir in drei Kilometer Entfernung noch zu hören. Mir tropft Schweiß in die Augen, und ich kann nicht sagen, ob vor Aufregung oder nur wegen der dämlichen Mütze. Irgendetwas scheppert über den Boden. Ich zucke zusammen. Dann erkenne ich, dass es nur eine leere Getränkedose ist, die ich aus Versehen mit dem Fuß angestoßen habe. Finja bückt sich, hebt die Dose auf und steckt sie in ihre Handtasche. »Fünfundzwanzig Cent«, sagt sie und grinst zufrieden.

»Und jetzt?« Ich flüstere nur, trotzdem bin ich mir sicher, dass man mich auf dem ganzen Schulhof hören kann.

»Warten«, flüstert Finja zurück. »Am besten da drüben.« Sie zeigt auf einen Wandvorsprung neben dem Haupteingang.

Ich nicke. Zusammen laufen wir rüber und kauern uns in die Dunkelheit.

Während wir hinter der Mauer hocken, zieht Finja ihre Schuhe aus und holt ein Paar Turnschuhe aus der Handtasche. Ich will sie gerade fragen, warum sie denn nicht gleich in Turnschuhen zu unserem Treffen gekommen ist, aber Finja legt nur einen Finger auf ihre Lippen und nickt schweigend in Richtung Schulhof. Und richtig, aus der Dunkelheit kommt jemand auf uns zu. Ich halte die Luft an. Am liebsten würde ich mir noch die Hand auf den Mund pressen, nur so rein vorsichtshalber, aber ich kann mich keinen Millimeter mehr bewegen. Ich glaube, ich bin in unserem Versteck einfach vor lauter Angst zu Stein erstarrt.

Jetzt erkenne ich Herrn Wacker, unseren Hausmeister. Es ist genau so, wie Finja gesagt hat. In der Hand hält er einen großen Schlüsselbund, mit dem läuft er jetzt zielstrebig auf den Haupteingang zu. Er klimpert und klirrt eine Weile mit den Schlüsseln herum, brummt irgendwas vor sich hin, dann stößt er die Tür auf und dann geht auch schon die Flurbeleuchtung an. Vor Schreck über die plötzliche Helligkeit kippe ich nach hinten und ramme Finja meinen Ellenbogen in den Magen.

»Pass doch auf!«, zischt Finja. Dann steht sie auf und zieht mich ebenfalls auf die Füße. »Los, komm!«

Tatsächlich ist die Eingangstür offen. Irgendwo weiter hinten im Flur sehe ich Herrn Wacker gerade noch um die Ecke biegen. Geblendet von der hellen Beleuchtung bleibe ich erst mal stehen.

»Sonnenbrille«, flüstert Finja und zieht mich am Ärmel weiter. Ich setze mir die Sonnenbrille auf die

Nase und fühle mich tatsächlich gleich ein bisschen sicherer und geschützter.

Finja hat mir erklärt, dass es nur zwei Orte gibt, an denen mein Notizbuch sein kann. In meinem Klassenzimmer oder im Lehrerzimmer. Im Lehrerzimmer hat jeder Lehrer und jede Lehrerin ein eigenes Fach, vielleicht hat die Bertram das Buch dort hineingelegt. Vielleicht liegt es aber auch einfach nur im Klassenzimmer in der Schublade unter dem Lehrerpult. So wie alle Handys und Comics und Spickzettel, die von den Lehrern eingesammelt werden, auch immer dort verschwinden. Ich habe zwar gesehen, wie die Bertram das Notizbuch in ihre große schwarze Tasche geworfen hat, aber genauso gut kann sie es später wieder herausgenommen und in die Schublade gelegt haben.

Auf ein Handzeichen von Finja teilen wir uns auf. Wir haben verabredet, dass ich zum Klassenzimmer laufe und dort suche, während Finja sich das Lehrerzimmer vorknöpfen will. Wir haben nicht viel Zeit und müssen höllisch aufpassen, nicht Herrn Wacker über den Weg zu laufen.

Während ich auf Zehenspitzen den Flur hinunterschleiche, rechne ich jeden Moment damit, dass der Hausmeister gleich um die Ecke kommt. Blöderweise ist mein Klassenzimmer nicht im Erdgeschoss, sondern im ersten Stock, was heißt, dass ich die Treppe benutzen muss. Ich habe keine Ahnung, welche Route der Hausmeister auf seinem Weg durch die Schule nimmt. Als ich endlich zur Treppe komme, bleibe ich einen Moment stehen, um zu lauschen.

Ich höre nicht das geringste Geräusch, keine Schritte von Herrn Wacker, keine von Finja, kein Atmen, kein Schlüsselklimpern, kein Türenklappern, einfach gar nichts. Es ist, als ob ich vollkommen alleine hier in dieser riesigen Schule wäre. Und ein bisschen fühlt es sich an, als ob das für den kompletten Planeten gilt.

Und dann passiert etwas ganz Schreckliches!

Das Licht geht aus. Plötzlich stehe ich mitten in schwärzester Nacht. Und als ich schnell ein paar Schritte auf die Treppe zumache, knallt mir sofort wieder blendende Helligkeit entgegen. Bewegungsmelder. Da wird mir klar, dass wir einen Fehler gemacht haben. Daran haben wir nicht gedacht. Sobald sich niemand mehr im Flur befindet oder, so wie ich eben, ganz still stehen bleibt, geht das Licht aus. Und wenn man sich dann wieder bewegt, geht auch das Licht wieder an. Wenn aber Herr Wacker jetzt irgendwo in einem Nebengebäude unterwegs ist oder von einem der oberen Stockwerke hinunterkommt, wird er sich über das ständige An-aus-Geblinke im Erdgeschoss sehr wundern.

Ich lausche noch mal angestrengt in alle Richtungen, achte aber darauf, in Bewegung zu bleiben. Eine

Lampe, die die ganze Zeit brennt, fällt bestimmt weniger auf, als eine Beleuchtung, die dauernd an- und ausgeht.

Hören kann ich immer noch nichts. So schnell ich kann, springe ich jetzt die Treppe hoch und laufe zu meinem Klassenzimmer. Ich habe Glück, es ist nicht abgeschlossen. Ich schlüpfe schnell hinein und ziehe die Tür hinter mir zu. Hier drinnen ist es total finster. Nicht das winzigste Fitzelchen Licht fällt ins Zimmer und es gibt auch keinen Bewegungsmelder, sondern nur einen ganz normalen Lichtschalter. Es wäre ja auch ziemlich unpraktisch, wenn zum Beispiel jedes Mal, sobald sich alle Schüler regungslos über eine knifflige Matheaufgabe beugen, das Licht ausginge. Ich will gerade auf den Lichtschalter drücken, als mir noch einfällt, dass auch das keine gute Idee ist. Am Ende alarmiert noch jemand von draußen die Polizei. Gut, dass ich die Taschenlampe dabeihabe. Um den Strahl zu dämpfen, schirme ich sie ein bisschen mit der freien Hand ab und taste mich dann langsam zum Lehrerpult vor. Mir ist total heiß unter der dämlichen Pudelmütze und auch die Sonnenbrille nervt in der Dunkelheit. Ich setze sie ab, lege sie auf das Pult und will gerade die Schublade aufziehen, als ich etwas höre. Schritte. Und sie kommen genau in meine Richtung. Mit angehaltenem Atem lausche ich nach draußen. Die Schritte werden lauter und lauter. Geh vorbei, bitte, bitte geh weiter. Aber plötzlich hören die Schritte auf. Und zwar genau vor meiner Tür. Mit einem Satz bin ich unter dem Tisch. Ich denke gerade noch daran, die Taschenlampe auszuschalten, als die Tür sich auch schon einen Spalt öffnet.

»Ist hier jemand?« Herrn Wackers Stimme dröhnt durch die Dunkelheit. Fast hätte ich aufgeschrien. Aber nur fast. Von hier unten kann ich Herrn Wacker nicht sehen, nur seine Schuhe kann ich in dem schwachen Lichtstrahl, der durch die offene Tür fällt, erkennen. Und diese Schuhe kommen gerade immer näher. Mein Herz schlägt bis zum Hals, das Blut rauscht mir in den Ohren. Bestimmt entdeckt er mich gleich unter dem Tisch und dann macht er Hackfleisch aus mir. Ich kneife die Augen zu. Klar weiß ich, dass das sinnlos ist. Aber wenn der Hausmeister mich schon findet, will ich ihm wenigstens nicht dabei zusehen müssen. Vermutlich sterbe ich aber schon vorher einen grausamen Erstickungstod. Vor lauter Panik habe ich nämlich einfach aufgehört zu atmen, und solange Herr Wacker in der Nähe ist, fange ich auch nicht wieder damit an. Wenn er also nicht bald wieder verschwindet, dann findet am Montag die fiese Bertram unter ihrem Pult einen kleinen toten Jungen, der schon ein bisschen verwest riecht. Geschähe ihr ja ganz recht.

Der Hausmeister steht jetzt genau vor mir. Ich

müsste nur die Hand ausstrecken und könnte seine Schnürsenkel miteinander verknoten. Stattdessen verknoten sich aber gerade sämtliche Eingeweide in mir drinnen. Was weiter nichts macht, denn wenn ich tot bin, brauche ich sie ja sowieso nicht mehr.

Warum geht der nicht endlich? Was macht er denn da noch? Ich höre Herrn Wacker irgendwas murmeln, was er sagt, kann ich wegen dem Rauschen in meinen Ohren leider nicht verstehen. Dann kommt von der Tischplatte über mir ein schabendes Geräusch, und ich erkenne aus den Augenwinkeln, dass Herr Wacker etwas in die ausgebeulte Tasche seiner Hose steckt. Die Sonnenbrille! Ich hatte vergessen, sie mitzunehmen, als ich mich versteckt habe. Jetzt würde der Hausmeister ganz sicher jeden Moment unter den Tisch gucken. Aber lebend findet er mich nicht mehr. So viel steht fest. Ich weiß nur noch nicht, ob ich an Sauerstoffmangel, plötzlichem Organversagen oder Herzstillstand sterbe. Gerade als ich mich frage, ob man auch an allen drei Sachen gleichzeitig sterben kann, ändern die Füße vor mir die Richtung und laufen zurück zur Tür. Ich fasse es nicht. Lässt der mich hier elend verenden und dann einfach tot unter dem Tisch liegen?

Eine gefühlte Ewigkeit später schließt sich die Tür hinter Herrn Wacker und ich bin wieder allein. Und am Leben. Ich atme so tief ein, dass ich mit Sicherheit den kompletten Sauerstoff in diesem Zimmer mit einem Atemzug verbrauche.

Ich warte noch einen Moment, ob Herr Wacker auch wirklich nicht zurückkommt, aber als alles still bleibt, krabbele ich vorsichtig unter dem Pult hervor und öffne endlich die Schublade. Nichts. Meine Augen haben sich zwar inzwischen an die Dunkelheit gewöhnt, rein vorsichtshalber leuchte ich trotzdem noch mal jeden Winkel mit meiner Taschenlampe aus, aber außer ein paar Blättern Schmierpapier und einem abgebrochenen Bleistift liegt rein gar nichts darin. Absolute Fehlanzeige.

Enttäuscht schiebe ich die Schublade wieder zu und trete den Rückweg an. Hoffentlich hatte Finja mehr Glück als ich. Natürlich springt sofort die Flurbeleuchtung wieder an, als ich aus dem Zimmer komme, und natürlich erschrecke ich wieder fast zu Tode. Aber dann mache ich, dass ich hier wegkomme. Ich will nur noch raus. Am Fuß der Treppe bleibe ich kurz stehen, um zu verschnaufen, und auch, um mich vorsichtshalber noch mal zu vergewissern, dass ich Herrn Wacker nicht direkt in die Arme laufe. Gerade noch rechtzeitig erinnere ich mich daran, dass ich beim Verschnaufen nicht aufhören darf, mich zu bewegen, wenn ich den Hausmeister nicht doch noch durch wilde Lichtsignale auf mich aufmerksam machen will. Gleichzeitig rumzappeln und in die Stille horchen ist aber gar nicht so einfach. Noch schwerer ist es, nicht sofort in lautes Geschrei auszubrechen, als sich dabei plötzlich von hinten eine Hand auf meine Schulter legt. Ich glaube, es ist nur meinen immer noch verknoteten Eingeweiden zu verdanken, dass auch meine Stimmbänder noch nicht richtig funktionieren. Sonst hätte ich jetzt die ganze Stadt zusammengebrüllt vor Schreck.

Die Hand gehört Finja, die sich völlig lautlos von hinten an mich herangeschlichen hat.

»Und?«, flüstert sie mir jetzt ins Ohr.

»Nichts«, krächze ich zurück, obwohl ich sie viel lieber angebrüllt hätte, ob sie denn wahnsinnig ist, mich so zu erschrecken, und ob ihr das eigentlich Spaß macht, uns immer wieder neuen Gefahren auszusetzen. Aber ich reiße mich zusammen. Wir haben im Moment echt andere Probleme.

»Bei mir auch nicht«, antwortet Finja, als ob wir gerade gemütlich bei einer Cola zusammensitzen und unsere Hausaufgaben besprechen würden. »Dann müssen wir zu Plan C übergehen.«

Von einem Plan C wusste ich bisher noch gar nichts. Und darüber will ich jetzt auch gar nicht reden. Langsam werde ich nervös. Während wir hier herumdiskutieren, rückt womöglich der Hausmeister an.

Vielleicht hätte ich das nicht denken sollen. Noch im selben Moment ertönt über uns eine Stimme.

»Was zum Teufel …?«

Finja und ich schreien gleichzeitig auf. Und dann rennen wir los. Der Weg zum Haupteingang kommt mir viel länger vor als sonst. Wir rennen, stolpern und rutschen durch den langen Flur. Herr Wacker poltert mit seinen schweren Schuhen die Treppe herunter und rennt hinter uns her. Dabei brüllt er die ganze Zeit, dass wir eine verflixte Saubande sind und endlich stehen bleiben sollen und er uns sowieso kriegen würde. Jetzt bin ich froh über die blöde Bommelmütze, vielleicht erkennt er mich so wenigstens nicht.

Wir biegen um die nächste Ecke und für einen winzigen Moment haben wir den Hausmeister abgehängt. Aber bis zur rettenden Eingangstür ist es noch endlos weit und das Dröhnen seiner Schritte kommt näher und näher. Wäre das hier ein Film, würden rechts und links an den Wänden Stühle oder Blumentöpfe oder leere Fässer stehen, die wir hervorzerren und unserem Verfolger vor die Füße werfen könnten. Oder Finja würde aus ihrer Handtasche ein Kilo Murmeln holen und durch den Flur kullern lassen, damit Herr Wacker darauf ausrutscht. Aber weit und breit sind keine Stühle zu sehen und leere Fässer stehen sowieso eher selten in Schulen herum. Leider befinden wir uns auch in keinem Film, sondern in der nackten Realität. So nackt wie der Gang, durch den wir gerade rennen und der einfach kein Ende nehmen will. Ich bilde mir ein, schon den Atem von Herrn Wacker im Nacken zu spüren, als Finja plötzlich stehen bleibt und in ihrer Handtasche rumkramt. Was tut sie denn da? Hat sie am Ende doch Murmeln dabei? Wieso läuft sie denn nicht weiter? Wenn wir noch drei Sekunden länger hier warten, ist alles zu spät. Dann wird der Hausmeister uns schnappen, und dann wird er auch unsere Verkleidung bemerken und uns erkennen, und Mama muss in die Schule kommen, und bestimmt werde ich wegen des Einbruchs von der Schule fliegen, obwohl die Tür ja offen stand und es deshalb gar kein richtiger Einbruch war, und dann muss Mama eine Strafe zahlen, und sie verliert ihren Job, denn wer will schon eine Kassiererin in seinem Laden sitzen haben, deren Sohn ein Krimineller ist.

Ich habe meinen Gedanken noch gar nicht zu Ende gedacht und bestimmt viel länger als drei Sekunden dafür gebraucht, als Finja einen ihrer Stöckelschuhe aus der Tasche zerrt, ihn in hohem Bogen durch den Flur schleudert und mich am Ärmel zieht.

»Komm schon«, zischt sie. Aber statt zum Eingang zerrt sie mich seitlich zu einer Tür, die ich bis eben gar nicht gesehen habe. Die Mädchentoilette. Sie stößt die Tür auf und zieht mich hinter sich her. Ich will gerade protestieren, dass ich mich nicht mal in allerhöchster Lebensgefahr auf einem Mädchenklo verstecken würde, als ich aus dem Augenwinkel Herrn Wacker um die

Ecke poltern sehe. Schnell wie der Blitz schlüpfen wir beide ins Klo, werfen die Tür zu und pressen uns an die Wand.

»Warum hast du den Schuh weggeworfen?« Mein Flüstern ist mehr ein Krächzen.

»Um ihn abzulenken«, flüstert Finja zurück. Gebannt lauschen wir nach draußen. Wir hören den Hausmeister auf dem Flur vorbeistampfen. Kurz hinter der Toilette stoppt er, flucht irgendwas. Der Schuh. Jetzt hat er Finjas Schuh gefunden. Dann entfernen sich seine Schritte und plötzlich kapiere ich es. Finja hat den Schuh in Richtung Ausgang geschleudert. Bestimmt denkt Herr Wacker, einer der Eindringlinge hätte den Schuh auf der Flucht verloren und sei mit nur einem Schuh weitergelaufen und nach draußen entwischt. Und jetzt sucht Herr Wacker auf dem Schulhof den Fuß, zu dem der verlorene Schuh gehört. Fast wie bei Aschenputtel. Nur nicht ganz so romantisch, weil in Herrn Wacker ja kein bisschen königliches Blut fließt und Finja ihn ganz sicher auch nicht heiraten will. Je länger ich darüber nachdenke, desto unruhiger werde ich. Irgendwas stimmt hier ganz und gar nicht. Unser Verfolger ist zwar erst mal weg, aber wir sitzen immer noch in der Schule fest. Sobald wir hier rauslaufen, geht im Flur das Licht wieder an, und Herr Wacker kommt garantiert zurück, und wir rennen ihm direkt in die Arme. Und selbst wenn er nicht zurückkommt, hat er die Schule sicher längst abgeschlossen. Wir sind gefangen. Im Mädchenklo!

Draußen ist es inzwischen richtig dunkel geworden und auch hier drin kann man kaum noch etwas erkennen vor lauter Finsternis. Bestimmt ist Mama längst wieder wach und macht sich riesige Sorgen, weil ich nicht zum Abendessen nach Hause gekommen bin. Plötzlich will ich gar nicht mehr mit auf diese dämliche Klassenfahrt. Mir ist mein Notizbuch egal und ich will auch keinen Krimi mehr schreiben oder berühmt werden. Ich will nicht mehr, dass blöde Briefe kommen und Mama traurig machen. Ich will nicht, dass sie mit ihrem Kaffee im Keller zwischen lauter Kisten sitzt oder mit einer Eismaske und Migräne auf dem Sofa liegt. Ich will es einfach nur wieder schön und fröhlich und gemütlich haben. So wie früher. Und ich will, dass Papa …

Ich wische mir mit dem Ärmel über die Augen. Fast hätte ich angefangen zu heulen. Für einen kurzen Moment bin ich dankbar für die Dunkelheit und dafür, dass Finja mich so nicht sehen kann. Finja? Wo ist sie überhaupt? Eben stand sie doch noch neben mir. Ich fahre mit der Hand an der Wand entlang. Keine Finja. Ich schlucke meine Traurigkeit runter und rufe sie leise. Aber es fühlt sich an, als ob ich meine Stimme mit runtergeschluckt hätte. Ich kann nur noch krächzen. Mir wird ganz mulmig zumute.

»Kommst du mit oder willst du lieber noch ein bisschen hier im Klo bleiben und nachdenken?«, ertönt da Finjas Stimme von irgendwo über mir. Ich reiße den Kopf hoch. Weil meine Augen immer noch ein bisschen feucht sind, kann ich sie nur ganz verschwommen in der Dunkelheit erkennen. Mit einem Fuß steht Finja auf dem Waschbecken, ihr anderer Fuß baumelt in der Luft. Erst jetzt sehe ich das offene Fenster über uns, und noch bevor ich richtig kapiert habe, was Finja da macht, hat sie sich am Fenstersims hochgezogen, wirft ihre Handtasche nach draußen, und dann verschwindet die ganze Finja in der Dunkelheit.

Herr Wacker

Beruf: Hausmeister

Alter: 45. Sagt Finja.

Frisur: Kann man nicht richtig sehen, weil er immer so ein graues Hausmeisterkäppi auf dem Kopf hat.

Kleidung: Eine blaue Latzhose. Was sehr praktisch ist, weil in eine normale Hose sein dicker Bauch gar nicht reinpassen würde. Kariertes Hemd. Und darüber meistens ein grauer Kittel. Passt farblich zum Käppi, sieht aber trotzdem nicht besonders schick aus.

Merkmale: Herr Wacker ist fast immer in der Schule unterwegs, um irgendwo irgendetwas zu reparieren. Zerbrochene Stühle, geplatzte Glühbirnen, verstopfte Toiletten. Man sollte gar nicht glauben, was so alles an einem einzigen Schultag kaputtgehen kann. Außerdem bewacht Herr Wacker die Schule nachts vor Einbrechern. Oder vor Kindern, die ein Notizbuch suchen.

Zusatz: Eigentlich ist Herr Wacker ein sehr netter Hausmeister. Nur nachts nicht.

9. Kapitel

In dem Pfannkuchen wie Pappe schmecken, Mama dringend einmal rausmuss und ein schwarzes Loch droht alles zu verschlingen.

Mama kommt mir schon im Treppenhaus entgegen, als ich die Haustür aufschließe. Ich bekomme sofort ein schlechtes Gewissen. Ihr Gesicht ist total blass. Bestimmt war sie schon ganz verrückt vor Angst um mich.

Fieberhaft suche ich nach einer Ausrede. Dass ich gerade in meine Schule eingebrochen und dem Hausmeister nur ganz knapp durch ein Fenster im Mädchenklo entwischt bin, kann ich ihr ja schlecht erzählen.

»Ach, hallo, Emil, ich wollte gerade in ... ich meine ...« Mama fährt sich mit der Hand über die Stirn, als ob sie vergessen hätte, was sie sagen wollte. »Nach Post gucken!«, ruft sie dann ein bisschen zu laut und wirkt fast erleichtert. Sie sieht mich mit so einem merkwürdig verlegenen Blick an, dass ich überhaupt nicht weiß, wie ich reagieren soll. Dann stürzt sie an mir vorbei zum Briefkasten, öffnet ihn, murmelt was von »keine Post« und starrt für eine ganze Weile in den leeren Kasten. Natürlich ist da keine Post. Es ist schon ziemlich spät. Und Mama hat doch unsere Post heute Mittag schon mit nach oben gebracht. Warum glaubt sie, dass jetzt noch mal welche gekommen ist? Wartet sie vielleicht auf etwas Wichtiges? Während ich noch überlege, was ich dazu sagen soll, holt Mama tief Luft und dreht sich zu mir um. Ich mache mich darauf gefasst, dass jetzt die Fragerei losgeht. Wo warst du so lange? Weißt du eigentlich, wie spät es schon ist? Warum bist du nicht früher gekommen? Kannst du dir vielleicht vorstellen, dass ich mir Sorgen gemacht habe? Was ist das eigentlich für eine alberne Mütze auf deinem Kopf? Typische Mama-Fragen halt.

Aber nichts. Gar nichts. Die einzige Frage, die aus ihrem Mund kommt, ist: »Hast du Hunger?«

Ich antworte nicht sofort. Dafür bin ich viel zu verwirrt. Mama wartet meine Antwort auch gar nicht erst ab. Sie dreht sich einfach um und geht zurück zur Treppe.

Fast hätte ich ihren kurzen Blick zur Kellertür gar

nicht bemerkt, aber als sie daran vorbeikommt, hält sie für einen winzig kleinen Augenblick inne. Und da kapiere ich es endlich! Sie hat sich gar keine Sorgen um mich gemacht. Sie ist auch nicht sauer, weil ich zu spät komme. In Wirklichkeit hat sie gar nicht gemerkt, wie spät es schon ist. Und sie ist auch nicht nach unten gelaufen, weil sie in den Briefkasten gucken wollte. Mama war auf dem Weg in den Keller. Sie wollte zu den Kisten mit Papas Sachen, zu dem Hocker und ihrer Lieblingstasse. Und ich habe sie dabei gestört. Dann fällt mir ein, dass ich mein Fahrrad immer noch nicht zurückgebracht habe und dass Mama sein Fehlen im Keller sofort bemerkt hätte. Ich weiß gerade nicht, ob ich erleichtert oder traurig sein soll. Während ich hinter Mama die Treppe hochstapfe, horche ich in mich hinein. Die Traurigkeit überwiegt ganz eindeutig. Ich bin traurig, weil Mama auch traurig ist. Ich hatte damit gerechnet, dass sie sauer ist oder wütend, dass sie schimpft und tausend Fragen stellt. Damit hätte ich umgehen können. Mit ihrer Traurigkeit kann ich nicht umgehen. Sie ist wie ein großes schwarzes Loch im Weltall, das alles verschlingt, was in seine Nähe kommt.

Das mit den schwarzen Löchern hat mir Papa mal erklärt. Schwarze Löcher sind nämlich die merkwürdigsten Objekte im ganzen Universum. So richtig kann man sich das gar nicht vorstellen. Ein schwarzes Loch ist kein Planet oder so. Genau genommen ist ein schwarzes Loch ein Gebiet mitten im Weltraum, in dem die ganze Materie in sich selbst zusammengefallen ist. Ein gigantisches riesiges Katastrophengebiet. Und die Anziehungskraft dieses Gebiets ist so stark, dass ihr nichts entrinnen kann – noch nicht einmal das Licht. Genau so ist auch in Mamas Nähe alles voller grauer Dunkelheit, wenn sie traurig ist. Und manchmal habe ich Angst, dass diese Dunkelheit wie ein schwarzes Loch alles verschlingt. Auch das, was eigentlich schön sein könnte. Papa hat sich ziemlich gut ausgekannt mit Planeten und Sternen und schwarzen Löchern und so. Keine Ahnung, warum ich ausgerechnet jetzt daran denken muss. Besser wird nichts davon.

Oben angekommen beschließe ich, Mama einfach in Ruhe zu lassen, bis sie mich zum Essen ruft, und verziehe mich in mein Zimmer. Ich will die Zeit nutzen, um alles aufzuschreiben, was heute passiert ist. Und an meinem Krimi muss ich auch dringend weiterarbeiten. Auch wenn der Romananfang jetzt irgendwo bei der fiesen Bertram rumliegt. Aber das Ende habe ich mir ja noch gar nicht fertig ausgedacht, und vorher muss ich auch noch die Stelle schreiben, in der man den Körper zu dem abgerissenen Finger findet. Oder vielleicht auch nur Teile davon. Ich ziehe das neue Notizbuch von Finja aus dem Rucksack und fertige erst einmal einen Steckbrief von Herrn Wacker an. Sicher ist sicher. Vielleicht kann ich in meinem Krimi ja irgendwo einen Hausmeister einbauen. Dabei fällt mir wieder ein, wie wütend Herr Wacker ausgesehen hat, als er da so hinter uns hergepoltert ist, und ich bekomme noch nachträglich richtige Wackelpuddingbeine.

Finja dagegen schien gar keine Angst gehabt zu haben. Sie hat auf dem Rückweg jedenfalls die ganze Zeit vor sich hingekichert, weil Herr Wacker auf ihren Trick mit dem Stöckelschuh reingefallen war. Aber auch wenn ich zugeben muss, dass das ganz schön schlau von ihr war, ist mir auf gar keinen Fall zum Lachen zumute. Dazu steckt mir der Schreck noch viel zu tief in den Knochen. Außerdem habe ich keine Ahnung, was wir jetzt machen sollen. Die Idee mit den Pfandflaschen war ja ganz gut, aber um zweihundert Euro zusammenzukriegen, dürften wir nächste Woche Tag und Nacht nichts anderes mehr machen, als Flaschen zu sammeln.

Und die Sache mit dem Einbruch in die Schule war eher ein totaler Reinfall. Fast hätte ich losgeheult bei der Erinnerung daran. Aber ich reiße mich gerade noch mal zusammen. Als wir beim Büdchen angekommen waren, hatte ich Finja noch gefragt, welchen Plan C sie vorhin im Mädchenklo gemeint hatte. Aber

Finja hat gesagt, sie müsste jetzt erst mal ganz schnell nach Hause und sie würde mir alles morgen erklären, Plan C wäre noch nicht richtig vorbereitet, ich müsste abwarten. Und jetzt sitze ich hier und warte ab und weiß gar nicht, ob ich überhaupt noch etwas von einem Plan C wissen will.

Außerdem ist morgen Sonntag. Sonntage verbringen Mama und ich immer zusammen. Dann frühstücken wir in Mamas Umbaubett und gucken zusammen die Sendung mit der Maus, auch wenn ich dafür eigentlich schon viel zu groß bin. Aber gemütlich ist es trotzdem. Auf jeden Fall erlaubt Mama morgen ganz sicher nicht, dass ich mich schon wieder mit Finja treffe.

Als Mama zum Abendessen ruft, hat sie Pfannkuchen gebacken. Eigentlich liebe ich frische Pfannkuchen und den Duft nach Zucker und Zimt und Apfelmus. Aber gegen Mamas Traurigkeit kommen selbst Zucker und Zimt nicht an, und die Pfannkuchen sind diesmal kein bisschen frisch und fluffig, sodass ich auf ihnen rumkaue wie auf einem Stück Pappe. Mama scheint auch keinen Hunger zu haben. Sie hat ihren Pfannkuchen in lauter kleine Stücke geschnitten und die schiebt sie jetzt auf dem Teller hin und her, als wolle sie ihn wieder zusammensetzen und wisse nicht, wohin die einzelnen Teile gehören.

Ich glaube, dass in dieser Küche vorher noch nie zwei verlorenere Menschen gesessen haben als heute. Ich würde gerne irgendetwas sagen, um das Kratzen von Mamas Besteck auf dem Teller zu übertönen, aber mir fällt nichts ein. Es gibt so Momente, da ist Stille lauter, als jedes Geräusch es sein könnte. Die Stille während unseres Abendessens rauscht jedenfalls richtig in meinen Ohren. Deshalb bin ich total erleichtert, als plötzlich Mamas Handy klingelt. Auf dem Display erscheint das Profilbild von Tami, und Mama guckt mich entschuldigend an, bevor sie das Handy nimmt und ins Wohnzimmer rübergeht. Ich stehe auf und räume den Tisch ab.

Nach dem Tischabräumen zähle ich noch mal mein Geld in der geheimen Spardose, es ist noch alles da, dann schreibe ich ein bisschen am zweiten Teil meines Krimis, was gar nicht so einfach ist, wenn man den ersten Teil nicht noch mal nachlesen kann, dann gucke ich eine Weile aus dem Fenster und zähle die Autos, die unten in der Dunkelheit vorbeiflitzen, und frage mich, was Finja jetzt wohl macht. Ob sie gerade mit ihrem Papa kuschelt? Oder sitzt sie vielleicht auch am Fenster und schmiedet Plan C oder denkt an mich und fragt sich, was ich wohl gerade mache? Da fällt mir ein, dass ich fast nichts von Finja weiß. Ich kenne nicht einmal ihren Nachnamen und auch nicht ihre Adresse. Und eine Telefonnummer habe ich auch nicht. Selbst wenn ich wollte, könnte ich mich also nicht mit ihr verabreden. Ich flitze zurück zu meinem Notizbuch. Ich muss sofort aufschreiben, dass ich sie bei einem nächsten Treffen nach ihrer Adresse fragen will. Bei dem Gedanken an ein nächstes Treffen mit Finja wird mir ganz wohlig warm im Bauch. Und das ganz ohne Wärmflasche.

Ich ziehe meinen Pyjama an und gehe Zähne putzen. Als ich aus dem Bad zurückkomme, telefoniert Mama immer noch. Irgendwann viel später kommt sie leise in mein Zimmer geschlichen. Ich bin schon ins Bett gegangen und tue schnell so, als ob ich längst schlafe, um ihr ein bisschen ein schlechtes Gewissen zu machen, weil sie so lange telefoniert hat. Mama gibt mir einen Kuss auf die Stirn. »Gute Nacht, Großer«, flüstert sie. Ich liege mucksmäuschenstill in meinem Bett und rühre mich nicht. Mama zuppelt meine Bettdecke zurecht, ich höre, wie sie meine Sachen faltet, die ich einfach über den Stuhl geworfen habe, dann geht sie aus dem Zimmer und zieht leise die Tür hinter sich zu. Das Nächste, was ich höre, ist das Zuschnappen der Wohnungstür. Jetzt geht Mama doch wieder in den Keller, denke ich, und mit diesem Gedanken schlafe ich ein.

Am nächsten Morgen höre ich Mama schon ganz früh in der Wohnung rumwuseln. Obwohl es Sonntag ist und draußen noch fast dunkel. Warum ist Mama schon so wach? Ich werfe einen Blick auf meinen Wecker. Es ist noch viel zu früh für Frühstück und die Sendung mit der Maus. Ich bleibe liegen und lausche noch eine Weile Mamas Hin- und Hergehusche, als plötzlich meine Zimmertür aufgeht.

»Bist du schon wach?« Mama hat den Kopf in mein Zimmer gestreckt. Einen kurzen Moment überlege ich, so zu tun, als ob ich noch tief und fest schlafe, aber dann bin ich viel zu neugierig und will wissen, was los ist.

»Mmh«, sage ich deshalb nur und ziehe meine Bettdecke bis unter das Kinn.

»Gut«, sagt Mama und kommt endgültig in mein Zimmer. »Ich muss nämlich was mit dir besprechen.« Sie setzt sich zu mir auf die Bettkante. Ich blinzele vorsichtig in ihre Richtung, um erst einmal die Stimmung zu checken.

Um Mamas Augen liegen dunkle Ringe. Sie sieht total fertig aus. Bestimmt hat sie schlecht geschlafen. Oder überhaupt nicht, weil sie die ganze Nacht im Keller gesessen hat. Gespannt warte ich, was jetzt kommt. Mit meinem nicht weggeräumten Fahrrad hat es wohl nichts zu tun, wütend wirkt sie nicht. Einen Moment lang sagt Mama überhaupt nichts, sondern streicht nur dauernd über meine Bettdecke. Ich will gerade den Mund aufmachen und sie fragen, was sie denn so

Dringendes mit mir besprechen will, als es aus ihr herausplatzt: »Ich muss mal hier raus, Emil. Und Tami hat mich gefragt, ob ich sie heute nicht besuchen will. Wir könnten zusammen in die Sauna gehen, ein bisschen Wellness machen und heute Abend vielleicht mal ins Kino. So einen richtigen Frauentag halt.«

Wenn Mama und Tami Wellness machen, heißt das, dass sie in ein schweineteures Schwimmbad fahren, für ein paar Sekunden ihre Füße oder auch nur ihren großen Zeh ins Wasser stecken, sich dann nebeneinander auf zwei Liegestühle legen, dick eingemummelt in kuschelige Wolldecken, und sich unterhalten. Da können sie sich dann alles erzählen, was sie am Telefon vielleicht vergessen haben. Und damit vom vielen Erzählen ihre Gesichtshaut nicht eintrocknet, packen sie vorher eine dicke Schicht Quark auf das Gesicht und garnieren den Quark mit ein paar Gurkenscheibchen. Ich weiß das nur vom Erzählen und habe noch nie verstanden, wozu man sich das Zaziki auf das Gesicht klatschen soll, statt es zu essen, aber Mama und Tami versichern sich nach dieser Quark-Gemüse-Packung jedes Mal gegenseitig, dass sie jetzt viele Jahre jünger und fitter aussehen.

Vorsichtig schiele ich unter der Bettdecke zu Mama rüber. Ein bisschen mehr Fitness im Gesicht kann ihr wirklich nicht schaden. Im Moment sieht sie ganz müde und grau aus.

Vielleicht liegt es daran, dass es noch so früh ist, aber es dauert eine ganze Weile, bis in mein Bewusstsein sickert, was Mama da eben gesagt hat. Sie will sich mit Tami treffen. Für Sauna, Quarkmaske und Kino. Da Tami in einer anderen Stadt wohnt und man erst mit dem Bus, dann mit der S-Bahn und dann noch mal mit dem Bus eine ganze Weile zu ihr unterwegs ist, bedeutet das, dass Mama den ganzen Sonntag nicht zu Hause sein und vermutlich erst spät in der Nacht zurückkommen wird. Wir könnten nicht zusammen die Sendung mit der Maus gucken – was ich doof finde –, aber ich könnte in Ruhe mein Fahrrad zurück in den Keller tragen – was ich schon besser finde – und ganz vielleicht könnte ich mich sogar mit Finja treffen. Und das finde ich richtig gut. Vorausgesetzt, ich finde heraus, wo sie wohnt. Aber dazu habe ich ja den ganzen Sonntag Zeit. Ich bemühe mich, nicht zu vorfreudig auszusehen, sonst schöpft Mama noch Verdacht und bleibt vielleicht hier.

»Ich nehme auch sofort den nächsten Bus, wenn das Kino aus ist, und bin dann heute Nacht wieder zu Hause«, sagt sie gerade. »Und ich lasse dir Geld da. Dann kannst du dir nachher eine Pizza bestellen. Wäre das okay für dich?«

Das klingt okayer als okay, aber ich brauch gar nichts zu sagen, Mama springt schon auf und stürmt aus dem Zimmer. »Ich muss mich ein bisschen beeilen«, ruft sie mir noch über die Schulter zu. »Der Bus fährt in zehn Minuten.«

Von wegen mit mir besprechen. Mama hatte schon längst beschlossen, dass sie fahren wird. Durch die offene Tür kann ich ihre Schwimmbadtasche sehen, die schon fix und fertig gepackt im Flur steht.

Ich krieche ein bisschen tiefer unter die Decke. Manchmal steckt das Leben doch voller Überraschungen. Eben noch schmeckte es nach Pfannkuchen aus Pappe und dann serviert es dir plötzlich leckere italienische Pizza.

Tami

Beruf: Irgendwas mit Büro.
Und mit Reisen.
Tami ist ständig unterwegs.

Alter: So alt wie Mama.

Frisur: Lange blonde Haare. Manchmal auch rote. Oder braune. Immer die gleiche Haarfarbe ist doch langweilig, sagt Tami.

Kleidung: Enge kurze Röcke. Und enge Blusen. So eng, dass ich manchmal Angst habe, ein Knopf könnte abplatzen. Und was dann zu sehen ist, will ich lieber nicht sehen.

Merkmale: Tami ist Mamas beste Freundin von ganz früher. Also von noch vor Papa. Mit ihr kann Mama deshalb am besten reden, weil Tami fast alles aus Mamas Leben weiß. Auch das mit Papa.

Zusatz: Zaziki auf dem Gesicht macht nicht schöner. Ich habe es ausprobiert.

10. Kapitel

In dem Überraschungseier, überraschender Besuch und eine böse Überraschung vorkommen. Und ein Streit. Aber erst zum Schluss.

Ich muss noch mal eingeschlafen sein, denn als ich aufwache, ist es schon richtig hell in meinem Zimmer. Der Tag riecht nach Gemütlichkeit und Frühstück im Bett, nach Pizza und ganz viel Zeit für mich alleine. Okay, alleine bin ich ziemlich oft, aber es ist etwas anderes, wenn Mama irgendwo neben Tami unter einer Zaziki-Maske liegt und nicht mehr mit ihrem leeren Traurigkeitsblick in der Wohnung oder im Supermarkt an der Kasse sitzt. So muss ich mich wenigstens nicht länger so hilflos fühlen.

Ich schlurfe ins Bad, vom Bad in die Küche und von da mit einer Schüssel Schokomüsli in Mamas Bett.

Gerade pünktlich zur Sendung mit der Maus. Ich mag den kleinen blauen Elefanten, der immer um die Maus herumwuselt und dabei laut trötet. Für die meisten der Zwischendurchfilmchen bin ich allerdings schon viel zu groß, aber man kann bei der Sendung auch einiges lernen, was selbst Erwachsene nicht wissen, sagt Mama immer. Zum Beispiel, was mit unserem ganzen Müll passiert, nachdem er eingesammelt wurde, wie ein Flugzeug eigentlich fliegen kann oder wie die roten Streifen in die Zahnpasta kommen. Gilt übrigens auch für blaue Streifen.

Heute ist es auch wieder spannend. Das Filmteam ist in einer Fabrik, in der Überraschungseier hergestellt werden, und ein junger Mann mit einer Duschhaube auf dem Kopf und Plastiktüten an den Füßen führt das Team herum. Auch die Fernsehleute müssen Duschhauben aufsetzen und Plastiktüten über die Schuhe stülpen. Wegen der Hygiene, sagt der Überraschungseiermann. Was ein bisschen albern ist, es sei denn, er will sich mit den Überraschungseiern auf den Fußboden setzen, um sie aufzuknibbeln. Macht er aber nicht. Stattdessen fragt er in die Kamera, ob die Kinder eigentlich wissen, warum die kleinen Plastikdöschen mit den winzigen Spielzeugen drinnen immer gelb sind.

Klar weiß ich das, aber ich kann ihm ja nicht antworten. Und die Mausleute wissen das garantiert auch, aber sie zucken mit den Schultern und tun so, als ob sie keine Ahnung hätten.

»Weil das Innere bei einem richtigen Ei auch gelb ist«, grölt der Eiermann und schlägt sich vor Lachen auf die Schenkel, als hätte er den Witz des Jahrhunderts gerissen. So eine Hohlnuss.

Nach der Schokoladeneiersendung beschließe ich, noch ein bisschen an meinem Krimi weiterzuschreiben. Aber als ich das türkise Notizbuch aufschlage, finde ich als Erstes den Eintrag über Herrn Wacker. Schnell klappe ich es wieder zu. Ich habe immer noch ein bisschen Sorge, dass Herr Wacker mich vielleicht erkannt hat. Finja meinte zwar gestern, das sei völlig unmöglich unter der schwedischen Bommelmütze, aber ich bin mir da nicht so sicher. Plötzlich fühlt sich der Sonntag gar nicht mehr so gemütlich an. Dabei hat er doch so gut angefangen.

Was Finja wohl gerade macht?

Jetzt wüsste ich doch gerne, von welchem Plan C sie gestern gesprochen hat. Ich habe nämlich gerade irgendwie gar keinen Plan mehr, wie es weitergehen soll. Blöd nur, dass ich sie nicht fragen kann.

Ich überlege, zu Karl zu gehen und ihn zu fragen, ob er weiß, wo Finja wohnt. Aber dann fällt mir wieder ein, dass heute Sonntag ist, und sonntags bleibt das

Büdchen geschlossen. Und wo Karl wohnt, weiß ich leider auch nicht. Ich könnte dem Alten aus der Dreizehn einen Besuch abstatten. Schließlich ist er der Einzige, dessen Adresse ich kenne. Aber jemand, der sogar seinen eigenen Namen vergisst, weiß ganz sicher auch nicht die Adressen von anderen Leuten. So ein Mist. Jetzt habe ich vom Universum quasi einen geschenkten Tag bekommen, könnte den ganzen Tag ohne Ärger am Büdchen sein, Karl helfen oder mich mit Finja treffen und bin vom Schicksal dazu verdammt, hier drin zu sitzen und nichts zu tun.

Mein Blick fällt auf die Blechdose mit den gesammelten Geldstücken drin. Ich habe gestern Abend ganz vergessen, sie wieder in ihr Versteck zu schieben. Ich könnte noch mal zu den Sportplätzen rausradeln. Den Weg habe ich mir gut gemerkt und mein Fahrrad steht doch sowieso noch hinterm Haus. Vielleicht habe ich ja Glück und gestern war noch ein Fußballspiel oder so und die Zuschauer haben ihre Pfandflaschen wieder in den Müll geschmissen. Bevor es richtig dunkel wird, bin ich längst wieder zu Hause und bringe dann das Fahrrad auch gleich in den Keller. Mama wird von alldem überhaupt nichts merken. Damit steht mein Plan fest.

Aber bevor ich losdüse, bestelle ich mir erst noch eine Pizza. Margherita. Mit extra viel Käse. Dann ziehe ich mich an, verstecke die Pfandgelddose wieder und räume mein Frühstücksgeschirr weg. Ich bin froh, dass mir das mit den Pfandflaschen und der Pizza noch eingefallen ist. Sonst hätte ich jetzt vielleicht den ganzen Nachmittag am Fenster gesessen, nach draußen gestarrt und mir Sorgen gemacht.

Als es an der Wohnungstür klingelt, habe ich gerade die rot-weiß karierte Tischdecke über den Küchentisch gelegt. Es gibt zwar keinen Traubensaft, aber so ein bisschen italienische Gemütlichkeit ist ja trotzdem ganz hübsch. Ich schnappe mir schnell Mamas Pizzageld und drücke auf den Türöffner. Es fühlt sich ziemlich erwachsen an und irgendwie cool, alleine Pizza zu bestellen, den Tisch zu decken und jetzt mit einem Geldschein in der Hand auf den Pizzaboten zu warten. Ich beschließe, ihm auf alle Fälle ein Trinkgeld zu geben, und übe vorsichtshalber schon mal, möglichst lässig »Stimmt so« zu sagen, als plötzlich etwas Wuscheliges, Braun-Beiges laut bellend an mir vorbei in die Wohnung schießt, einmal durch alle Zimmer flitzt und dann schwanzwedelnd an mir hochspringt. Watson. Seine Leine zieht er dabei die ganze Zeit hinter sich her. Und dann steht Finja vor der Tür.

»Was wollt ihr denn hier?«

»Dir auch einen schönen Tag!«, antwortet Finja und schiebt sich in die Wohnung. »Drückst du immer auf den Türöffner, ohne zu fragen, wer davorsteht?«

»Ich dachte doch, dass du der Pizza-Bote bist.«

»Pizza klingt gut. Welche Sorte?« Finja befreit Watson von seiner Leine.

»Margherita. Mit Extra-Käse.«

Eigentlich will ich Finja fragen, was sie hier macht und wieso sie Watson dabeihat und woher sie überhaupt weiß, wo ich wohne. Aber statt all dieser wirklich sinnvollen Fragen quetsche ich nur ein dämliches »Margherita mit Extra-Käse« hervor. Ich will gerade noch etwas sagen, als es zum zweiten Mal an der Tür klingelt. Diesmal ist es Finja, die, ohne zu zögern, auf den Summer drückt und mir den Geldschein aus der Hand nimmt. »Lass mal, ich mach das schon«, sagt sie und schiebt mich zurück in den Flur.

Jetzt ist es wirklich der Pizzabote. Fast tut er mir ein bisschen leid, weil er nur für meine Pizza extra vier Stockwerke hochlaufen muss. Und Trinkgeld kriegt er auch nicht, weil Finja sich sofort das Wechselgeld schnappt und ihm die Tür vor der Nase zuknallt.

»Zweifünfzig. Für die Klassenfahrt«, fügt sie hinzu, als ich sie nur verständnislos anstarre. Sie drückt mir die Münzen in die Hand und trägt die Pizza in die Küche, als ob sie schon hundertmal hier gewesen wäre.

Als wir zusammen in der Küche an dem rot-weißen Tisch sitzen und uns die Pizza teilen, ist es aber doch noch ganz heimelig. Ich erzähle Finja von Mama und Tami und frage sie, woher sie eigentlich meine Adresse hat, und sie erklärt mir, dass ich ihr von Frau Janssen erzählt hätte und davon, dass ich im vierten Stock wohne. Also ist sie einfach die Straße entlanggegangen und hat auf alle Klingelschilder geguckt, bis sie das von Frau Janssen gefunden hat. Ich bin schwer beeindruckt. Finja hat tatsächlich einen detektivischen Spürsinn. Aber dann lacht sie und sagt, dass meine Adresse doch in dem Deckel von meinem Schulranzen steht und sie sich die einfach gemerkt hat, als sie neulich neben mir vor dem Büdchen saß. Mist. Und ich hatte mir so viel Mühe gegeben, damit sie nicht die ganzen kitschigen Planeten und Raumschiffe sieht.

Dann sagen wir eine ganze Weile gar nichts mehr, bis Finja sich das allerletzte Stückchen Pizza in den Mund schiebt. »Was willscht du jetscht machen?«, fragt sie und leckt sich genüsslich die Finger ab.

Ich habe genau genommen überhaupt keine Ahnung, was ich jetzt machen will. Seit Finja da ist, kommt mir meine Idee mit den Sportplätzen auf einmal nicht mehr so gut vor, aber eine bessere habe ich auch nicht. Und irgendwas muss ich machen. Ich kann doch nicht einfach die ganze Zeit hier sitzen und nichts tun. Morgen ist Montag, da wird die Bertram wieder nach dem Geld für die Klassenfahrt fragen, und ich habe Mama noch nicht mal was davon erzählt, und schon gar nicht, dass die Bertram sie persönlich sprechen will. In der Schublade liegen nach wie vor die ganzen doofen Briefe, und auch wenn es Mama jetzt bei Tami gut geht, wird das morgen alles ganz schnell wieder futsch sein.

»Ich glaube, ich werde einfach krank«, sage ich deshalb. »Dann muss ich nicht mit auf die Klassenfahrt und Mama braucht nicht so viel Geld und zur Bertram muss sie dann vielleicht auch nicht.«

»Und ich glaube«, sagt Finja und steht auf, »dass es keinen Zweck hat, hier herumzusitzen und zu jammern, und wir lieber endlich dein Notizbuch zurückholen sollten.«

Ich starre sie an. Was redet sie denn da? Wir haben das doch gestern schon versucht und es nicht gefunden. Will sie etwa noch mal in die Schule einbrechen? Ohne mich.

»Ich werde ganz bestimmt nicht noch einmal die ganze Schule durchsuchen«, sage ich deshalb und verschränke vorsichtshalber die Arme vor der Brust.

»Ne, ich auch nicht.« Sie stapft vor mir her in den Flur. Dort nimmt sie Watsons Leine und legt sie ihm wieder an.

»Aber wo willst du es dann suchen?« Ich verstehe überhaupt nichts mehr.

»Wenn das Notizbuch nicht in der Schule ist, gibt es nur einen Ort, wo es sein kann.« Finja macht eine Pause und guckt mich erwartungsvoll an.

»Du willst …?«, frage ich noch und dann wird mir schlecht. Das kann nicht ihr Ernst sein. Finja drückt mir die Leine mit Watson dran in die Hand.

»Da, halt mal. Ich muss mal eben was nachgucken.« Dann zieht sie einen Zettel aus ihrer Hosentasche und faltet ihn umständlich auseinander. Wenn mir nicht schon so schlecht wäre, würde ich jetzt neugierig werden. Aber in meinem Bauch und in meinem Hals ist gerade gar kein Platz für andere Gefühle, nicht mal für Neugierde.

»Was … äh … was ist das?«, krächze ich und will es lieber gar nicht wissen.

»Das ist die Adresse von der Bertram. Ich habe heute Vormittag ein bisschen recherchiert«, antwortet Finja und hält mir den Zettel unter die Nase. »Auf geht's!«

Sie reißt die Haustür auf und Watson sprintet sofort los. Ich muss mit aller Kraft an seiner Leine zerren, sonst brauche ich nicht einmal mehr krank zu werden, sondern liege gleich mit zerschmetterten Knochen vier Stockwerke tiefer im Treppenhaus.

Unten auf der Straße schlägt Finja den Weg zum Büdchen ein. Es ist schon ein bisschen dämmrig und wenn ich an Mama denke, bekomme ich ein schlechtes Gewissen, weil ich jetzt noch rausgehe. Aber sie hat es mir ja auch nicht ausdrücklich verboten. Und Finja hat gar nicht erst lange gefragt. Ich habe keine Ahnung, wo wir hinmüssen, aber Finja starrt auf ihren Zettel und folgt einer geheimnisvollen blauen Linie, die sie darauf gemalt hat.

»Wir müssen zum Büdchen, dann an den Schaukeln vorbei über den großen Parkplatz und hinter dem Parkplatz links«, flüstert sie.

Nervös drehe ich mich nach allen Seiten um. Warum flüstert sie? Außer ein paar Autos, die an uns vorbeirauschen, ist doch weit und breit niemand zu sehen.

»Und dann?«, flüstere ich zurück. »Ich meine«, ich räuspere mich und spreche wieder in einer normalen Lautstärke, »was willst du dann machen? Wir können doch nicht bei der fiesen Bertram einbrechen!«

»Pst!« Finja legt einen Finger auf ihren Mund. »Du solltest dich jetzt schon daran gewöhnen, leise zu reden. Je näher wir kommen, desto gefährlicher wird es doch. Und nein, natürlich will ich jetzt nicht bei ihr einbrechen. Das wäre ja total bescheuert und viel zu gefährlich. Ich will nur die Lage sondieren. Und morgen statten wir ihr dann einen Besuch ab. Während sie in der Schule ist«, ergänzt Finja, als ich sie verständnislos anstarre.

Während sie in der Schule ist? »Aber dann bin ich doch auch in der Schule!«, platzt es aus mir heraus.

Watson bellt kurz und Finja verdreht die Augen. »Aus euch werden nie richtige Detektive.«

Wenn Detektiv sein bedeutet, dass man von tobenden Hausmeistern verfolgt wird und bei der grässlichsten Person, die man überhaupt kennt, einbrechen soll, dann bin ich mir ziemlich sicher, dass ich sowieso kein Detektiv werden will.

Aber vielleicht sind meine Bedenken auch ganz umsonst. Vielleicht hat Finja mich nur reingelegt und in Wirklichkeit will sie mit mir nur zu Karl. Als wir näher kommen, brennt im Büdchen nämlich Licht.

»Karl ist ja doch da«, sage ich und zeige durch die Lücke zwischen zwei parkenden Autos hindurch. Finja bleibt so abrupt stehen, dass ich fast in sie hineinlaufe. Dann schubst sie mich hinter eines der Autos.

»He! Was soll das?« Langsam wird mir es mir echt zu blöd mit dem dauernden Detektivgetue.

»Das ist nicht Karl«, flüstert Finja. »Da ist jemand anders im Büdchen.«

»Jemand anders? Aber wer sollte das denn anderes sein?« Ich denke gar nicht daran zu flüstern. »Ich gehe jetzt jedenfalls zu Karl rüber. Du kannst ja hier hinter den Autos sitzen bleiben, wenn dir das Spaß macht.« Ich stehe auf und will die Straße überqueren, aber Finja springt auf, packt mich am Arm und zerrt mich wieder zurück. Watson guckt verwirrt zwischen uns hin und her.

»Hast du keine Augen im Kopf?«, zischt sie. »Das sieht man doch, dass das nicht Karl ist. Das ist ein

Einbrecher. Warum wohl sollte Karl sein eigenes Büdchen mit einer Taschenlampe durchsuchen?«

Taschenlampe? Ich bleibe stehen und schaue noch mal zum Büdchen rüber. Finja hat recht. Der Lichtstrahl, den ich gesehen habe, huscht ständig von einer Ecke in die andere. Irgendjemand ist im Büdchen und sucht etwas. Und Karl ist das ganz sicher nicht.

So schnell ich kann, lasse ich mich wieder hinter eines der parkenden Autos fallen. Finja zieht Watson an der Leine zu sich und kauert sich wieder neben mich. Mein Herz schlägt mir bis zum Hals.

»Was machen wir denn jetzt?« Diesmal flüstere ich freiwillig.

»Abwarten«, flüstert Finja zurück. »Ich will erst mal wissen, wer das ist. Und dann verfolgen wir ihn.«

Verfolgen? Einen Einbrecher? Finja hat doch ganz eindeutig einen Knall.

»Sollten wir nicht lieber die Polizei rufen?« Meine Stimme klingt genauso klein und piepsig, wie ich mich gerade fühle.

»Wenn wir ihn erkennen wollen, müssen wir ein Stückchen näher ran. Los, komm mit!«

Das ist nicht die Antwort, die ich hören wollte. Finja ist aufgestanden und macht Anstalten, die Straße zu überqueren. Diesmal bin ich es, der Finja am Arm packt und zurück in die Deckung zerrt.

»He! Was soll das denn?«

»Pst!«, zische ich und nicke mit dem Kopf zum Büdchen rüber. Genau in dem Moment, in dem Finja auf der Straße stand, ging nämlich drüben die Tür auf, und jemand ist aus dem Büdchen rausgekommen. Jemand, der ganz eindeutig nicht Karl ist. Dafür ist er viel zu groß. Finja hat es inzwischen kapiert und kauert wieder neben mir.

»Wer ist das?«, flüstert sie.

Ich habe keine Ahnung, wer das ist. Und ich bin mir ziemlich sicher, dass ich das auch gar nicht wissen will. Warum habe ich bloß auf Finja gehört? Warum bin ich nicht einfach gemütlich zu Hause auf dem Sofa sitzen geblieben und habe irgendeinen netten Film geguckt? Oder an meinem Krimi geschrieben? Plötzlich durchschießt mich ein Gedanke wie ein Blitz. Ich *bin* gerade mittendrin in einem Krimi. Nicht in einem ausgedachten, sondern in einem echten. Und am Ende hat der Einbrecher eine Waffe dabei, eine Pistole vielleicht. Oder wenigstens ein Messer. Und dann ist es vielleicht *mein* Finger, der da im Gebüsch gefunden wird. Bei dem Gedanken daran wird mir total schlecht. Ich sehe den Einbrecher schon auf uns zukommen und nach mir greifen.

»Was macht der denn da?«

Finjas Frage reißt mich aus meinen Überlegungen. Inzwischen ist es noch dunkler geworden und man kann den Typ vor Karls Büdchen tatsächlich kaum noch erkennen. Was auch daran liegt, dass er fürchterlich dunkle Klamotten trägt. Schwarze Lederklamotten.

»Darth Vader«, flüstere ich und erstarre.

Finja stöhnt. »Ja sicher, und du bist Han Solo.«

»Nein!« Plötzlich bin ich ganz aufgeregt. »Ich kenne den. Das ist Darth Vader. Also nicht der echte natürlich«, füge ich schnell hinzu, als ich Finjas Blick bemerke. »Aber der war neulich schon am Büdchen. Er hat ein Motorrad und komplett schwarze Klamotten. Und einen schwarzen Helm mit schwarzem Visier. Deshalb habe ich ihn Darth Vader genannt«, füge ich noch hinzu, obwohl ich finde, dass Finja mit ihrer ganzen Schläue das auch so hätte verstehen müssen.

Während ich Finja erkläre, woher ich den Mann kenne, dreht Darth Vader sich um und fummelt an der Tür herum. Es klimpert und klirrt bis zu uns hinüber.

»Der hat abgeschlossen. Wieso hat der abgeschlossen? Und woher hat er den Schlüssel?«, flüstert Finja.

Fast habe ich Angst, dass sie gleich wieder aufspringt, um Darth Vader direkt zu fragen. Aber stattdessen kauert sie sich noch ein Stückchen tiefer hinter das Auto.

»Duck dich!«, zischt sie und dann sehe ich es auch. Darth Vader hat sich umgedreht und kommt über die Straße genau auf uns zu. Unter dem Arm trägt er eine große Schachtel. Mehr kann ich aus unserer Deckung nicht erkennen. In einem Krimi würde jetzt leise, bedrohliche Musik erklingen, und die Kamera würde erst auf uns zoomen, wie wir hinter dem Auto kauern und vor Angst zittern, und dann einen Schwenk auf den Motorradmann machen, der schwarz und bedrohlich immer näher kommt. Ich würde jetzt gerne ein bisschen wimmern, aber meine Angst, dass der Motorradmann dieses Wimmern hören könnte, ist zum Glück noch größer als der Wunsch, es zu tun. Kurz bevor er bei uns ist, bleibt er stehen und macht dann ein paar Schritte nach rechts. Und dann sehe ich auch das Motorrad. Es steht fein säuberlich eingeparkt genau neben unserer Deckung. Aus meinem Brustkorb kommt ein komisches Geräusch und ich presse mir schnell die Hand auf den Mund. Watson zieht an seiner Leine und fiept, und Finja hat alle Mühe, ihn festzuhalten. Zum Glück setzt Darth Vader gerade seinen Helm auf. Ich hoffe, dass er darunter nicht mehr so gut hören kann. Er hält den Helm über den Kopf, runzelt kurz die Stirn – im Film würde die Musik jetzt zu einem furchterregenden Grollen anschwellen – und schaut sich um. In dem Moment fährt ein Auto vorbei und die Scheinwerfer erleuchten für ein paar Sekunden sein Gesicht, bevor er seinen Helm darüberstülpt. Ich starre ihn an. Und ich bin mir ganz sicher, dass ich ihn schon irgendwo gesehen habe. Nicht neulich am

Büdchen. Woanders. Ohne Helm. Mein Herz schlägt sofort ganz doll. Dieses Gesicht kenne ich. Wenn ich jetzt nur noch wüsste, woher.

Inzwischen ist Darth Vader auf sein Motorrad gestiegen, lässt es mit einem satten Brummen an und düst davon.

»Verdammt!« Finja lässt Watson los und springt auf. »Verdammt, verdammt, verdammt!« Ohne sich weiter um mich oder Watson zu kümmern, läuft sie über die Straße zum Büdchen. Ich muss erst einmal vorsichtig ausprobieren, ob ich überhaupt noch laufen kann. Meine Beine fühlen sich an wie Gummi. Ich schnappe mir Watsons Leine, gucke mich ständig um, ob Darth Vader auch ganz sicher nicht zurückkommt, und trotte hinter Finja her.

Die untersucht schon das Türschloss.

»Nichts, keine Einbruchsspuren. Der Typ hatte tatsächlich einen Schlüssel«, stellt sie fest.

»Dann war es vielleicht gar kein Einbrecher.« Fast bin ich ein bisschen erleichtert. »Vielleicht ist das ein Freund von Karl und Karl hat ihm den Schlüssel gegeben, damit er was für ihn holen kann.«

Finja schüttelt heftig den Kopf. »So jemandem würde Karl niemals einen Schlüssel geben.«

Irritiert sehe ich sie an. »Was meinst du mit ›so jemandem‹?« Aber Finja antwortet nicht.

»Hast du dir wenigstens die Nummer gemerkt?«, fragt sie stattdessen.

Die Nummer? Dafür ging doch alles viel zu schnell. Außerdem hätte ich die winzig kleine Nummer hinten an dem Motorrad ganz bestimmt gar nicht richtig erkennen können in der Dunkelheit. Noch bevor ich Finja antworten kann, fährt sie mich an: »Natürlich hast du dir die Nummer nicht gemerkt! In Karls Büdchen wird eingebrochen und du spielst lieber Star Wars. Ist doch das Erste, was man machen muss, wenn da ein Fluchtfahrzeug steht. Sich die Nummer merken für die Fahndung. Das weiß doch jedes Baby! Mann! Was kannst du überhaupt? Warum muss ich immer alles alleine machen?« Sie klingt, als ob sie jeden Moment anfangen wollte zu weinen.

Mit offenem Mund starre ich Finja an. Ich habe keine Ahnung, was plötzlich in sie gefahren ist, und bin kurz davor, auch loszuheulen.

»Du musst gar nix machen!« Ich ziehe die Nase hoch und hole tief Luft. »Wir können einfach die Polizei anrufen und den Typ beschreiben, und dann suchen sie ihn und fahren auch zu Karl und fragen ihn, ob er dem Motorradfahrer seinen Schlüssel gegeben hat und …«

»Hat er nicht.« Finja guckt mich an und verschränkt die Arme vor der Brust und starrt mich an.

»Woher willst du das denn wissen? Du kennst ihn

doch gar nicht. Den Motorradfahrer«, sage ich schnell, als ich sehe, wie Finja den Kopf schüttelt.

»Dazu muss ich ihn nicht kennen. Ich weiß das einfach.«

»Aha.« Langsam fängt Finja an, mir mit ihrer Oberschläue tierisch auf die Nerven zu gehen. Ich gebe ja zu, dass mir die Sache auch nicht ganz geheuer ist, aber vielleicht tun wir dem Motorradfahrer auch total unrecht und er ist wirklich einfach ein Freund oder ein Bekannter von Karl und hat gar nichts Verbotenes gemacht. Andererseits – ein bisschen merkwürdig ist das schon, mit einer Taschenlampe in dem Büdchen rumzuschleichen, wo es doch einen Lichtschalter gibt. Aber vielleicht ist ja auch die Glühbirne kaputt und Karl hat den Typ mit der Reparatur beauftragt oder ...

»Die sind doch alle gleich«, platzt Finja in meine Überlegungen. Ich verstehe gerade überhaupt nichts mehr.

»Wer?«, frage ich deshalb, und im selben Moment, in dem Finja antwortet, weiß ich es plötzlich, und mir wird schlecht.

»Motorradfahrer«, sagt sie da und genauso gut hätte sie mir ins Gesicht schlagen können. »Motorradfahrer sind doch alle gleich. Tun so, als ob sie die Obercoolen sind, geben furchtbar an mit ihren dicken Maschinen, die sie immer extra laut aufheulen lassen, und in Wirklichkeit sind sie ganz erbärmliche Würstchen, die sich immer unter einem Helm verstecken müssen, weil man das sonst nämlich sehen würde und …«

Ich starre Finja an. Sie hat sich so in Rage geredet, dass sie kurz nach Luft schnappen muss. Ich will etwas sagen, will sie fragen, was plötzlich mit ihr los ist, will erwidern, dass wir den Darth-Vader-Typ ja wirklich nicht kennen und dass alles, was sie da gesagt hat, überhaupt nicht stimmt, aber ich kann immer nur an eins denken: an Papas Helm, der aus dem Umzugskarton im Keller rausguckt, an Mama am Küchentisch, an Mamas Lieblingstasse und an mein Erster-Schultag-Foto mit Papas Helm auf dem Kopf. Und dann drehe ich mich einfach um und gehe. Ich will nur noch weg hier. Weg von dem Büdchen, weg von all den Leuten hier, weg von Typen, die im Dunkeln durch die Gegend schleichen, und weg von Finja. Ich gehe einfach die Straße entlang, immer weiter, an unserem Haus vorbei, denn von da will ich plötzlich auch weg, weg von Frau Janssen, weg von dem Keller mit Papas Sachen und weg von Mamas ewiger Traurigkeit. Vielleicht würde ich stehen bleiben, wenn Finja mich zurückrufen würde, aber sie ruft nicht, und ich bleibe nicht stehen, sondern laufe immer weiter und weiß gerade nicht, ob ich jemals wieder aufhören kann zu laufen.

Die Gedanken drehen sich in meinem Kopf ständig

im Kreis, genauso gut könnte ich selbst auch einfach nur im Kreis rennen. Stattdessen laufe ich aber die ganze lange Straße entlang, ohne ein einziges Mal hochzugucken.

Beim Gedanken an Karl und an das Büdchen kommt ein neuer Schwall Traurigkeit in mir hoch. Was, wenn Finja recht hatte und der Motorradtyp wirklich ein Einbrecher war? Dann müssten wir Karl doch dringend Bescheid sagen und der Polizei auch. Aber selbst wenn sie recht hatte, ist das noch lange kein Grund, so auf allen Motorradfahrern der Welt rumzuhacken. Papa war ganz bestimmt kein Angeber und schon gar kein erbärmliches Würstchen.

Darth Vader

(also der mit dem Motorrad. Nicht der echte)

Aussehen: Schwarze Lederklamotten von oben bis unten. Und ein schwarzer Helm. Mit schwarzem Visier.

Alter: Weiß ich nicht so genau. Aber auf jeden Fall jünger als Karl. Und größer.

Frisur: Konnte man im Dunkeln nicht richtig sehen. Auf jeden Fall kurze Haare, sonst würden sie unter dem Helm rausgucken.

Stimme: Mit Helm auf dem Kopf: eine dumpfe Weitweg-Stimme. Ohne Helm auf dem Kopf kenne ich seine Stimme nicht.

Merkmale: Kauft Überraschungseier und bezahlt viel zu viel dafür. Fährt ein Motorrad. Und hat einen Schlüssel für Karls Büdchen. Sehr merkwürdig.

Zusatz: Ich bin mir ganz sicher, dass ich den Motorradtyp schon mal gesehen habe. Irgendwo anders. Ohne Helm. Vielleicht sieht er auch nur jemandem ähnlich, den ich schon mal gesehen habe.

11. Kapitel

In dem ein Verkehrschaos verursacht wird, Mama viel zu lange im Bad braucht und ein geschlossenes Fenster für allerhand Aufregung sorgt.

Wütend trete ich gegen eine Dose, die vor mir auf dem Gehweg liegt. Ich bin so sauer, dass es mir sogar egal ist, ob es auf die Dose Pfand gibt oder nicht. Und ich hebe sie auch nicht auf, als sie nach ein paar scheppernden Umdrehungen liegen bleibt, sondern trete gleich noch mal dagegen. Und noch mal. Und noch mal. Um mich herum ist es inzwischen so dunkel, dass die Scheinwerfer der entgegenkommenden Autos mich blenden. Ich blinzele ein paar Mal und wische mir mit dem Jackenärmel übers Gesicht. Erst jetzt merke ich, dass ich völlig verheult bin. Ich will auf keinen Fall, dass mich jemand so sieht. Schnell ziehe ich mir die Kapuze über den Kopf, als ein lautes Hupen mich aus meinen Gedanken reißt. Reifen quietschen, irgendwer brüllt ein Schimpfwort, das ich hier lieber nicht aufschreibe, dann hupt ein anderes Auto, noch mehr Reifengequietsche. Erschrocken gucke ich hoch. Und befinde mich plötzlich mitten in einem totalen Verkehrschaos. Vor mir sehe ich eine große Ampelkreuzung. Die Ampel scheint nicht besonders gut zu funktionieren, denn die Autos stehen kreuz und quer auf der Straße. Einige Fahrer sind schon ausgestiegen und schimpfen lauthals, andere bleiben in ihrem Wagen sitzen, betätigen dafür aber ununterbrochen die Hupe. Ich habe keine Ahnung, was hier los ist, mir gilt das Gehupe jedenfalls nicht. Vielleicht ist die Ampel ausgefallen oder jemand hat den anderen die Vorfahrt genommen oder so. An allen Ecken blinkt und leuchtet und hupt es. Ich versuche, zwischen all den Autos hindurch etwas zu erkennen, was nicht ganz einfach ist, wenn man mit verheulten Augen mitten durch ein Scheinwerfergewimmel gucken will, aber dann gelingt es mir doch – und dann sehe ich ihn.

Ganz verloren steht er mitten auf der Kreuzung, dreht sich kurz nach links, dann wieder nach rechts, hebt hilflos die Arme, um dann wieder ein paar Schritte nach links zu laufen. Ein Mann in einem gestreiften Pyjama und mit löchrigen Pantoffeln. Der Alte aus der Dreizehn.

Ich atme tief durch und schiebe mich an ein paar stehenden Autos vorbei in Richtung Kreuzung. Am liebsten würde ich die Augen dabei zukneifen, denn ich bin mir ziemlich sicher, dass es gleich fürchterlich kracht und scheppert und ich überfahren werde oder dass jemand aus seinem Auto springt und mich von der Fahrbahn zerrt, aber nichts passiert. Meter für Meter arbeite ich mich durch den Tumult, bis ich endlich neben ihm stehe. Ich packe den Alten am Ärmel seines Pyjamas. Erstaunt sieht er mich an. Dann huscht ein Lächeln über sein faltiges Gesicht. »Zigaretten«, murmelt er. »Ich wollte doch nur Zigaretten holen.«

Es dauert eine Weile, ehe ich ihn von der Straße durch die ganzen Autos hindurch zurück auf den Gehweg bugsiert habe. Ein paar Leute hupen noch, dann löst sich der Knoten ganz allmählich auf und die Straße ist wieder frei. Unschlüssig stehe ich neben dem Alten auf dem Gehweg. Was soll ich jetzt mit ihm machen? Ich kann ihn auf keinen Fall alleine lassen, beim nächsten Mal bremsen die Autos vielleicht nicht rechtzeitig und er wird überfahren.

»Kommen Sie, wir gehen nach Hause«, sage ich deshalb und greife nach seiner Hand. Bereitwillig lässt er sich von mir ziehen und trottet hinter mir her wie ein kleines Hündchen. Bei Hündchen muss ich an Watson denken und dann ist da auf einmal dieser Gedanke: Wenn ich Finja nicht wiedersehen will, werde ich auch Watson nicht wiedersehen, und Watson war so ziemlich das einzig Gute, das in letzter Zeit passiert ist. Fast will ich schon wieder losheulen, da fällt mir zum Glück gerade noch rechtzeitig ein, dass an meiner Hand nicht Watson hängt, sondern der Alte aus der Dreizehn. Ich erkläre ihm, dass heute Sonntag ist und das Büdchen deshalb geschlossen hat und er erst morgen wieder Zigaretten kaufen kann und wir deshalb jetzt nach Hause gehen. Von dem Motorradfahrer sage ich nichts. Ob er mich verstanden hat, weiß ich nicht, aber bei den Worten »nach Hause« strahlt er mich an und nickt eifrig. Na bitte, geht doch.

Blöd nur, dass mir bei dem Gedanken an Zuhause auch ganz wehmütig ums Herz wird. Ob Mama schon zurück ist? Vermutlich nicht, sie hat ja gesagt, dass es spät werden kann. Aber ich will dafür plötzlich nur noch heim und der Rückweg kommt mir ewig vor. Bin ich wirklich so weit gelaufen? Als endlich das Haus mit der Nummer dreizehn in Sicht kommt, überlege ich einen Moment, ob ich den Alten besser noch in seine Wohnung bringen sollte. Vielleicht hat er ja auch vergessen, in welchem Stockwerk er wohnt, und klingelt dann bei völlig fremden Leuten. Oder er verläuft sich und irrt den Rest seines Lebens hilflos im Treppenhaus herum. Ich will ihn gerade nach seinem Schlüssel fragen, als er abrupt stehen bleibt und mich von oben bis unten mustert.

»Emil! Wo kommst du denn auf einmal her? Was machst du denn noch hier draußen? Weißt du eigentlich, wie spät es ist?«

Ich bin so perplex, dass ich gar nicht sofort antworten kann. Stattdessen sehe ich ihm dabei zu, wie er einen Schlüssel an einer sehr langen Schnur aus einer Tasche seiner Pyjamahose zieht und damit die Haustür öffnet. Dann dreht er sich wieder zu mir um. »Um diese Zeit solltest du wirklich nicht mehr draußen sein! Willst du vielleicht überfahren werden? Es ist doch schon stockdunkel!« Er betritt das Haus und lässt die Tür mit Schwung hinter sich ins Schloss fallen. Ich stehe eine Weile mit offenem Mund davor. Na super! Nicht mal das klitzekleinste bisschen Dankbarkeit dafür, dass ich ihm gerade das Leben gerettet habe. Von wegen ›Überfahren‹. Das nächste Mal lasse ich ihn mitten auf der Kreuzung stehen, und wenn die Autos noch so laut hupen.

Als ich endlich zurück in unsere Wohnung komme, ist es da kalt und unordentlich und kein bisschen gemütlich. Mama ist natürlich noch nicht zurück. Ihr Bettzeug liegt zerwühlt auf dem Sofa, meine Müslischüssel vom Frühstück steht auch noch herum. In der Küche liegt noch die leere Pizzaschachtel auf dem karierten Tischtuch. Bei ihrem Anblick muss ich an Finja denken und sofort steigen mir wieder Tränen in die Augen. Und auf einmal fühle ich mich schrecklich alleine. Ich spüle schnell das Geschirr und stopfe die Pizzaschachtel ins Altpapier. Dann will ich nur noch ins Bett.

Eine Weile starre ich noch auf die Klebesternchen an meiner Zimmerdecke. Ich wünschte, sie würden alle runterpurzeln und sich in Goldstücke verwandeln, wie bei dem Mädchen auf meiner Lieblingstasse. Als ich an die Sterntalertasse denke, fällt mir Karl wieder ein und der Typ, der im Büdchen war. Ich beschließe, morgen gleich vor der Schule zu Karl zu gehen und ihm von dem merkwürdigen Besuch zu erzählen. Dann ziehe ich mir die Decke über den Kopf, um die kalte Ungemütlichkeit rings um mich herum nicht mehr zu spüren. Eine Weile liege ich noch wach unter meiner Deckenhöhle und warte darauf, dass Mama nach Hause kommt. Aber irgendwann fallen mir dann doch die Augen zu und ich schlafe ein.

Als Mama mich am Morgen weckt, hatte ich einen total blöden Traum. Ich habe geträumt, dass Finja ziemlich gemein war und lauter dumme Sachen gesagt hat, und dann haben wir uns gestritten und am Ende ist jeder von uns in eine andere Richtung gelaufen, und wir haben beschlossen, dass wir uns nie wiedersehen wollen. Erst als Mama mich fragt, ob ich einen schönen Tag hatte und was ich denn so gemacht hätte gestern und ob das mit der Pizza geklappt hat und so, fällt mir ein, dass ich das alles überhaupt nicht geträumt habe, sondern dass das alles wirklich passiert ist. Und dass ich Finja tatsächlich nicht mehr wiedersehen will. Aber das kann ich Mama natürlich nicht erzählen, deshalb erzähle ich ihr nur von der Pizza und dass Finja zu Besuch war und wir uns die Pizza geteilt haben. Das mit dem Motorradfahrer und den vielen Autos auf der Kreuzung erzähle ich ihr lieber auch nicht. Sonst ist die ganze Zaziki-Erholung sofort wieder hin.

Mama sieht tatsächlich ein bisschen besser aus. Vielleicht ist ja an der Quark-Gurken-Geschichte doch was dran. Ich beschließe, mir später das Rezept geben zu lassen und es in meinem Notizbuch aufzuschreiben. Vielleicht kann ich es ja noch für irgendetwas gebrauchen, das kann man nie wissen. Aber jetzt habe ich es erst mal ziemlich eilig, schließlich will ich noch vor der Schule bei Karl vorbeigucken. Und ausgerechnet heute trödelt Mama total im Bad. Normalerweise ist sie ja schon fertig, wenn sie mich weckt, aber heute braucht sie irgendwie besonders lang, sie wird noch zu spät kommen, wenn sie so weitermacht. Mama duscht jeden Morgen, danach muss sie ihre Haare föhnen und sich aufhübschen. So nennt sie das, wenn sie dünne schwarze Striche um ihre Augen malt und einen Lippenstift benutzt. Papa hat früher immer gesagt, von ihm aus könne Mama auch ganz und gar ungeschminkt bleiben, sie sei sowieso die schönste Frau der Welt. Seit Papa nicht mehr da ist, sage ich ihr das manchmal, aber mich lacht sie immer nur aus und drückt mir dann einen roten Lippenstiftkuss auf die Wange. Das kann ich überhaupt nicht leiden. Ich kann schließlich nicht mit einem Kussmund auf dem Gesicht rumlaufen. Vielleicht, wenn ich Liebesromane schreiben würde, aber als Krimiautor geht das gar nicht.

Endlich ist Mama im Bad fertig. Das wurde aber auch Zeit. Ich zische ins Bad, die Zahnbürste zischt durch meinen Mund, ich zische wieder heraus und springe in meine Klamotten. Mama schafft es gerade noch, mir meine Frühstücksdose in die Hand zu drücken, da schieße ich schon aus der Wohnung und springe die Treppe runter. Damit es schneller geht, nehme ich immer drei Stufen auf einmal.

Zum Glück hat Mama nicht gefragt, warum ich es so eilig habe, sonst hätte ich wieder schwindeln müssen, und langsam wachsen mir meine Schwindeleien über den Kopf. Damit muss man höllisch aufpassen, denn wenn sich da zu viele Schwindeleien und Notlügen und Unwahrheiten auftürmen, dann können die eines Tages wie ein wackeliger Turm aus zu vielen Bausteinen einfach zusammenkrachen, und dann wird man unter seinen ganzen Lügen begraben und ist mausetot. Oder zumindest ziemlich platt.

Als ich aus dem Haus auf die Straße stürze, fällt mir ein, dass mein Fahrrad ja auch immer noch hinter dem Haus steht. Das hatte ich gestern komplett vergessen. Für einen Moment überlege ich, es erst noch in den Keller zu bringen, aber das würde zu viel Zeit kosten, und dann könnte ich vor der Schule nicht noch zu Karl. Das Rad muss bis zum Nachmittag warten. Zum Glück geht Mama ja jetzt auch gleich in den Supermarkt und kommt erst am Abend zurück. Bis dahin habe ich das Rad längst wieder in den Keller getragen.

Ich schlage den Weg zum Büdchen ein. Mit jedem Meter, den ich zurücklege, laufe ich ein Stückchen schneller. Ich bin so gespannt, was Karl von der nächtlichen Aktion hält. Vielleicht ist ja wirklich alles ganz harmlos und Karl hat dem Motorradmann tatsächlich einen Schlüssel gegeben. Ich wüsste zu gerne, wer das ist. Denn ich bin mir nach wie vor total sicher, dass ich das Gesicht schon mal irgendwo gesehen habe. Während ich noch darüber nachdenke, beschleicht mich plötzlich ein ungutes Gefühl. Irgendetwas ist nicht in Ordnung, ich spüre es ganz genau. Vielleicht ist Finja vor mir bei Karl gewesen und hat ihm alles schon erzählt. Je mehr ich mich dem Büdchen nähere, desto doller schlägt mein Herz vor Aufregung. Vielleicht würde Karl gleich die Polizei rufen und ich müsste ihnen dann eine Täterbeschreibung liefern. Vielleicht ist die Polizei aber auch schon da und Finja lässt sich gerade von der Polizei vernehmen. Der Gedanke daran, dass Finja mir zuvorgekommen sein könnte, versetzt mir einen Stich. Vielleicht liegt es an diesem einen Gedanken, vielleicht auch einfach nur an zu vielen Gedanken in meinem Kopf, dass ich erst merke, was los ist, als ich schon unmittelbar vor dem Büdchen stehe.

Das Büdchen ist geschlossen.

Das große Fenster hinter dem Verkaufstresen ist fest verrammelt und auf dem Tresen stehen auch keine Postkarten oder Süßigkeiten. Von Karl ist weit und breit nichts zu sehen. Auch Finja sehe ich nicht. Dafür stehen Frau Wischnewski und Lotto-Werner vor dem Büdchen und diskutieren aufgeregt mit Ali und Fred. Und Paul ist auch da. Aber Paul diskutiert nicht, er sitzt nur da und guckt ständig von einem zum anderen.

»Karl ist nicht da!«, brüllt Frau Wischnewski mir so laut ins Ohr, als stünde ich in einem anderen Stadtteil und nicht direkt neben ihr. Ich nicke. Dass Karl nicht da ist, sehe ich selbst.

»Wo ist er denn?«, will ich wissen und alle starren mich gleichzeitig an.

»Wir haben gehofft, dass du uns das sagen kannst«,

antwortet Lotto-Werner da. Ich schüttele nur stumm den Kopf. Schließlich habe ich keine Ahnung.

»Vielleicht er hat einfach nur verschlafen«, brummelt Ali. »Kann doch passieren. Passiert mir auch manchmal.«

»Der Karl? Verschlafen?« Frau Wischnewski schnappt nach Luft. »Warum sollte er das tun?«

»Weil in Bett es ist warm und gemutlich«, schlägt Ali vor.

»Gemütlich«, sagt Lotto-Werner. »Mit ü!«

»Ich kenne Karl seit über zwanzig Jahren.« Jetzt mischt sich Frau Wischnewski wieder ein. »Er hat noch nie verschlafen!«

»Vielleicht ist er auch krank.« Fred kratzt sich am Kopf. »Serhad ist auch krank. Ist ja gerade wieder so eine Grippewelle.«

»Wer ist krank?«

Ich drehe mich um. Hinter mir steht der Alte aus der Dreizehn. Er hat einen frischen Pyjama an, kariert diesmal, und sieht auch sonst ganz munter aus. Sein kleines Abenteuer scheint ihm nicht geschadet zu haben. Ich will ihm gerade antworten, als er mich von oben bis unten mustert. »Wer ist dieser Junge? Sollte er um diese Zeit nicht in der Schule sein?«

Keine Spur von Wiedererkennung oder so.

Ali, Fred und Serhad

Vornamen: 3 Stück.
Also für 3 Leute.

Alter: Ali ist 20,
Serhad 24
und Fred ist schon alt,
30 oder so.

Kleidung: Alle 3 tragen immer einen orangen Overall. Im Winter noch eine orange Winterjacke. Von Weitem könnte man sie deshalb verwechseln, aber Fred ist der, der immer am Steuer sitzt.

Merkmale: Ali kommt aus Syrien und kann nicht so gut Deutsch. Serhad ist Türke und kann besser Deutsch als Fred. Fred ist Deutscher.

Zusatz: Die 3 haben das Büdchen gerettet. Aber das kommt erst noch.

12. Kapitel

In dem Karl spurlos verschwindet, Herr Wacker ziemlich viel weiß und eine Menge Leute krank sind. Oder auch nicht.

Es ist einfach nicht fair, dass ein Tag, der so blöd angefangen hat, danach noch blöder weitergeht.

Natürlich muss ich in die Schule. Dringend sogar. Vor allem, wenn ich mir nicht noch mehr Stress mit der fiesen Bertram einhandeln will. Aber mir ist jetzt schon klar, dass ich mich heute keine Sekunde auf den Unterricht konzentrieren kann. Nicht, solange ich nicht weiß, was mit Karl los ist und warum er heute nicht beim Büdchen war.

Als ich völlig außer Atem auf dem Schulhof ankomme, sehe ich schon von Weitem, dass ich zu spät dran bin. Der Schulhof ist komplett leer gefegt, alle sind schon in ihren Klassen. Mist. Ich stürme zum Haupteingang und reiße gerade die Tür auf, als eine Stimme von hinten mir fast das Blut in den Adern gefrieren lässt.

»He du! Halt! Warte mal!«

Herr Wacker! Der hat mir gerade noch gefehlt. Bestimmt falle ich gleich hier auf dem Schulhof tot um. Vielleicht hätte ich mich doch besser gestern Abend überfahren lassen sollen, als ich den Alten aus der Dreizehn gerettet habe. Das wäre weniger erbärmlich gewesen, eher so was wie ein Heldentod.

Ich drehe mich zu Herrn Wacker um.

Im Film würden die das jetzt in Zeitlupe zeigen. Mein geschockter Blick, die Hand noch an dem Türgriff, dann langsam die Drehung in das sichere Verderben. Einen Moment starren wir uns einfach nur stumm an. Auge in Auge. Ich versuche verzweifelt, nicht zu zwinkern, denn wer zwinkert, hat sowieso schon verloren. Die Luft zwischen uns flimmert, in einem Western würde jetzt irgendein vertrocknetes Gestrüpp vom Wind über den leeren Platz getrieben und alle anderen würden uns verstohlen hinter geschlossenen Fenstern beobachten. Uns beobachtet niemand. Schließlich hat der Unterricht schon angefangen. Die Zeit scheint stillzustehen, als Herr Wacker langsam zu seiner Hüfte greift. Ich will gerade noch etwas zu meiner Verteidigung sagen, bringe aber keinen Ton heraus. Ich starre nur gebannt auf seine Hand, mit der er ein riesiges kariertes Taschentuch aus seiner Hosentasche zieht, um sich damit umständlich die Nase zu putzen. Verwirrt blinzele ich, was ich aber sofort danach bereue. Nur die Schwachen blinzeln. Aber um ehrlich zu sein, fühle ich mich gerade ziemlich schwach. Und alleine. Dabei bin ich ja gar nicht alleine in die Schule eingebrochen. Finja war schließlich auch dabei. Und wenn es nach ihr gegangen wäre, würden wir jetzt Schule schwänzen und durch die Wohnung der fiesen Bertram schleichen, um mein Notizbuch zu finden. Stattdessen stecke ich gerade bis zum Hals in Schwierigkeiten und habe keine Ahnung, wie ich da wieder rauskommen soll. Fieberhaft suche ich in meinem Kopf nach irgendeiner Ausrede. Oder wenigstens nach einer Entschuldigung. Aber noch bevor ich den Mund aufmachen kann, hat Herr Wacker sein Taschentuch umständlich wieder zusammengefaltet und zurück in seine Hosentasche geschoben.

»Du gehst doch in die Klasse von Frau Bertram?«, fragt er dann.

Ich nicke und fühle, wie mir der Schweiß ausbricht.

»Frau Bertram ist krank. Der Unterricht bei ihr fällt heute aus. Deine Klasse hat stattdessen Kunst. Sind alle drüben in den Werkräumen.« Er nickt rüber zu dem Nebengebäude, dann dreht er sich um und geht.

Ich sacke in mich zusammen. Erst jetzt merke ich, dass ich die ganze Zeit die Luft angehalten habe. Bestimmt wäre ich gleich erstickt. So schnell ich kann, nehme ich einen ganz tiefen Atemzug. Die Erleichterung in mir drin ist so gewaltig, dass ich am liebsten laut aufschreien würde. Aber das lasse ich lieber. Sonst schöpft Herr Wacker vielleicht doch noch Verdacht. Stattdessen seufze ich nur ganz leise und will mich gerade auf den Weg zu den Werkräumen machen, als Herr Wacker sich noch einmal umdreht.

»Bevor ich es vergesse«, er räuspert sich, »sag Finja bitte gute Besserung!«

Ich erstarre. Mein Herzschlag setzt aus. Zumindest muss es sich so anfühlen, wenn der Herzschlag aussetzt.

»Fi-fi-finja?« Ich kann nur noch stottern.

Herr Wacker nickt. »Meine Tochter wollte ihr heute Morgen vor der Schule den Schuh vorbeibringen, diesen Stöckelschuh, du weißt schon. Ihr Vater sagte, dass sie ein bisschen grippig ist und heute im Bett bleibt. Geht ja grad wieder um, die Grippewelle.«

»Ja, das hat Fred auch schon ge…«, ich beiße mir auf die Zunge.

»Ach ja und sag ihr, wenn ihr wieder mal was in der Schule sucht, könntet ihr einfach mich fragen«, fügt er noch hinzu, dann nickt er nur kurz, dreht sich um und geht.

Ich selbst bleibe wie festgeklebt einfach auf dem Schulhof stehen. Ich kann mich keinen Millimeter bewegen. In meinem Kopf herrscht gerade mindestens so ein Chaos wie gestern Abend auf der Kreuzung. Der Ranzen auf meinem Rücken fühlt sich an, als hätte jemand statt meiner Schulhefte drei Zentner Steine hineingepackt. Meine Gedanken rasen von allen Seiten laut hupend auf mich zu und denken gar nicht daran abzubremsen. Und ich stehe mittendrin, und weit und breit ist keiner da, der mich jetzt rettet. Herr Wacker weiß Bescheid. Warum auch immer, er weiß, dass der Stöckelschuh Finja gehört. Und dass ich den Schuh und auch Finja kenne. Er weiß auch, dass wir in die Schule eingebrochen sind. Bestimmt weiß das der Direktor auch schon. Und die Bertram. Und wenn die beiden das wissen, dann weiß es spätestens morgen auch Mama. Dann fällt mir ein, dass die Bertram ja krank ist. Vielleicht habe ich Glück, und Herr Wacker vergisst die Geschichte, bis sie zurück in die Schule kommt. Finja ist auch krank. Karl vielleicht auch. Ich muss jetzt zu den Werkräumen gehen. Finja liegt zu Hause im Bett. Und die Bertram liegt auch zu Hause im Bett. Und das ist der Moment, in dem alle meine Gedanken völlig ungebremst aufeinanderkrachen und ich laut aufstöhne. Verdammt, verdammt, verdammt.

Und dann renne ich los.

Finja ist nicht krank. Finja ist zu Hause geblieben, weil sie heute Morgen bei der fiesen Bertram einbrechen und mein Notizbuch zurückholen will. Aber die Bertram ist krank. Ich weiß das. Herr Wacker weiß das auch. Aber Finja weiß das nicht. Und Herr Wacker weiß auch nicht, dass Finja gar nicht wirklich krank ist. So schnell ich kann, renne ich von der Schule zum Büdchen zurück. Am Büdchen registriere ich nur aus den Augenwinkeln, dass Karl immer noch nicht aufgetaucht ist. Für mehr habe ich jetzt keine Zeit. Nur meinen Ranzen ziehe ich schnell aus und verstecke ihn zwischen den leeren Getränkekästen auf der Rückseite. Ich muss Finja finden. Und sie warnen. Warum habe ich mir nur ihren Zettel mit der Adresse von der fiesen Bertram nicht genauer angeguckt? Und wann zur Hölle kam ich auf die Idee, Finja nie wiedersehen zu wollen? Welche Richtung jetzt? Ich weiß nur noch, dass ich an den Schaukeln vorbei über den Parkplatz muss. »... und hinter dem Parkplatz links«, höre ich Finjas Stimme in meinem Ohr. Und dann? Ich renne über den Parkplatz und biege dann nach links in die nächste Straße ein. Was jetzt? Wie geht es weiter? Wohnt die Bertram in dieser Straße? Oder doch in einer ganz anderen? Wo steckt Finja?

Ich renne und stolpere den Gehweg entlang. Was mache ich nur, wenn ich zu spät komme? Und noch wichtiger: Was macht die fiese Bertram mit Finja, wenn ich zu spät komme? Ich hetze weiter und betrachte die Häuser auf beiden Straßenseiten. In welchem Haus könnte eine Lehrerin wohnen? Kann man das überhaupt von außen erkennen? Ich bin schon völlig außer Atem. Bestimmt kann man mein Keuchen noch drei Straßen weiter hören. Ich beschließe gerade, die Straßenseite zu wechseln, weil ich auf meiner Seite vor lauter parkenden Autos die Häuser auf der anderen Seite gar nicht richtig unterscheiden kann, als ich ein leises »Wuff« und ein anschließendes »Pscht!« höre. Und dann sehe ich Watson und Finja, die hinter einer Platane kauern und die gegenüberliegende Straßenseite beobachten. Das heißt, Finja beobachtet. Watson dagegen schnuppert sehr interessiert an dem dicken Baumstamm und sieht aus, als würde er überlegen, ob er mal eben sein Bein heben und dagegenpullern soll.

»Das wurde aber auch Zeit, dass du kommst.« Mit diesen Worten packt mich Finja am Ärmel und zieht mich zu sich runter. Ich fasse es nicht. Ich bin von Herrn Wacker erkannt worden, bin durch die halbe Stadt gerannt, bin fast erstickt vor Atemnot, schwänze Schule, um Finja das Leben zu retten, und alles, was sie dazu sagt, ist, dass es aber auch Zeit wurde.

Ich muss erst mal Luft holen, vorher bringe ich keinen Ton heraus.

»Die Bertram ist nicht in der Schule. Sie ist krank!«, stoße ich dann zwischen zwei Atemzügen hervor.

»Weiß ich doch längst.« Finja nickt. »Was glaubst du, warum ich hier sitze? Um Blümchen zu pflücken, ganz sicher nicht.«

Sie zeigt quer über die Straße. »Da drüben, in dem Haus mit der blauen Haustür, da wohnt sie. Und sie hat gerade Besuch.«

Ich starre auf die andere Straßenseite. Besuch? Welchen Besuch meint Finja? Dann sehe ich das Motorrad. Fein säuberlich geparkt zwischen zwei Autos. Ich schnappe nach Luft. Diesmal vor Überraschung. Darth Vader und die Bertram stecken unter einer Decke. Was auch immer das zu bedeuten hat.

»Was macht denn der bei der Bertram?« Fragend sehe ich Finja an, aber die zuckt nur mit den Schultern. »Das weiß ich nicht«, antwortet sie. »Noch nicht. Aber das werden wir schon noch herausfinden. Dein Notizbuch können wir jetzt allerdings leider nicht holen. Aber dafür habe ich mir endlich die Nummer des Motorrads notiert.«

Ich nicke. Als Finja das Motorradkennzeichen erwähnt, fällt mir unser Streit von gestern wieder ein. Es ist jetzt ganz und gar nicht der richtige Moment, um darauf herumzureiten. Deshalb schlucke ich die Sätze, die in mir hochploppen, einfach runter. »Was machen wir jetzt?«, frage ich stattdessen.

Finja zieht Watson zu sich heran und krault ihn zwischen den Ohren. »Ich denke, wir sollten zuerst mal Karl nach diesem Darth Vader fragen. Um rauszufinden, warum der einen Schlüssel hatte. Und dann sehen wir weiter.« Finja steht auf und klopft sich den Straßenstaub von der Hose. Da fällt mir ein, dass Finja ja noch gar nicht weiß, dass Karl nicht im Büdchen ist.

»Ich glaube, Karl ist krank.« Ich stehe ebenfalls auf und greife nach Watsons Leine. Finja runzelt die Stirn.

»Krank? Bist du dir sicher?«

Zusammen gehen wir zurück zum Büdchen. Die Situation ist unverändert. Das große Fenster ist fest verschlossen, von Karl ist weit und breit nichts zu sehen. Finja läuft einmal um das ganze Büdchen herum, um irgendeinen Hinweis zu finden, aber da ist nichts. Kein Zettel, keine Nachricht, einfach nichts. Nur ein Stapel Zeitungen liegt auf der Treppe vor der verschlossenen Tür. Zeitungen, die Karl eigentlich heute verkaufen müsste.

Ich hole meinen Ranzen aus seinem Versteck und dann setzen wir uns nebeneinander auf die beiden Schaukeln und sagen eine ganze Weile lang nichts.

Eigentlich könnte ich Finja jetzt fragen, was sie gegen Motorradfahrer hat oder warum sie gestern so ausgerastet ist. Aber ich traue mich nicht. In meinem Kopf sind so viele Gedanken, dass ich Angst habe, es könnten noch weitere dazukommen und alles noch viel komplizierter machen. Also stoße ich mich nur ein bisschen mit den Füßen ab und wippe mit der Schaukel vor und zurück und vor und zurück und vor und …

»Wir müssen Karl finden«, platzt Finja da in meine Überlegungen. »Irgendwo muss er ja wohnen. Kennst du vielleicht seinen Nachnamen?«

Ich schüttele den Kopf. Und erzähle ihr, dass auch Frau Wischnewski und Lotto-Werner nicht wissen, wie Karl heißt oder wo er wohnt. Und Fred und Ali wissen das auch nicht. Na ja, und wenn die das nicht wissen, dann weiß es Serhad bestimmt auch nicht. Den Alten aus der Dreizehn brauchen wir gar nicht erst zu fragen. Da gibt Finja mir recht. Und dann schweigen wir wieder nebeneinander her. Ab und zu kommt jemand von der Straße zum Büdchen rüber, guckt erstaunt auf das geschlossene Fenster, schüttelt den Kopf und geht dann wieder.

Plötzlich habe ich eine Idee.

»Vielleicht ist Karl nach Prag gefahren!«

Finja guckt mich erstaunt an. »Nach Prag? Was soll er denn in Prag?«

Ich bin total stolz darauf, dass ich mal etwas weiß, von dem Finja keine Ahnung hat, und deshalb erzähle ich ihr alles, was mir Karl über die Stadt mit den vielen Treppen und den goldenen Dächern erzählt hat.

Und das, was ich aus dem Internet weiß, erzähle ich ihr gleich auch noch.

»Es könnte doch sein, dass seine Sehnsucht so groß war, dass er es nicht mehr ausgehalten hat und einfach hingefahren ist«, beende ich meine Ausführungen. Finja schweigt einen Moment, aber dann schüttelt sie den Kopf. »Karl ist nicht in Prag«, sagt sie.

»Woher willst du das wissen?«

»Weil Karl niemals einfach Urlaub machen würde, ohne wenigstens einen Zettel an das Büdchen zu hängen oder die Zeitungen abzubestellen.«

Finja hat recht. Das passt überhaupt nicht zu Karl. Ein bisschen ärgere ich mich, dass mir dieser Gedanke nicht selbst gekommen ist. Wir verfallen wieder in nachdenkliches Schweigen. Irgendwann springt Finja einfach von der Schaukel.

»Ich halte das nicht mehr aus!«, ruft sie. »Wir müssen was tun.«

»Was willst du denn tun?« Fragend sehe ich sie an. »Willst du in der ganzen Stadt jedes Haus abklappern und fragen, ob irgendjemand einen Mann gesehen hat, von dem wir nicht einmal den Nachnamen wissen?« Ich gebe meiner Schaukel noch einen winzigen Schubser, aber dann stehe ich ebenfalls auf.

»In der ganzen Stadt nicht«, antwortet Finja. »Aber hier im Viertel vielleicht schon.«

»Wie kommst du darauf, dass Karl hier im Viertel

wohnt? Nur weil er hier im Büdchen arbeitet, muss das noch lange nichts heißen. Meine Mama arbeitet auch nicht gleich hier um die Ecke.«

»Überleg doch mal!« Finja klingt plötzlich ganz aufgeregt. »Wie ist Karl jeden Morgen zum Büdchen gekommen? Mit dem Auto?«

Ich schüttele den Kopf. Manchmal war ich tatsächlich schon vor Karl hier und manchmal habe ich ihn am Abend auch weggehen sehen. Karl war immer zu Fuß unterwegs.

»Aber er könnte vorher mit dem Bus gefahren sein«, gebe ich zu bedenken.

Finja schüttelt den Kopf. »Die Bushaltestelle ist da drüben. Karl ist aber immer aus dieser Richtung gekommen, richtig?« Ich nicke. Finja hat recht. Karl ist tatsächlich nie aus der Richtung gekommen, in der die Bushaltestelle ist.

»Also muss Karl auch irgendwo da drüben wohnen. Und deshalb werden wir ihn jetzt dort suchen. Komm, Watson!«

Die schwarzen Männer

Aussehen: Schwarze Anzüge
mit schwarzen Krawatten.
Aber weiße Hemden.
Sehen sehr wichtig aus.

Einer hat einen
Aktenkoffer und einen
Zollstock.
Der andere eine Papierrolle
mit einer Zeichnung.
Von oben.

Merkmale: Beide finden sich ziemlich wichtig. Sie stiefeln auf
dem Grundstück herum, als ob es ihnen gehört.
Tut es vielleicht auch. Das wäre schlimm. Für Karl,
aber auch für mich.
Auf jeden Fall kann ich sie nicht leiden.

Zusatz: Nachdem die beiden wieder weg sind, ist mir nur noch
schlecht.
Aber ich habe was ganz Wichtiges notiert.
Im Geheimen.

13. Kapitel

In dem schon Dienstag ist, zwei Männer in dunklen Anzügen vor einer ebenfalls dunklen Wolke fliehen und mich in einem viel größeren Dunkel zurücklassen.

Ich mache es kurz: Wir haben Karl nicht gefunden. Stundenlang sind wir von Haus zu Haus gelaufen, haben überall geklingelt und nach Karl gefragt, aber niemand kannte Karls richtigen Namen oder wusste wenigstens, wo er wohnt. Manche Leute haben uns gar nicht erst aufgemacht, einige haben geschimpft, weil sie dachten, dass wir ihnen nur einen Streich spielen wollen.

Am Anfang war ich noch fest davon überzeugt, dass Finja recht hat und Karl irgendwo hier in der Nähe des Büdchens wohnen würde. Aber je länger wir suchten, desto hoffnungsloser und trauriger wurde ich, und irgendwann hatte ich vor lauter Traurigkeit in mir drin überhaupt keine Kraft mehr und wollte nur noch nach Hause.

Finja schimpfte ein bisschen und sagte, dass wir zum ersten Mal einen richtigen echten Detektivfall hätten und weitersuchen müssten und dass die ganze Welt voller Verbrecher und Mörder wäre, wenn jeder Detektiv schon nach ein paar Stunden aufgeben würde, aber das war mir egal. Und weil wir beide Hunger hatten und es auch schon anfing dunkel zu werden, beschlossen wir dann, unsere Suche am nächsten Tag nach der Schule fortzusetzen. Vielleicht haben wir ja auch Glück und Karl taucht von selbst wieder auf.

Zu Hause schleppte ich endlich mein Fahrrad zurück in den Keller. Dann setzte ich mich eine Weile auf den Hocker und betrachtete Papas Motorradhelm. Ich hätte den Helm gerne angefasst, noch lieber hätte ich ihn ganz aus der Kiste gezogen und auch mal wieder aufgesetzt, aber ich hatte Angst, dass ich dann so viele Erinnerungen an Papa mit aus der Kiste ziehen würde, dass ich keine Kraft mehr hätte, aufzustehen und den Keller wieder zu verlassen. Und dann wäre am nächsten Tag nicht nur Karl verschwunden, sondern auch noch ein Junge mit einem kitschigen Ranzen voller Raumschiffe und Planeten. Und Finja hätte zu ihrem ersten richtigen Fall gleich noch einen zweiten zu lösen, und dann wäre niemand mehr da, der ihr dabei helfen könnte.

Beim Abendessen hatte ich dann plötzlich gar keinen Hunger mehr, und das, obwohl ich den ganzen Tag außer meinem Pausenbrot überhaupt nichts gegessen hatte. Mama machte sich auch gleich richtig Sorgen und meinte, ich würde doch hoffentlich nicht krank werden, es sei ja gerade wieder eine Grippewelle im Umlauf. Ich wollte von der blöden Welle nichts mehr hören, aber ich wollte Mama auch nicht erzählen, warum es mir nicht so gut ging. Und krank fühlte ich mich tatsächlich. Wenn auch anders. Deshalb verkroch ich mich in mein Zimmer und sagte ihr einfach nur, dass ich müde sei, weil wir heute so viel Anstrengung in der Schule gehabt hätten. Das war ja nicht mal richtig gelogen, auch wenn die Anstrengung in der Schule überhaupt nichts mit dem Unterricht zu tun hatte. Aber das musste Mama ja nicht wissen.

In meinem Bett habe ich dann alle Erlebnisse des heutigen Tages in mein Notizbuch geschrieben, das mit Herrn Wacker, das mit der kranken Bertram und das mit der gar nicht kranken Finja, und dabei ist mir aufgefallen, dass ich immer noch nicht herausgefunden habe, woher mir der Motorradfahrer eigentlich so bekannt vorkam. Vielleicht hätten wir doch besser gleich die Polizei rufen sollen. Wer weiß, was der jetzt gemeinsam mit der fiesen Bertram ausheckt. Irgendetwas stimmt da nicht, nur leider komme ich überhaupt nicht darauf, was das sein soll.

Später ist Mama noch mal in mein Zimmer gekommen, um nach mir zu sehen. Sie hat sich auf meine Bettkante gesetzt und mich ganz sorgenvoll angeguckt. Von mir aus hätte sie mit ihrem typischen Mamablick stundenlang so sitzen bleiben können, Mamas Hand auf meiner Stirn war wunderbar tröstlich. Aber Mama sah so müde aus, dass ich ihr sagte, dass es mir schon viel besser ginge und sie ruhig schlafen gehen könnte.

»Du weißt, dass du auch mitten in der Nacht zu mir kommen kannst, wenn es dir nicht gut geht, Purzel«, sagte sie noch leise, bevor sie das Licht ausknipste, und fast hätte ich losgeheult, weil es mir nämlich ganz und gar nicht gut ging und ich ihr das aber auf gar keinen Fall erzählen konnte. Mama hätte sich sonst nur fürchterlich aufgeregt und das würde alles noch viel schlimmer machen.

Ich grübelte noch eine Weile über alles nach, aber irgendwann fielen meine Augen einfach vor Erschöpfung zu.

Als ich sie wieder aufschlug, war die Nacht schon vorbei, und ich begriff gar nicht gleich, wo ich war. Erst als Mama ihren Kopf zur Tür hereinsteckte und mich fragte, ob es mir besser ging und ob ich gut geschlafen hätte, kam die Erinnerung mit voller Wucht zurück.

So schnell ich konnte, sprang ich aus dem Bett. Finja und ich hatten uns zwar erst nach der Schule verabredet, aber ich war fest entschlossen, gar nicht erst so lange zu warten, sondern mich gleich wieder auf die Suche nach Karl zu machen. Mit ein bisschen Glück war die fiese Bertram noch krank, und wenn wir nur Vertretungsunterricht hatten, nahmen sie es in der Schule vielleicht nicht so genau mit der Anwesenheit. Gerade als ich mich anziehen wollte, hatte ich aber eine viel bessere Idee. Mama dachte doch sowieso schon, dass ich nicht richtig gesund war. Vielleicht durfte ich ganz offiziell zu Hause bleiben, wenn ich ihr erzählte, dass es mir wirklich noch nicht besser ging und unsere Klassenlehrerin sowieso auch schon krank war. Ich stöhnte ein bisschen, während ich in die Küche schlurfte, und hatte sofort ein total schlechtes Gewissen, als Mama besorgt aufsprang und wieder meine Stirn fühlte. Mist. Daran hatte ich gar nicht gedacht. Fieber hatte ich natürlich nicht. Ich murmelte, dass mir total übel sei und ich Bauchschmerzen hätte, und bemühte mich, den kränklichsten Blick aufzusetzen, den ich hinkriegte, und offenbar gelang mir das ganz gut, denn Mama fing sofort an, Tee zu kochen, und schickte mich ins Bett. Dann brachte sie mir einen Teller mit Zwieback und eine Tasse Tee und sagte, ich sollte auf jeden Fall im Bett bleiben, sie müsste jetzt leider sofort los, aber hier sei ihre Telefonnummer und wenn es mir schlechter ginge, sollte ich sie einfach im Laden anrufen. Sie legte mir einen Zettel auf den Nachttisch. Und dann war sie auch schon weg.

Und jetzt liege ich hier im Bett und bleibe vorsichtshalber auch noch eine ganze Weile liegen, bis ich mir ganz sicher bin, dass Mama auch wirklich in den Laden gegangen ist. Dann stehe ich auf und ziehe mich an.

Ich weiß ehrlich gesagt nicht, was ich jetzt tun soll, ich weiß nur, dass ich irgendetwas tun *muss*, denn wenn ich hier noch länger rumsitze und darauf warte, dass von selbst etwas passiert, platzt vermutlich mein Kopf vor lauter Nachdenken.

Ich schnappe mir noch mal mein Notizbuch, trage es zusammen mit dem Tee in die Küche und fange an, mir einen Plan zurechtzulegen. Dazu schreibe ich noch einmal alles auf, was ich weiß, und sortiere die Fragen, die in meinem Kopf durcheinanderschwirren, in eine sinnvolle Reihenfolge.

1. Wo habe ich den Motorradfahrer schon einmal gesehen?
2. Wieso hatte er einen Schlüssel zu Karls Büdchen?

3. Was hat er aus dem Büdchen herausgeholt? Wichtig!
   ... und wo hat er es hingebracht?
4. Noch wichtiger: Wo ist Karl?
5. Was will Darth Vader von der fiesen Bertram?
6. Was will die fiese Bertram von Darth Vader?

Und unten drunter schreibe ich noch:

Mama braucht Geld – ziemlich viel
siehe Post -> Küchenschublade
Klassenfahrt
Termin bei der Bertram
Mein Notizbuch

Und darunter noch ganz aus Versehen

Papa

Als ich endlich fertig bin, zieht sich meine Liste mit ungelösten Problemen bereits über zwei Seiten. Zwei Seiten Probleme sind aber viel zu viel für einen einzelnen Jungen und am liebsten würde ich mein Notizbuch aus dem Fenster werfen. Aber dann fällt es vielleicht jemandem auf den Kopf, der nur ganz zufällig unten an unserem Haus vorbeiläuft, und ich habe automatisch ein riesiges weiteres Problem. Das darf ich auf keinen Fall riskieren. Deshalb klappe ich das Notizbuch einfach nur zu und mache mich auf den Weg. Zuallererst will ich zum Büdchen gehen und nachgucken, ob Karl vielleicht ganz von selbst wieder aufgetaucht ist.

Ich sehe aber schon von Weitem, dass das nicht der Fall ist. Das Büdchen sieht genauso leer und verlassen aus wie gestern. Inzwischen liegt ein weiterer Stapel mit Zeitungen auf der Treppe und wartet darauf, einsortiert zu werden, und weit und breit ist kein Karl zu sehen. Traurig setze ich mich zu den Zeitungen auf die Stufen und überlege, womit ich jetzt weitermachen soll.

»Na, Emil, immer noch nichts herausgefunden?«

Als ich hochgucke, steht Lotto-Werner vor mir und rollt nachdenklich mit den Augen. Ich schüttele nur stumm den Kopf, was soll ich auch antworten? Dass das Büdchen noch geschlossen ist, sieht er ja wohl auch selbst.

»Hoffentlich taucht Karl bald wieder auf, sonst muss ich meine Lotto-Zahlen für diese Woche woanders tippen und das wäre sehr ärgerlich«, brummt Lotto-Werner und dann bin ich wieder alleine.

Blöd, dass Finja nicht hier ist. Oder wenigstens Watson. Dann hätte ich jetzt jemanden zum Reden, und auch wenn Watson mir nicht antworten kann, würde er mir doch wenigstens zuhören. Ich überlege gerade, doch wieder nach Hause zu gehen, bis Finja von der Schule kommt, als ich Stimmen höre, die ich noch nicht kenne.

Vor dem Büdchen stehen zwei Männer in dunklen Anzügen. Ich habe keine Ahnung, wo sie auf einmal hergekommen sind, aber sie sehen sehr wichtig aus. Der eine trägt einen schwarzen Aktenkoffer, der andere hat eine große Rolle aus Papier unter dem Arm, die er jetzt auf den Boden legt und auseinanderrollt. Dann holt der mit dem Aktenkoffer einen Zollstock hervor und fängt an, die Wiese rund um das Büdchen zu vermessen. Ich will gerade aufspringen, als der mit der Papierrolle mich entdeckt und mir zuwinkt.

»He, Kleiner, kannst du mal eben rüberkommen und das hier kurz festhalten?« Er zeigt auf den Bogen Papier zu seinen Füßen, den der Wind immer wieder hochheben und wegpusten will. Widerwillig stehe ich auf und gehe zu den beiden rüber. Ich mag es nicht, wenn man mich einfach Kleiner nennt.

»Hier, pass mal auf, dass das nicht wegfliegt.« Der, der mich gerufen hat, zeigt auf den Boden. »Ich suche nur schnell zwei Steine oder so.«

»Getränkekästen«, murmele ich.

»Was?« Der Anzugträger guckt mich verständnislos an.

»Leere Getränkekästen. Hinter dem Büdchen stehen welche. Die müssen Sie nur anschließend wieder zurückstellen. Aber Karl hat bestimmt nichts dagegen, wenn Sie sich die kurz ausleihen.«

»Karl hat nichts dagegen?« Der Papierrollenträger lacht schallend. Dann ruft er den anderen mit dem Zollstock zu sich. »Hast du das gehört? Karl hat nichts dagegen, wenn wir uns die leeren Getränkekästen kurz ausleihen!«

Jetzt fängt auch der mit dem Zollstock an, dämlich zu grinsen. »Das ist aber nett von diesem Karl, oder?«, fragt er und trottet hinter das Büdchen. Kurz darauf kommt er mit je einem Kasten in jeder Hand zurück und lässt sie rechts und links auf diesen merkwürdigen Papierplan plumpsen. Zumindest glaube ich, dass das ein Plan ist. Ich sehe einige Linien und Striche, ein kleines Quadrat und ein paar runde Kreise. So etwas habe ich schon mal gesehen. So sehen Pläne von Architekten aus. Oder von Städtebauern. Die Quadrate und Rechtecke sollen die Häuser sein und die Kreise die Bäume. Alles ist aus der Vogelperspektive gezeichnet, also so, als ob man ein Vogel wäre und über alles drüber fliegen würde.

Ich setze mich auf eine der leeren Kisten und betrachte den Plan zu meinen Füßen. Das kleine Quadrat könnte das Büdchen sein und die Kreise sind die beiden Bäume neben der Schaukel. Niedlich irgendwie. Schade, dass Karl das jetzt nicht sehen kann.

»Sie haben die Schaukel vergessen«, sage ich zu dem einen Anzugträger.

»Was?« Verwirrt guckt er mich an.

»Die Schaukel. Da drüben!« Ich zeige zu den beiden rostigen Schaukeln neben den Bäumen. »Die haben Sie auf dem Plan vergessen. Wie zeichnet man denn eine Schaukel von oben?«, frage ich neugierig.

»Ach so, ja, na egal. Kommt sowieso alles weg!«

Die Schaukel kommt weg? Erstaunt sehe ich ihn an. Warum kommt die Schaukel denn weg? Wird hier vielleicht eine neue Schaukel gebaut? Oder sogar wieder ein richtiger Spielplatz für die kleinen Kinder? Ich will ihn gerade fragen, als er sich umdreht und zu dem Zollstockmann rübergeht.

»Bist du bald fertig? Fängt gleich an zu regnen. Ich habe keine Lust, nass zu werden.« Er zeigt nach oben in den Himmel, und richtig, da haben sich inzwischen jede Menge graue Wolken zu einer einzigen dicken Wolke zusammengeballt. Es kann wirklich jeden Moment anfangen zu regnen.

»Bin gleich so weit«, antwortet der mit dem Zollstock. »Nur die eine Seite noch. Gut, dass der ganze Mist hier endlich abgerissen wird. Wurde auch Zeit.«

Mir stockt das Blut in den Adern. Abgerissen? Am liebsten würde ich mir die Ohren zuhalten oder weglaufen, aber dann habe ich später mindestens noch eine offene Frage mehr in meinem Notizbuch und

Trinkhalle
Gloretto

muss eine neue Seite anfangen. Deshalb nehme ich meinen ganzen Mut zusammen und frage den Zollstockmann direkt. »Was wird abgerissen? Was meinen Sie?«

Der Zollstockmann guckt nicht mal hoch. Er misst einfach weiter und schreibt Zahlen in ein winziges Büchlein. »Na, der ganze Kram hier. Die alte Bruchbude.«

Ich kann kaum noch atmen. Trotzdem zwinge ich mich, weiterzufragen. »Das Büdchen wird abgerissen? Aber ... weiß Karl das ... ich meine, ist er deshalb nicht hier? Und bekommt er dann ein ganz neues Büdchen?« Die Gedanken in meinem Kopf überschlagen sich.

Jetzt haut mir der mit der Papierrolle auf die Schultern. »He, Kleiner, hier kommt die coolste Bude hin, die du je gesehen hast. Eine richtig edle Muckibude. Ein Fitnessstudio«, erklärt er, als ich ihn nur verständnislos anstarre. »Hier wird so richtig aufgeräumt. Wird doch Zeit, dass all die Penner und Ausländer und das fette Gesindel, das hier immer rumlungert, von der Bildfläche verschwinden.«

Ich denke an Frau Wischnewski und an Ali und möchte am liebsten in Ohnmacht fallen. Aber kurz bevor ich tatsächlich umkippen kann, durchfährt mich noch ein Gedanke.

»Karl«, sage ich schnell. »Kennen Sie Karl?«

Der Anzugträger schüttelt den Kopf. »Wenn du den verrückten Alten meinst, der sich hier in dem Büdchen verschanzt hatte, nee, den kenne ich nicht. Der wird abgehauen sein. Ist doch immer das Gleiche. Erst verschulden Sie sich über beide Ohren, und wenn sie die Rechnungen dann bezahlen sollen, stellen sie sich tot.«

Ich denke an Mamas geheime Küchenschublade mit all den geöffneten und ungeöffneten Rechnungen und fühle mich plötzlich, als ob der Anzugträger mir eine Faust in den Magen gerammt hätte.

»Darf ich mal kurz?« Er bückt sich und zieht den Plan wieder unter den Bierkästen hervor. Dann rollt er ihn fein säuberlich zusammen und klemmt ihn sich wieder unter den Arm.

»Wann?«, krächze ich noch, als er seinen Kollegen ruft und die beiden zu dem großen schwarzen Auto rübergehen, das am Straßenrand steht und das ich vorher gar nicht gesehen habe. Da dreht er sich noch mal um und lacht wieder sein gefährliches Lachen.

»Willst du zugucken? Ist ja immer eine spannende Sache, so ein Abriss. Morgen früh. Morgen früh kommt der Bagger und macht hier alles platt. Wirst sehen, das geht in Nullkommanix.« Dann steigen die beiden in das Auto und brausen davon. Und ich kann endlich zusammenbrechen.

Vorher schleppe ich aber noch die beiden leeren Getränkekästen zurück an ihren Platz hinter dem Büdchen. Dann setze ich mich auf die Treppe und warte auf den Tod. Oder den Regen. Oder beides. Der Regen kommt ziemlich schnell, und es ist, als ob die Wolken sich verabredet hätten, sich heute mal genau über Karls Büdchen zu treffen und den kleinen traurigen Jungen ordentlich nass zu regnen, der dort auf den Stufen sitzt und Rotz und Wasser heult. Ich will gar nicht heulen, aber ich kann nichts mehr dagegen tun. Morgen soll Karls Büdchen abgerissen werden. Und Karl ist spurlos verschwunden. Untergetaucht. Er stellt sich tot, hat der Anzugträger gesagt. Der Gedanke, der mich dann streift, ist so ungeheuerlich, dass ich für einen Moment sogar das Heulen vergesse. Vielleicht stellt Karl sich nicht tot, vielleicht *ist* Karl tot. Vielleicht ist Karl schon längst gestorben und liegt irgendwo auf einem Friedhof oder so und wir suchen und suchen ihn, dabei gibt es ihn schon lange nicht mehr. Mindestens seit Sonntag. Denn am Samstag habe ich ihn ja noch gesehen, überlege ich. Ich reiße hektisch die beiden Zeitungsbündel neben mir auf und zerre je eine Zeitung heraus. Die Todesanzeigen. Sie stehen immer irgendwo auf der letzten Seite, und ich muss gucken, ob Karl vielleicht auch auf der letzten Seite steht.

Ich finde eine Elfriede und einen Hermann und

einen Professor mit einem langen französischen Namen, den ich nicht aussprechen kann. Außerdem noch ein paar andere Leute, aber keinen Karl. Auch wenn ich ein bisschen erleichtert bin, geht es mir noch kein Stück besser. Vielleicht hat Karl ja einfach keine Verwandten oder Freunde, die eine Todesanzeige für ihn aufgeben würden. Der Gedanke macht mich so traurig, dass ich sofort wieder anfange zu heulen. Und ich höre auch nicht auf, als plötzlich eine Stimme an mein Ohr dringt, die ich zwar kenne, die ich aber echt lange nicht mehr gehört habe. Was mir aber erst jetzt auffällt.

»Ach, du meine Güte, was ist denn hier los? Willst du dir den Tod holen?« Bei dem Wort »Tod« zucke ich zusammen. »Warum sitzt du denn hier im Regen und heulst mit dem Himmel um die Wette? Müsstest du nicht eigentlich in der Schule sein?« Silke. Die Silke, die Karl ab und zu die Haare schneidet. Und die mir verraten hat, dass die Haare von der fiesen Bertram nicht echt sind. Silke steht vor mir, in der einen Hand einen knallbunten Regenschirm, in der anderen ihr Schminkköfferchen mit den ganzen Scheren und Kämmen und Haarspray und sonstigem Friseurgeklimper.

»Weißt du vielleicht, wo Karl ist? Wir hatten heute einen Termin, aber er ist nicht gekommen.« Noch bevor ich antworten kann, lässt sie sich neben mich auf die Stufen plumpsen und hält den Schirm über uns beide.

»Was auch immer passiert ist, du kannst es mir hier erzählen oder du kommst mit in meinen Salon. Dort gibt es heißen Kakao und einen starken Föhn und jede Menge trockener Handtücher.«

Silke

Vornome: Silke

Alter: Einfach jung.

Kleidung: Trägt meistens hohe Stöckelschuhe und Kleider mit ziemlich kurzen Röcken.
Silke sagt, die kurzen Röcke sind praktischer beim Haareschneiden, weil dann nicht so viele Haare in ihren Klamotten hängen bleiben.

Merkmale: Sie hat einen Friseursalon und einen kleinen roten Flitzer. Und sie fährt ziemlich rasant Auto.
Bestimmt hat sie früher mal bei einem Pizza-Service gearbeitet.

Zusatz: Silke malt sich dauernd die Lippen nach.
Ist so'n Frauending, das aber bei manchen Männern ziemlich gut ankommt.

14. Kapitel

In dem Silke erst einem Pförtner und dann einem Arzt den Kopf verdreht, Karl endlich gefunden wird und trotzdem nicht zu sehen ist und Finja schon wieder etwas klauen muss.

Eine halbe Stunde später sitze ich gemütlich in einem der großen Drehstühle in Silkes Friseursalon. Meine nassen Klamotten hat sie in ihren Trockner gestopft, dann hat sie mich in einen kuscheligen Bademantel gewickelt und meine Haare mit einem superflauschigen Handtuch erst gründlich trocken gerubbelt und dann noch ein bisschen mit heißer Föhnluft durchgepustet. Wäre ich nicht so traurig, hätte es richtig gemütlich sein können. Ihren Salon hat Silke einfach abgeschlossen und das »Geöffnet«-Schild in der Tür umgedreht, nur für den Fall, dass doch jemand zum

Haareschneiden vorbeikommt. Dann hat sie uns beiden einen großen Kakao gemacht und jetzt sitzt sie mir gegenüber auf ihrem Friseurhocker und guckt mich erwartungsvoll an. Und ich beginne zu erzählen. Erst ein bisschen stockend, weil ich auch gar nicht weiß, womit ich anfangen soll, aber weil Silke nichts sagt und mich nicht unterbricht, sondern einfach nur zuhört und zwischendurch immer mal wieder an ihrem Kakao nippt, sprudelt so nach und nach alles aus mir heraus.

Ich beginne mit dem Tag, an dem die fiese Bertram mir mein Notizbuch weggenommen und so viel Stress wegen der noch nicht bezahlten Klassenfahrt gemacht hat, ich erzähle ihr von Mamas geheimer Schublade, von Finja, vom Flaschensammeln und von unserem Einbruch in die Schule. Silke verzieht die ganze Zeit keine Miene, sondern hört mir einfach nur zu. Nur als ich ihr von dem nächtlichen Einbruch in das Büdchen erzähle und von Darth Vader, zieht sie kurz eine Augenbraue hoch, aber sie sagt auch da nichts. Und dann erzähle ich ihr von Karl und von seinem Verschwinden und den beiden Männern, die vorhin am Büdchen aufgekreuzt sind und mir gesagt haben, dass dort morgen ein Bagger alles plattmachen will. Dann fange ich wieder ein bisschen an zu weinen, einfach weil die ganze Geschichte so schrecklich ist und weil auch Silke nicht weiß, wo Karl steckt, und mir plötzlich klar wird, dass die ganze Gemütlichkeit hier im Friseursalon auch nichts daran ändert, dass meine Welt gerade in Trümmern liegt.

Silke greift nach einer Schachtel, zuppelt ein Papiertaschentuch raus und reicht es mir. »Putz dir erst mal die Nase. Ich hole so lange deine Kleider aus dem Trockner.« Sie steht auf und kommt kurze Zeit darauf mit meinen trockenen Klamotten auf dem Arm zurück. »Es hat aufgehört zu regnen. Mein Vorschlag: Du ziehst dich jetzt an und holst Finja ab. Ihr wolltet euch doch nach der Schule treffen oder? Gut«, sagt sie, als ich nicke. »Und ich gehe so lange gucken, ob Karl vielleicht doch einfach zu Hause ist. Angerufen habe ich ihn allerdings schon, ans Telefon ist er nicht gegangen.«

Nur ganz allmählich sickert bei mir durch, was Silke gerade gesagt hat. Sie hat Karl schon angerufen. Und jetzt will sie gucken, ob er vielleicht trotzdem zu Hause ist. Das heißt, Silke hat Karls Telefonnummer! Und Silke weiß, wo Karl wohnt!

»Was starrst du mich denn so an? Hast du noch nie einen Lippenstift gesehen?« Silke beugt sich über die Ablage und zieht vor dem großen Spiegel ihre Lippen nach. »Und jetzt hopp-hopp! Wir haben viel zu tun!« Mit einem fast königlichen Handgewedel scheucht mich Silke aus dem Salon auf die Straße.

Wir verabreden, dass ich auf Finja warte und sie über die neuesten Entwicklungen informiere. Silke will so lange schnell bei Karl vorbeilaufen und gucken, ob sie etwas über ihn in Erfahrung bringt. Dann wollen wir uns alle am Büdchen treffen.

Als ich beim Büdchen ankomme, ist Finja schon da. Sie sitzt auf der Schaukel und springt sofort auf, als sie mich sieht. »Wo warst du denn so lange? Ich warte hier schon eine halbe Ewigkeit!«

Ich gucke mich nach allen Seiten um, weil ich Watson vermisse, aber dann fällt mir ein, dass Finja ja direkt aus der Schule kommt und Watson ganz sicher nicht mit zur Schule geht. Ich erzähle Finja von den beiden Anzugträgern, den Bau- und Abrissplänen und natürlich auch von Silke. Als ich den Bagger erwähne, der schon morgen kommen soll, erklärt Finja, das werde sie auf gar keinen Fall zulassen und wenn sie sich höchstpersönlich vor den Bagger werfen müsse. Erschrocken gucke ich sie an. Ich weiß ja, dass Finja eine ganze Ecke mutiger ist als ich, aber sie wird sich doch nicht ernsthaft mit einem Bagger anlegen wollen? Und vielleicht haben die beiden Anzugträger ja auch recht und hier soll wirklich ein Fitnessstudio gebaut werden. Ganz legal. Und Karl ist abgehauen, weil er den Abriss nicht mitbekommen will. Das wäre doch zumindest eine Erklärung. Ob sie allerdings richtig ist, kann uns nur einer sagen: Karl selbst. Ich hoffe so sehr, dass Silke ihn findet. Gerade als ich meine Gedanken laut aussprechen will, hält direkt neben dem Büdchen ein kleiner roter Flitzer.

Hinter dem Steuer sitzt Silke. Sie hupt und winkt uns, und wir beeilen uns, zu ihr zu kommen. Karl hat sie leider nicht mitgebracht, das sehe ich sofort. Als wir fast bei ihr sind, öffnet Silke schon die Beifahrertür und klappt den Sitz nach vorne.

»Los, steigt ein. Ich habe Karl gefunden. Wir müssen zum Städtischen Klinikum!«

Zum Klinikum? Ist er ...? Ich kann den Gedanken gar nicht zu Ende denken, aber offenbar steht er mir ins Gesicht geschrieben, denn Silke sagt sofort: »Nein, er ist nicht tot. Aber es geht ihm nicht gut. Seine Nachbarin sagt, er hatte am Sonntag einen Zusammenbruch. Vermutlich das Herz. Und jetzt ist er im Klinikum.«

So schnell wir können, klettern Finja und ich auf die Rückbank. Wir müssen uns ein bisschen quetschen, groß ist Silkes Auto nicht gerade, aber dafür gibt sie jetzt umso mehr Gas. Sie biegt links ab und rechts und wieder links und wechselt die Fahrspuren, als würde sie den ganzen Tag lang nichts anderes machen, als kreuz und quer durch die Stadt zu düsen. Am Anfang versuche ich noch, mir den Weg zu merken, aber bald weiß ich überhaupt nicht mehr, wo wir sind. Manchmal biegt Silke so scharf um eine Kurve, dass ich gegen Finja rutsche, was mir unangenehm ist. In einer anderen Kurve wieder rutscht Finja gegen mich, was ich eigentlich ganz nett finde. Aber ich bin viel zu aufgeregt, um weiter darüber nachzudenken. Silke hat Karl gefunden. Und Karl geht es nicht gut. Hoffentlich ist es nicht so ernst, wie es sich gerade anfühlt.

Ich will Silke gerade fragen, was die Nachbarin von Karl sonst noch erzählt hat, da kommt das Städtische Klinikum in Sicht, zumindest steht das in großen Buchstaben auf dem riesigen Gebäude, das direkt vor uns aufragt. Silke muss zweimal um das ganze Klinikum herumfahren, bis wir endlich einen Parkplatz gefunden haben. Dann laufen wir kilometerlang zwischen all den Krankenhausgebäuden hindurch bis zum Haupteingang. Dort sitzt ein Pförtner in einem kleinen Glaskasten, der fast aussieht wie Karls Büdchen, nur ohne Süßigkeiten und ohne Zigaretten, was ja auch irgendwie komisch wäre, wenn er die Gruselbildchen von den kaputten Lungen und den vergammelten Knochen direkt vor dem Krankenhaus verkaufen würde.

Silke holt einen kleinen Klappspiegel aus ihrer Handtasche und betrachtet noch mal ihre Lippen. Ich weiß nicht so genau, wofür das gut sein soll, sie leckt sich noch einmal darüber, damit sie extra schön glänzen, dann klopft sie bei dem Pförtner an die Scheibe und beugt sich ein Stückchen zu ihm hinein. Die beiden unterhalten sich eine Weile, und ich kann leider nicht hören, was sie sagen. Dafür kann ich sehen, wohin der Pförtner guckt, und das ist nicht in Silkes Gesicht. Kurze Zeit später kommt Silkes Oberkörper wieder aus dem Fenster zum Vorschein und sie winkt dem Pförtner zum Abschied noch einmal zu.

»H3M, vierter Stock«, sagt sie und läuft schon los. Wir betreten das riesige Gebäude durch den Haupteingang und dann ist es wie vorhin beim Autofahren. Silke läuft nach links, dann nach rechts, dann biegt sie wieder nach links ab, nur diesmal ohne zu blinken und ohne zu hupen, aber mindestens genauso schnell, und wir haben Mühe, an ihr dranzubleiben. Irgendwann stehen wir vor einem Fahrstuhl, Silke hält uns die Tür auf. »Vierter Stock«, sagt sie noch einmal und drückt auf den Knopf mit der Vier.

Als wir im vierten Stock angekommen sind, flutscht die Fahrstuhltür mit einem leisen Summen auf, und wir stehen am Ende eines sehr langen Gangs, von dem rechts und links Türen abgehen. Viele Türen. Und hinter einer dieser Türen liegt vermutlich Karl.

»Wartet mal eben«, sagt Silke und rauscht den Gang entlang. Wir sehen ihr eine Weile hinterher, dann biegt sie nach links ab und verschwindet in einem Zimmer. Als sie zurückkommt, hat sie einen jungen

Mann in einem weißen Kittel im Schlepptau, der ein bisschen aufgeregt wirkt.

»Das ist Doktor Höft«, stellt Silke den jungen Mann vor. »Bei ihm ist Karl in Behandlung. Zimmer 412 sagten Sie?« Der junge Arzt nickt. »Aber Herr Wondraszek darf im Moment keinen Besuch empfangen. Das würde ihn viel zu sehr aufregen. Außerdem ist er gerade nicht da. Ultraschall«, fügt er noch schnell hinzu. Aus seinem Mund klingt das wie etwas ganz Gefährliches, aber von Mama weiß ich, dass Ultraschall überhaupt nicht gefährlich ist, sondern eine Methode, mit der man sich von außen auf einem Monitor angucken kann, was im eigenen Körper so los ist. Wondraszek also. Es ist seltsam, zum ersten Mal Karls Nachnamen zu hören. Doktor Höft erklärt noch ein bisschen mehr und spricht mit Silke, es fallen noch eine Menge Fremdwörter, die ich nicht verstehe, da zieht Finja Silke plötzlich am Ärmel ein Stückchen zur Seite. Sie beugt sich zu ihr rüber und flüstert ihr etwas ins Ohr. Silke zuckt kaum merklich zusammen, aber dann nickt sie und wendet sich wieder an den jungen Arzt.

»Bitte, wo sind die Toiletten?«, unterbricht sie seine Ausführungen. »Meine kleine Freundin hier muss mal ganz dringend.« Ich gucke Finja verwundert an, aber tatsächlich steht sie schon mit einem ganz verkniffenen Gesichtsausdruck neben mir und klemmt die Beine zusammen. Doktor Höft wird ein bisschen blass, vielleicht hat er Angst, dass dieses Mädchen ihm gleich vor die Füße pullert, auf jeden Fall zeigt er den Gang hinunter. »Letzte Tür links ist für Damen«, sagt er schnell, da stürzt Finja auch schon los.

Doktor Höft wendet sich wieder Silke zu und plaudert weiter von Herzschrittmachern und Vorhofflimmern und solchen Dingen, als würde er sich mit ihr über sein liebstes Hobby austauschen. Aus den Augenwinkeln beobachte ich Finja, die keineswegs bis zum Ende des Gangs läuft, sondern sehr abrupt abbremst und ein Zimmer zu ihrer Rechten betritt. Und da kapiere ich, was Finja vorhat.

»Wird Karl, ich meine, wird Herr Wondraszek wieder ganz gesund?«, will ich schnell noch wissen, als Doktor Höft bereits Silke seine Hand zum Abschied reicht. Einen Moment guckt er mich verwirrt an. Vermutlich wollte er Silke gerade zum Abendessen einladen und ich habe ihm jetzt die Tour vermasselt. Geschieht ihm ganz recht, er hätte uns ja auch einfach zu Karl lassen können. Dann holt er tief Luft und verwendet in seiner Antwort viele *Vielleichts* und sehr oft *abwarten* und *Zukunft*.

Aber auf die Zukunft warten können wir gerade nicht, denn in der Gegenwart kommt Finja ungesehen aus dem Zimmer wieder raus und hält triumphierend einen Schlüsselbund in die Höhe, den sie dann schnell in ihrer Jackentasche verschwinden lässt.

Plötzlich hat Silke es sehr eilig, den jungen Arzt wieder loszuwerden. Sie tätschelt ihm noch mal kurz den Arm und steht dann auch schon vor dem Fahrstuhl, dessen Türen sich wieder wie von Geisterhand mit einem leisen Summen öffnen.

»Jetzt aber nix wie weg hier«, sagt sie, als wir endlich wieder auf dem Weg nach unten sind. »Ich mag Krankenhäuser nicht, da riecht es immer so komisch.« Ich nicke. Ich mag Krankenhäuser auch nicht. Aber mit dem Geruch hat das nichts zu tun.

Papa

Vornamen: Papa hieß Markus.

Alter: 38.
Älter ist Papa nicht geworden.

Papa war der beste Papa von der Welt.
Er kannte sich total gut aus mit allem.
Vor allem mit Motorrädern und Planeten und Science-Fiction und so.

Die Leute denken immer, dass Papa bei einem Motorradunfall gestorben ist. Aber das stimmt nicht. Papa hatte eine schlimme Krankheit. Er hat immer gesagt, es ist wie ein Kampf mit der dunklen Macht. Und irgendwann hat die dunkle Macht gewonnen.
Aber jetzt ist Papa ein YediRitter und passt immer auf mich auf.
Blöd nur, dass ich ihn nicht dabei sehen kann.

Zusatz: Papa fehlt mir.
Und Mama fehlt er auch.
Aber sie sagt das nie.
Dabei könnten wir uns dann gegenseitig trösten.

In dem das Büdchen aussieht wie nach einem Raketenangriff, ein wichtiges Beweisstück hinter dem Kühlschrank gefunden wird und am Schluss einfach alles gleichzeitig passiert.

Silke hält mit quietschenden Reifen genau neben dem Büdchen. Finja und ich klettern aus dem Auto und stürzen los. Hoffentlich befindet sich der richtige Schlüssel überhaupt an dem Schlüsselbund. Finja hatte ja keine Zeit, lange in dem Krankenzimmer zu suchen. Sie hat einfach in die Nachttischschublade neben Karls Bett geguckt und den einzigen Schlüsselbund an sich genommen, der drinnen lag. Während ich noch überlege, welcher Schutzheilige wohl für eine Portion Glück zuständig ist, probiert Finja gerade den dritten Schlüssel aus. Da macht es *klack* und die Tür zum Büdchen springt auf. Ich beschließe, mich später der Einfachheit halber gleich bei allen Schutzheiligen zu bedanken. Finja stolpert ins Innere, ich greife hinter ihr nach links und betätige den Lichtschalter. Und dann bleibe ich mit offenem Mund stehen.

Darth Vader hat wirklich ganze Arbeit geleistet. Im Inneren des Büdchens herrscht ein heilloses Durcheinander. Sämtliche Zigaretten, Zeitschriften, Postkarten, Lollis, Lottoscheine und was es sonst noch alles bei Karl gibt, fliegt kreuz und quer auf dem Fußboden rum. Der Kühlschrank steht offen und davor liegen einige Glasscherben in einer klebrigen Lache aus irgendwas Flüssigem. Cola vielleicht oder Bier.

»Ach, du meine Güte«, entfährt es Silke, die gerade hinter uns das Büdchen betritt. »Hier sieht es ja aus, als hätte der Blitz eingeschlagen.«

»Der Blitz nicht, aber Darth Vader«, berichtige ich sie.

»Der hat was gesucht«, stellt Finja fest. »Aber was?«

»Keine Ahnung.« Ich bücke mich und fische zwei Zigarettenschachteln aus der klebrigen Flüssigkeit. Dann fällt mir etwas ein. Etwas Wichtiges. Ich hatte es schon die ganze Zeit im Hinterkopf, aber dann habe ich es wieder vergessen. Jetzt, mitten in diesem Chaos arbeitet sich der Gedanke wieder an die Oberfläche. Ich gehe an den anderen vorbei zum Verkaufstresen. Unter dem Tresen ist eine Schublade. Eine große und

breite Schublade, nicht zu übersehen. Ich weiß, dass Karl in die Schublade immer sein Geld wirft. Er hat keine richtige Kasse, nur zwei Schachteln. Eine Schachtel für Scheine und eine für Münzen. Mehr nicht. Jetzt steht die Schublade einen winzigen Spalt offen. Mit klopfendem Herzen ziehe ich sie weiter auf. Sofort quillt mir ein Stapel bunter Geldscheine entgegen.

»Geld war es jedenfalls nicht, was der Einbrecher wollte«, sagt jetzt Silke, die neben mich getreten ist und mir über die Schulter geguckt hat. »Aber was war es dann?«

Es ist wirklich zum Verzweifeln. Jetzt haben wir Karl gefunden und stehen sogar mitten in seinem Büdchen und sind trotzdem kein bisschen schlauer als vorher. Na gut, wir wissen jetzt zumindest, dass Darth Vader ganz sicher keinen Schlüssel von Karl bekommen hatte, sondern hier irgendwie so eingebrochen ist. Bestimmt hatte er so ein richtiges Einbrecherwerkzeug, mit dem man jede Tür öffnen kann. Und weil er nicht sofort gefunden hat, wonach er suchte, hat er einfach alles aus den Regalen gezerrt und verwüstet.

»Das machen Einbrecher oft, wenn sie frustriert sind«, erklärt Silke gerade, und ich frage mich, woher sie das weiß. Da fällt mir wieder ein, dass Darth Vader wohl doch etwas gefunden hat, denn als er das Büdchen wieder verlassen und abgeschlossen hatte, trug er eine große Schachtel unter dem Arm. Wenn ich nur wüsste, was in dieser Schachtel war.

»Am besten räumen wir ein bisschen auf«, schlägt Silke da vor. »Dann sehen wir vielleicht am ehesten, was hier fehlt.«

Eigentlich sehe ich ja nicht so ganz ein, warum wir dieses Chaos, das ein ganz anderer verursacht hat, aufräumen sollen. Aber dann lasse mich doch anstecken und fange an, die Zigarettenschachteln wieder nach Farben und Marken zu sortieren und in ihre Ständer zu stecken.

Eine Stunde später sieht es im Büdchen fast wieder genauso aus wie früher. Alles ist ordentlich an seinem Platz, ein paar verklebte Zigarettenschachteln und zerknitterte Lottoscheine haben wir in die Mülltonne gebracht. Die Lollis und Postkarten stehen wieder auf dem Tresen und Silke hat unter der Spüle sogar einen Putzeimer gefunden. Den füllt sie gerade mit Wasser, um die klebrige Sauerei auf dem Fußboden zu beseitigen. Ich drehe mich einmal um mich selbst. Es scheint nichts zu fehlen. Überhaupt gar nichts.

Silke drückt mir ein Kehrblech und einen Handfeger in die Hand, damit ich die Scherben zusammenfegen und nach draußen bringen kann. Dann scheucht sie auch Finja nach draußen, um in Ruhe den Fußboden wischen zu können.

Erschöpft lassen Finja und ich uns auf die Treppe

sinken. Drinnen rumort Silke mit dem Wischlappen, und ich bin mir ziemlich sicher, dass das Büdchen noch niemals zuvor so sauber war.

»Ich hab noch was gefunden!« Silke kommt an die Tür und hält mir etwas unter die Nase. »Wo kommen die denn hin?«

»Auf den Tresen. In die Schachtel mit den anderen Überraschungs…«, ich breche mitten im Satz ab. Silke hält ein Überraschungsei in der Hand. Das war in dem Chaos hinter den Kühlschrank gekullert. Normalerweise stehen die Überraschungseier in einer besonderen Schachtel auf dem Tresen. Das weiß ich so genau, weil ich ja erst neulich diesem Darth-Vader-Typ drei Überraschungseier verkauft habe. Drei Eier, für die er viel zu viel bezahlte, weil er es plötzlich so verdammt eilig hatte. In meinem Kopf rumort es noch ein bisschen. Es fühlt sich an, als ob gerade eine Menge Puzzleteile an ihren richtigen Platz fallen. Darth Vader hat drei Überraschungseier gekauft. Er hatte es eilig, wegzukommen. So eilig, dass er nicht abgewartet hat, bis ich ihm das Wechselgeld rausgeben konnte.

Und Darth Vader ist hier eingebrochen, um eine Schachtel zu stehlen. Dabei ist ihm ein Überraschungsei runtergefallen und hinter den Kühlschrank gerollt. Die Schachtel mit den anderen Überraschungseiern ist …

… weg.

»Er hat die Überraschungseier gestohlen!« Verblüfft nehme ich Silke das verlorene Ei aus der Hand und betrachte es von allen Seiten. Was um Himmels willen will ein erwachsener Mann mit einer Schachtel voller Überraschungseier?

»Vielleicht ist er ein besonders fanatischer Sammler«, meint Silke. Sie erzählt uns, dass manche der Spielzeuge, die im Inneren dieser Eier sind, von Sammlern ziemlich gut bezahlt werden.

Ich schüttele den Kopf. Das glaube ich einfach nicht. Irgendwie passt dieses ganze Überraschungseierding gar nicht zu einem Motorradfahrer in schwarzen Lederklamotten. Und was hat dann bitte Frau Bertram damit zu tun? Sammelt sie vielleicht kleine Spielzeuge und hat den Motorradfahrer nur damit beauftragt, sie für sie zu besorgen? Finja schnappt sich das Ei und fängt an, das Papier abzuknibbeln.

»Ich weiß nicht, ob das eine gute Idee ist«, werfe ich ein. »Das Ei wäre doch Beweismaterial für die Polizei.«

»Was willst du denn damit beweisen?« Finja hat sich schon zur Schokoladenhülle durchgearbeitet und bricht sie gerade vorsichtig auseinander. Die eine Hälfte schiebt sie sich in den Mund, die andere Hälfte hält sie mir hin. Ich schüttele stumm den Kopf. Mir ist jetzt wirklich nicht nach Essen zumute.

»Wir haben doch das Kennzeichen von dem Motorrad. Und an dem Ei waren vielleicht Fingerabdrücke.«

Finja zuckt mit den Schultern. »Ja und? So ziemlich an allem hier drin dürften seine Fingerabdrücke gewesen sein. Das allein beweist doch noch gar nix.«

Sie betrachtet das gelbe Döschen zwischen ihren Fingern und dann schüttelt sie es ein bisschen und lauscht gebannt.

»Hast du gewusst, dass man durch Schütteln herausfinden kann, ob eine Sammlerfigur oder nur ein blödes Spielzeug in dem Döschen ist?«, fragt sie mich und fängt an, das Döschen vorsichtig zu öffnen.

»Nein, aber weißt du, warum die Döschen immer gelb sind?«, kontere ich, ein bisschen stolz auf mein Wissen.

Und dann passiert irgendwie alles auf einmal:

Finja öffnet das Döschen und sagt nur »Oh!« und lässt etwas auf ihre Hand kullern, das funkelt und glitzert wie echte Diamanten.

Ich sehe plötzlich den Typ aus dem Fernsehen mit der Duschhaube auf dem Kopf vor mir, der über seinen eigenen Witz mit den gelben Döschen so dämlich gelacht hat, und weiß jetzt endlich, woher ich das Gesicht von Darth Vader kenne. Der Duschhauben-Mann!

Und Silke kommt aus dem Büdchen mit einem Brief in der Hand, der ziemlich wichtig aussieht, wohingegen Silke ziemlich blass aussieht und nur murmelt:

»Das sieht nicht besonders gut aus! Das sieht ganz und gar nicht gut aus!«

Gleichzeitig kommt jemand um die Ecke gedüst und schimpft die ganze Zeit vor sich hin und schreit, wieso ich mich schon wieder hier rumtreibe und warum ich nicht zu Hause im Bett liege und dass sie sich wahnsinnige Sorgen gemacht hat, weil ich nicht ans Telefon gegangen bin, und dass ich für die nächsten drei Monate Hausarrest hätte, wenn nicht sogar bis an mein Lebensende. Und dann steht Mama vor mir.

Finja

Vorname: einfach Finja

Alter: so alt wie ich

Kleidung: meistens geringelte Leggins, manchmal aber auch Stöckelschuhe. Und ab und zu trägt Finja eine Perücke. Das gehört zu ihrer Ausrüstung, denn Finja ist eine Detektivin.

Merkmale: Finja hat einen Hund Namens Watson.
Und ein Skateboard.
Aus Watson wird aber wohl nie ein richtiger Detektiv. Dazu ist er viel zu ungeduldig.

Zusatz: Mit Finja lässt sich alles aushalten.
Sogar die Traurigkeit.
Sie ist ganz klar meine allerbeste Freundin.

16. Kapitel

In dem Mama ein verbotenes Buch gelesen hat, ein Keller seine Geheimnisse preisgibt und viele Tränen manchmal auch gut sein können.

Wir sitzen in der Küche, das heißt, ich sitze und Mama steht, und sie schimpft jetzt schon seit einer halben Stunde, ohne Luft zu holen. Ich würde gerne etwas sagen, aber sie lässt mich überhaupt nicht zu Wort kommen. Am Anfang verstehe ich gar nicht so ganz, warum sie sich so furchtbar aufregt, aber so nach und nach wird mir alles klar.

Sie hat sich Sorgen gemacht während der Arbeit. Und jede Menge Vorwürfe. Weil sie ihr krankes Kind, also mich, alleine zu Hause gelassen hat. Deshalb hat sie vom Laden aus versucht, mich anzurufen. Sie wollte einfach nur hören, wie es mir geht. Aber ich bin nicht ans Telefon gegangen. Was logisch ist, weil ich ja gar nicht zu Hause war. Aber das wusste Mama im Laden noch nicht, also hat sie sich noch mehr Sorgen gemacht und ihren Chef gebeten, sie nach Hause zu lassen.

Ihr Chef fand das gar nicht witzig, schließlich ist sie erst letzte Woche wegen ihrer Migräne früher gegangen, und jetzt wollte sie schon wieder früher gehen, deshalb hat er ihr gesagt, wenn das so weiterginge, könnte sie sich nach einem anderen Job umsehen. Darüber hat Mama sich natürlich mächtig aufgeregt, aber trotzdem war ihr krankes Kind zu Hause für sie wichtiger und sie ist gegangen. Und dann war da zu Hause gar kein krankes Kind. Da war überhaupt kein Kind.

Stattdessen lag auf dem Tisch ein Tagebuch. Zuerst hat Mama aber nicht gewusst, dass es ein Tagebuch ist, sondern hat geglaubt, das ist der Krimi, den ihr schriftstellerisch begabter Sohn schreibt. Und da wollte sie anscheinend mal ein bisschen spitzen, um was es in dem Krimi eigentlich so geht, und hat heimlich in dem Buch gelesen. Und je mehr sie gelesen hat, umso spannender wurde es, und ganz allmählich dämmerte es Mama, dass es gar kein Krimi war, sondern die nackte Realität. Nur ohne Nackte. Und da ist Mama ausgerastet.

Ich kann das ja sogar ein bisschen verstehen. Ich

würde auch ausrasten, wenn ich wüsste, dass mein Kind in Schulen einbricht und mit dem Fahrrad in der Großstadt rumdüst und nachts auf Verbrecherjagd geht. Klar würde ich das. Aber Mama denkt, das Kind ist eigentlich ein ganz liebes und ängstliches und braves Kind und es kommt nur auf so dumme und gefährliche Gedanken, weil es sich den ganzen Tag mit diesen komischen Leuten bei diesem Kerl am Büdchen rumtreibt. Ich verstehe das alles, deshalb sage ich eine ganze Weile lang nichts, aber irgendwann kommt der Punkt, an dem ich gerne zurückschreien würde. Weil Mama nämlich gar nichts verstanden hat, rein überhaupt gar nichts. Aber weil Mama immer noch nicht aufhört zu toben, kann ich nur stumm dasitzen und vor mich hinstarren und darauf warten, dass ihr nichts mehr einfällt. Und das kann dauern.

Aber irgendwann ist Mama dann doch leer geschrien, und dann guckt sie mich nur noch traurig an und sagt, dass ich in mein Zimmer gehen soll. Ich will etwas sagen, vor allem will ich ihr erklären, dass ich jetzt auf gar keinen Fall in mein Zimmer gehen kann, weil ich nämlich wissen muss, was Silke da für einen Brief gefunden hat und wieso das ganz und gar nicht gut aussieht für Karl und woher die Diamanten in den Überraschungseiern kommen. Denn dass es echte Diamanten sind, da bin ich mir relativ sicher, warum sonst hätte Darth Vader so hinter den Dingern her sein sollen. Aber Mama sagt, sie will von alldem nichts hören, ich soll gefälligst auf mein Zimmer gehen und da erst mal bleiben und über alles nachdenken und nein, das Notizbuch bleibt hier, sonst kommst du ja doch wieder nur auf dumme Ideen und über die Sache mit deiner Klassenlehrerin und dem Einbruch in der Schule reden wir noch.

Ich sage nichts mehr, sondern gehe in mein Zimmer und werfe mich auf mein Bett. Es fühlt sich an, als ob alle Ungerechtigkeit der Welt sich gegen mich verschworen hätte. Ich starre auf die Klebesternchen über mir und wünschte, Papa wäre hier. Papa hätte mich verstanden. Er hätte gewusst, warum man nicht in seinem Zimmer sitzen und nachdenken kann, wenn an einem Ende der Stadt gerade der beste Freund in einem Krankenhaus liegt und sich nicht aufregen darf, während am anderen Ende der Stadt ein paar Deppen dabei sind, sein ganzes Leben zu vernichten. Papa hätte das verstanden, da bin ich mir sicher. Denn Papa lag selbst mal in diesem Krankenhaus, und keiner konnte ihm helfen, egal wie sehr man sich das gewünscht hätte.

Auf einmal will ich nichts anderes mehr als bei Papa sein.

Ich stehe von meinem Bett auf und lausche an der Tür. Mama ist nebenan und telefoniert. Bestimmt schüttet sie wieder Tami ihr Herz aus und erzählt ihr alles, was sie in meinem Tagebuch gelesen hat. Dabei hätte sie gar nichts lesen dürfen, das macht man nämlich nicht, in den Tagebüchern anderer Leute lesen.

Vorsichtig drücke ich die Klinke meiner Zimmertür runter und bin erleichtert. Mama hat nicht abgeschlossen. Ich schleiche auf Zehenspitzen in den Flur. Dann schnappe ich mir den Kellerschlüssel und öffne vorsichtig die Wohnungstür. Ich warte einen Moment, ob Mama etwas gehört hat, aber sie plaudert weiter mit Tami, sie klingt immer noch ein bisschen aufgeregt, und ich schlüpfe schnell aus der Wohnung. So schnell ich kann, springe ich die Treppe hinunter. Ich bin gerade im zweiten Stock angekommen, als ich Mamas Stimme über mir höre.

»Emil! Komm sofort zurück!«

Ich laufe weiter.

»Hörst du nicht, was ich sage? Du sollst zurückkommen, verdammt noch mal!«

Jetzt höre ich, wie Mama hinter mir her die Treppe hinunterläuft. Aber ich bin schneller. Weil ich immer drei Stufen auf einmal nehme, bin ich längst im Erdgeschoss angekommen, als Mama immer noch irgendwo im Dritten ist. Ich reiße die Kellertür auf. Bitte, bitte, lass jetzt nicht Frau Janssen auf der Kellertreppe sein. Wer immer sich mit diesem Gebet gemeint fühlt, hat auch diesmal auf mich gehört. Keine Frau Janssen weit und breit. Ich stürme die Kellertreppe hinunter, und fast ist es mir egal, wie gefährlich steil sie ist. Als ich unten angekommen bin, renne ich zu unserem Kellerverschlag, ich fummele den Schlüssel ins Schloss, schließe auf und schlüpfe dann in den Keller. Jetzt kann Mama so viel toben und schreien, wie sie will. Mich kriegt sie hier nicht mehr raus. Da müsste sie mich schon nach oben tragen.

Ich schaue mich im Keller um. Da steht mein Fahrrad an der Wand, und ich trete mit voller Wucht dagegen, weil ich so sauer bin, dass ich irgendwo gegen treten muss, aber es hilft nichts, in mir drin tut immer noch alles weh. Dann sehe ich Mamas Lieblingstasse, die immer noch hier unten steht. Ich nehme die Tasse und werfe sie mit Karacho gegen die Kellerwand. Die Tasse zerspringt in lauter Scherben und hinterlässt einen hässlichen braunen Kaffeefleck an der Wand. Jetzt geht es mir schon ein winziges bisschen besser. Und dann sehe ich Papas Sachen. Ich reiße den Karton auf und zerre Papas Helm raus. Ich reiße ihn an mich, stecke meine Nase rein, rieche, weil ich will, dass er nach Papa riecht, greife mit der anderen Hand nach Papas Motorradjacke, die guckt auch aus der Kiste raus, ziehe sie aus der Kiste und will auch an der Jacke riechen. Tränen laufen mir übers Gesicht, als ich merke, dass der Helm einfach nur nach Plastik und Leder und ein bisschen nach Keller riecht. Und auch die Jacke riecht nicht mehr nach Papa. Papa roch ganz anders, und ich will den Geruch jetzt sofort zurückhaben, ich will Papa zurückhaben und nicht diesen dämlichen Motorradhelm, wütend schleudere ich den Helm von mir, und er kracht gegen die Tür genau in dem Moment, als Mama in den Keller kommt. Sie weicht erschrocken zurück, ich schmeiße die schwere dicke schwarze Motorradjacke auf den Boden und trampele darauf herum, dann hole ich noch mehr Sachen aus der Kiste und werfe sie von mir. Die ganze Zeit hatte ich Angst davor, diese Kiste zu öffnen, ich hatte Angst vor meinen Erinnerungen, und jetzt sind sie gar nicht in der Kiste, in der Kiste ist nur altes Zeug, das mit Papa überhaupt nichts mehr zu tun hat. Ich weine und weine und dann ist da auf einmal Mama und packt mich erst am Arm, dann zieht sie mich zu sich und dann knien wir beide auf dem Boden und weinen beide und sie hält mich ganz fest und streicht mir mit einer Hand immer wieder über den Rücken und sagt »Tschschsch« und »Alles wird gut« und »Mir fehlt Papa auch«. Und das Letzte hat sie noch nie gesagt.

Irgendwann beruhigen wir uns beide ein bisschen, und Mama schaut mich an und fragt, ob wir wieder nach oben gehen wollen, und ich nicke. Wir gehen zusammen, ganz langsam gehen wir, Stufe für Stufe, und Mama hält meine Hand so fest, als hätte sie Angst, ich könnte mich wieder losreißen und ihr davonlaufen.

Aber ich will gar nicht mehr weg, ich will nur noch nach oben in unsere Wohnung und dann am liebsten in Mamas Umbaubett.

Als ich irgendwann später unter Mamas Bettdecke liege, kann ich ihr alles noch mal ganz in Ruhe erzählen, und Mama hört mir zu. Sie lacht sogar ab und zu, als ich von dem dicken Paul erzähle oder von dem Alten aus der Dreizehn mit seinen löchrigen Socken. Irgendwann bin ich dann vom vielen Weinen und Angsthaben und Erzählen so müde, dass ich einfach einschlafe.

17. Kapitel

In dem in einer kleinen Küche ziemlich viele Leute sind, Finjas Papa auch eine Rolle spielt und der Alte aus der Dreizehn plötzlich einen Namen hat.

Als ich am nächsten Morgen die Augen öffne, liegt Mama nicht mehr neben mir. Draußen ist es noch dunkel, aber ich höre sie schon in der Küche klappern und sich mit jemandem unterhalten. Es riecht nach Kaffee und Toastbrot. Blitzartig bin ich hellwach. Irgendjemand ist bei uns in der Wohnung und sitzt jetzt am Küchentisch und trinkt Kaffee mit Mama. Jemand, der ein bisschen wie Tami klingt und dann doch wieder ganz anders.

Ich springe aus dem Bett und laufe in die Küche und dann traue ich meinen Augen nicht. Dort sitzen Silke und Frau Wischnewski und schmieren Brote. Mama lehnt mit Lotto-Werner am Küchenschrank und alle unterhalten sich prächtig miteinander. Und mittendrin sitzt Paul, wedelt mit dem Schwanz und wartet auf Häppchen, die Frau Wischnewski ihm heimlich zusteckt.

»Hallo, Emil, da bist du ja«, ruft Silke und winkt mir fröhlich zu.

»Willst du einen Kakao?«, fragt Mama, als ob das die normalste Sache der Welt wäre, dass all diese Menschen hier bei uns in der Küche sind und frühstücken.

»Wo ist Finja?«, frage ich und gucke mich suchend um.

»Finja ist draußen am Büdchen«, erklärt mir Lotto-Werner. »Zusammen mit Fred, Ali, Serhad und den anderen. Sie passen auf, falls tatsächlich ein Bagger kommt.«

Der Bagger. Wie konnte ich den vergessen? Es fühlt sich an, als sei für einen kurzen Moment ein eisiger Wind durch die Küche gefegt, der alle Gemütlichkeit mit sich gerissen hat. Ich begreife nicht, wie man in aller Seelenruhe frühstücken kann, während vielleicht gerade Karls Büdchen abgerissen wird. Keine Minute länger halte ich es mehr in der Küche aus. Erst dann fällt mir auf, was Lotto-Werner gerade gesagt hat.

»Welche anderen?« Fragend gucke ich in die Runde.

»Wirst du gleich sehen«, sagt Silke.

Mama ruft: »Fertig!«, und stellt ihren Einkaufskorb

auf den Tisch. Zusammen mit Frau Wischnewski stapelt sie einen riesigen Berg belegter Brote in den Korb und Silke räumt die benutzten Kaffeetassen in die Spüle. Erst verstehe ich nur Bahnhof, aber als Lotto-Werner fragt: »Willst du nicht mit?«, flitze ich los.

Ich will gerade zur Haustür hinaus, als Mama mich zurückruft. Das darf einfach nicht wahr sein! Will sie mich immer noch nicht nach draußen lassen? Sie hat doch jetzt gehört, dass alles ganz anders ist, als sie dachte. Und sie glaubt doch nicht wirklich, dass ich Lotto-Werner und Frau Wischnewski und all die anderen alleine zum Büdchen gehen lasse?

Aber Mama fasst mich an der Hand und zieht mich im Flur vor den Spiegel. »Guck mal da rein«, sagt sie und dann sehe ich es auch. Ich bin noch im Pyjama. Und fast wäre ich im Pyjama auf die Straße gerannt.

»Das lass mal lieber dem Alten aus der Dreizehn«, sagt Mama und gibt mir einen Kuss.

Ich laufe schnell in mein Zimmer und ziehe mich an. Außerdem muss ich noch etwas aus meinem Geheimversteck mitnehmen. Einen Zettel. Finja wird staunen. Aus mir wird nämlich doch noch ein richtiger Detektiv.

Dann ziehen wir los. Frau Wischnewski, Lotto-Werner, Silke und ich. Und Mama. Ich glaube, so viele Menschen waren noch nie gleichzeitig in unserem

Treppenhaus unterwegs. Wenn sie nur ein bisschen schneller gehen würden. Mir dauert das alles viel zu lange hier. Lotto-Werner trägt den Korb mit den Broten und hat Frau Wischnewski untergehakt. Die hängt mit einem Arm an Lotto-Werner, unter den anderen hat sie sich Paul geklemmt. Ein bisschen sehen die beiden aus, als ob sie zu einem gemütlichen Picknick unterwegs wären. Hinter ihnen gehen Mama und Silke und unterhalten sich angeregt. Ich halte diese Langsamkeit kaum noch aus. Nervös springe ich von rechts nach links und von links nach rechts, aber ich habe keine Chance, die anderen zu überholen. Am liebsten würde ich wieder das Treppengeländer benutzen, aber das kann ich vergessen, solange Mama dabei ist. Und dann, nach dem nächsten Treppenabsatz, kommt uns Frau Janssen entgegen. Ich stöhne auf. Auch das noch. Was will sie denn schon so früh hier draußen? Müssen alte Frauen jetzt nicht eigentlich im Bett liegen und schlafen, damit sie noch ein bisschen länger leben? So kommen wir doch nie pünktlich zum Büdchen.

»Guten Morgen Frau Janssen!«, ruft Mama fröhlich.

Frau Janssen zuckt zusammen, als ob sie jemand aus einem tiefen Traum gerissen hätte.

»Oh, hallo, guten Morgen!«, murmelt sie und macht einen Schritt zur Seite, um uns Platz zu machen. Mit offenem Mund starre ich sie an. Und dann mache ich, dass ich an ihr vorbeikomme.

Als wir endlich auf der Straße stehen, halte ich es nicht mehr aus. Ich quetsche mich an Silke und Mama vorbei und fange an zu laufen. Einen Moment warte ich darauf, dass Mama mich zurückruft, aber als sie nichts sagt, laufe ich schneller. Erst jetzt wird mir klar, wie früh es tatsächlich noch ist. Es ist noch total dunkel hier draußen und es sind auch erst ganz wenige Autos unterwegs.

Je näher ich dem Büdchen komme, desto nervöser werde ich. Und desto mehr spüre ich, dass irgendetwas anders ist als sonst. Und zwar ganz und gar anders.

Das Erste, das ich sehe, ist ein oranges Flackern und Leuchten. Das Flackern spiegelt sich in den Fensterscheiben der Häuser, sogar die Bäume am Straßenrand werfen flackernde Schatten. Was hat das zu bedeuten? Wo kommt dieses Licht her? Vor meinem inneren Auge sehe ich das Büdchen in hellen Flammen stehen. Sofort schlägt mein Herz bis zum Hals. Kommen wir zu spät? Haben die schwarzen Männer das Büdchen einfach angezündet? Was ist mit Finja? Und Watson? Warum ruft niemand die Feuerwehr? Die Gedanken in meinem Kopf überschlagen sich.

Und warum laufen die anderen so langsam? Sie müssen das orange Geflacker doch auch längst gesehen haben.

Erst an der Fußgängerampel erkenne ich, dass dort drüben kein Feuer ist. Das orange Leuchten geht nicht vom Büdchen aus, sondern verteilt sich um den ganzen Platz.

Es scheint Stunden zu dauern, bis die Ampel endlich auf Grün umspringt und ich die Straße überqueren kann. Ich sprinte los. Drüben auf der anderen Seite stehen Müllautos. Nicht ein Müllauto, sondern total viele. Rings um das Büdchen haben sie geparkt, auf allen flackern die orangen Warnlampen, wie eine richtige Wagenburg stehen die Müllautos im Kreis, und kein Bagger dieser Welt hat eine Chance, da durchzukommen.

»Hallo, Emil, da bist du ja endlich!« Lachend und winkend läuft mir Finja vom Büdchen entgegen.

»Was … was ist das?« Ich quetsche mich zwischen zwei Müllautos hindurch, die tatsächlich Stoßstange an Stoßstange geparkt haben. Ich bin immer noch total verwirrt. So langsam mache ich mir Sorgen, dass dieses ständige Auf und Ab meiner Gefühle vielleicht einen bleibenden Schaden in meinem Kopf anrichtet.

»Wonach sieht es denn aus?«, fragt Finja und grinst.

»Das ist die beste Schutz gegen Bagger, hast du je gesehen!«, ruft Ali von irgendwo weiter hinten aus

Trinkhalle

der Dunkelheit. Und dann sehe ich auch Serhad und Fred und bei ihnen stehen eine Menge anderer Männer. Und alle tragen die gleichen orangen Klamotten.

Inzwischen sind auch Lotto-Werner und die anderen am Büdchen angekommen.

»Frühstück!«, ruft Mama und verteilt die belegten Brote aus dem Korb, während Silke das Büdchen aufschließt und anfängt, Kaffee zu kochen. Eine Zeit lang hört man nur noch Kauen und Schmatzen, leises Gemurmel und ab und zu einen Rülpser. Ich denke an Karl, der in seinem Krankenhausbett liegt und von alldem hier überhaupt nichts mitbekommt. Aber vermutlich ist das auch besser so, wer weiß, was sonst mit seinem Herzen passieren würde bei all der Aufregung.

Finja und ich setzen uns auf die Schaukeln und betrachten das Gewimmel vor dem Büdchen von unserem Lieblingsplatz aus.

»Wo kommen die alle her?«, frage ich und zeige mit dem Kopf in Richtung der Müllautos.

»Das war Freds Idee«, erklärt Finja. »Und die von meinem Papa«, fügt sie so leise hinzu, dass ich erst glaube, mich verhört zu haben.

Bevor ich nachfragen kann, deutet Finja in die Dunkelheit. »Er steht da drüben. Bei den anderen«, ergänzt sie, als ich nicht sofort reagiere. »Der mit der Bommelmütze.«

Erst jetzt sehe ich die gelb-blau gestreifte Bommelmütze. Einer der Müllmänner hat sie auf dem Kopf. Genauso eine Mütze wie die, die mir Finja bei unserem Ausflug in die Schule verpasst hatte. Aber was hat das mit Finjas Papa zu tun? Es dauert einen Moment, bis ich es kapiere. Der Typ mit der Bommelmütze *ist* Finjas Papa und er arbeitet bei der städtischen Müllabfuhr. Er ist ein Kollege von Fred und den anderen. Aber warum hat Finja das nie erzählt?

»Cool«, murmele ich und sehe erst dann, dass Finja mich die ganze Zeit gespannt beobachtet und jetzt erleichtert lacht.

Bestimmt durfte sie schon auf so einem Trittbrett vom Müllwagen mitfahren, überlege ich und werde fast ein bisschen neidisch. Vielleicht durfte sie sogar schon mal vorne in einem Müllauto sitzen. Ich will sie gerade danach fragen, als eine tiefe Stimme über den Platz dröhnt.

»Kann mir mal einer sagen, was hier los ist?! Die Müllautos müssen weg, sofort!«

»Sagt wer?«, fragt Fred und schiebt sich aus der Menge nach vorne. Der, von dem ich jetzt weiß, dass es Finjas Papa ist, stellt sich sofort neben ihn.

»Das sage ich!« Ein großer bulliger Kerl stiefelt auf die beiden zu. Er ist noch größer als Herr Wacker und breiter ist er auch. Sein Körper steckt in einem blauen Overall, seine Beine in Gummistiefeln und auf dem

Kopf trägt er nichts. Nicht mal Haare. Nur eine Glatze.

»Schluss mit der Party«, dröhnt der Glatzkopf. »Hier finden jetzt Abrissarbeiten statt.«

Fred verschränkt die Arme vor der Brust. Die anderen Männer schlucken ihre letzten Bissen runter und rücken ebenfalls näher.

»Hier findet gar nix statt«, antwortet Fred in aller Seelenruhe. »Siehst du doch.«

Ich halte die Luft an. Irgendwie rechne ich damit, dass der Glatzkopf gleich zuschlägt. Oder schreit. Oder platzt. Oder alles gleichzeitig. Tut er aber nicht. Stattdessen greift er in eine Tasche seines Overalls und zieht ein Handy raus. Er drückt ein bisschen darauf herum, dann telefoniert er mit jemandem. Dazu geht er ein paar Schritte zur Seite, sodass man überhaupt nichts hören kann. Als er zurückkommt, grinst er zufrieden. Mir läuft ein kalter Schauer über den Rücken. Warum grinst der so? Wen hat er angerufen?

»Was machen wir denn jetzt?«, flüstere ich Finja zu. »Ich meine, die Müllautos können ja nicht ewig hier stehen bleiben.«

Finja zuckt mit den Schultern. »Papa wird schon was einfallen«, murmelt sie. Und ich hoffe, dass sie recht hat. Ich will ihr das gerade sagen, als Mama über die Wiese zu uns rüberkommt.

»Wollt ihr nicht auch erst mal was frühstücken?«,

fragt sie und hält uns einen Teller mit zwei belegten Broten hin.

Ich schüttele nur den Kopf. Mein ganzer Bauch ist so voller Sorgen und Gedanken, dass ich jetzt ganz bestimmt keinen einzigen Bissen runterkriege. Finja nimmt sich ein Brot, bricht es in der Mitte durch und reicht die eine Hälfte an Watson weiter, der schon freudig schwanzwedelnd um sie herumspringt.

»'tschuldigung«, sagt sie mit einem Seitenblick auf Mama, »aber Watson hatte auch noch kein Frühstück.«

Ich sehe, dass Mama kurz die Stirn gerunzelt hatte, aber dann lacht sie und sagt nur: »Guten Appetit, Watson.« Und dann sagt sie das, was ich sowieso die ganze Zeit schon denke, und mir wird ganz eng in der Kehle.

»Ihr wisst, dass die Müllautos nicht ewig hier stehen können.«

Traurig streicht sie mir über den Kopf und am liebsten würde ich sofort und vor allen Leuten in Tränen ausbrechen. »Ich weiß nicht, ob wir den Abriss wirklich verhindern können. Schließlich gibt es da Verträge, die geschlossen wurden, und irgendwelche Richtlinien, die bestimmt eingehalten werden müssen und …«

»Sehr richtig!«, kommt da eine Stimme von hinten. Fast wäre ich von der Schaukel gefallen, denn diese

Stimme kenne ich. Als ich mich umdrehe, stehen hinter uns zwei Männer in dunklen Anzügen, der eine trägt einen Aktenkoffer, der andere schwenkt ein Blatt Papier in der Hand.

»Hier steht es schwarz auf weiß: Die Trinkhalle ist abzureißen, weil auf dem Grundstück ein Neubau geplant ist. Alles mit Brief und Siegel und Genehmigung und allem Pipapo. Also räumen Sie jetzt bitte das Gelände, damit wir anfangen können.«

»Hier wird gar nix geräumt«, mischt sich jetzt Finjas Papa ein, und ich sehe, wie Finja vor lauter Stolz rot wird bis unter den Haarwurzeln. »Nicht, bevor wir diesen Schrieb nicht anwaltlich überprüft haben.«

»Papperlapapp!« Jetzt schiebt sich der andere Anzugträger neben den mit dem Brief. »Wir brauchen hier keinen Anwalt, wir brauchen einen Bagger. Und wenn diese Müllkutschen nicht auf der Stelle verschwinden, dann lasse ich den Platz polizeilich räumen.«

In dem Moment lässt Frau Wischnewski sich auf den Boden plumpsen und bindet sich und Paul mit der Hundeleine an dem Schaukelgestell fest.

»Ich weiche keinen Meter!«, erklärt sie aufgeregt. »Dann muss die Polizei mich und Paul schon vom Platz tragen!«

Lotto-Werner lässt sich sofort neben sie sinken und reicht ihr seinen Arm. »Mich auch!«, erklärt er. »Mich müssen sie auch tragen.«

Finja strahlt und ruft: »Komm, Watson!«

Dann setzt sie sich neben Frau Wischnewski und schlingt Watsons Hundeleine ebenfalls erst um das Schaukelgestell und dann um ihr Handgelenk. »Wir machen einen Sitzstreik!«, ruft sie in die Menge, und alle stimmen begeistert zu und fangen an, sich auf den Boden zu setzen und sich irgendwo anzubinden. Alle, bis auf einen dicken Glatzkopf. Der steht mitten in dem ganzen Getümmel und sieht wirklich aus, als ob er gleich platzt.

Ich sitze immer noch auf der Schaukel und beobachte die beiden schwarzen Männer. Bestimmt rufen sie gleich die Polizei, und auch wenn ich total traurig darüber bin, dass diese dann wohl das Gelände räumen und das Büdchen abreißen lassen wird, finde ich es doch spannend zuzugucken, ob die dicke Frau Wischnewski und Paul wirklich vorher vom Platz getragen werden. Ich male mir das gerade aus und überlege, ob ich das irgendwo in meinem Krimi einbauen kann, als der eine der beiden Anzugträger anfängt herumzubrüllen. Dabei wedelt er die ganze Zeit den Brief hin und her und ruft etwas von Ultimatum und »allerletzte Chance, die Sache gewaltfrei zu beenden« und er werde jetzt die Polizei rufen und dann würden wir ja sehen, was wir davon hätten. Die Menschen auf dem Boden rings um ihn herum zucken nicht mal mit den Wimpern. Auch Mama hat sich jetzt auf die Erde gesetzt, zusammen mit Silke teilt sie sich eine Regenjacke, die sie zuunterst gelegt haben, und da sitzen die beiden, als ob sie schon seit Jahren die besten Freundinnen wären. Wenn die ganze Situation nicht so furchtbar gefährlich und auch traurig wäre, hätte ich jetzt richtig glücklich sein können. Aber leider geht das nicht, denn gerade hat einer der Anzugträger den Glatzkopf zu sich gerufen und ihm irgendetwas ins Ohr geflüstert. Der Glatzkopf wirft mir noch mal ein extra fieses Grinsen zu, dann dreht er sich um und verschwindet irgendwo in der Dunkelheit.

Und dann kommt einer über den Fußgängerüberweg, der trägt einen karierten Pyjama und heute sogar einen Bademantel darüber und Pantoffeln mit Löchern.

»Was ist denn hier los?«

Fast tut mir der Alte aus der Dreizehn ein bisschen leid, wie er sich so verwirrt umguckt und nicht weiß, was er von all den Menschen auf dem Fußboden halten soll.

»Sitzstreik!«, ruft Finja. »Wir machen einen Sitzstreik zur Rettung des Büdchens! Los, auf den Boden setzen und mitmachen!«

Aber der Alte schüttelt nur hilflos den Kopf. Ich überlege, ob ich ihm schnell ein Päckchen von seinen Lieblingszigaretten holen soll, denn das ist es doch bestimmt, weswegen er hergekommen ist. Und sehr wahrscheinlich ist es ja das letzte Mal, dass er hier am Büdchen Zigaretten kaufen kann. Ich will gerade von der Schaukel springen, als der Glatzkopf zurückkommt. Mir bleibt fast das Herz stehen. Er schleppt einen riesigen Vorschlaghammer vor sich her. Das Ding ist bestimmt fast so groß wie ich und sieht aus, als ob man damit alles zertrümmern könnte, was einem so in den Weg kommt. Vor allem leer stehende Büdchen.

»Aus dem Weg! Los! Verschwindet!« Der Glatzkopf stampft einfach durch all die Leute, die am Boden sitzen, hindurch. Fast wäre er dabei auf Paul getreten, hätte ihn Frau Wischnewski nicht noch im letzten Moment auf ihren Schoß gerissen. Also Paul, nicht den Glatzkopf.

»Mach Platz, Opa, geh nach Hause!« Er schiebt den Alten aus der Dreizehn einfach zur Seite und marschiert weiter auf das Büdchen zu.

Und dann passieren ganz viele Dinge auf einmal. Dinge, die sich ein Schriftsteller so gar nicht erst auszudenken braucht, weil sie ihm sowieso niemand glauben würde. Der Alte aus der Dreizehn lässt sich nämlich nicht so einfach zur Seite schieben. Stattdessen schiebt er blitzschnell einen Fuß vor, sodass der Glatzkopf darüber stolpert, ins Straucheln kommt und mitsamt seinem riesigen Hammer auf den Boden knallt. Zum Glück fällt er auf niemanden drauf und einer der Müllmänner greift sich sofort den Hammer und hält ihn triumphierend in die Höhe.

Während der Glatzkopf sich noch fluchend aufrappelt, dreht sich der Alte aus der Dreizehn schon um und schnappt sich den Brief, mit dem der eine Anzugträger immer noch in der Luft herumfuchtelt.

»Dann wollen wir doch mal sehen«, murmelt der Alte und fängt an, den Brief zu studieren.

»Gib das sofort zurück, du Trottel!«

»Kaiser«, sagt der Alte aus der Dreizehn. »Ludwig Kaiser. Rechtsanwalt.«

Obwohl es immer noch ziemlich dunkel ist, kann ich sehen, dass der Kerl in dem dunklen Anzug blass geworden ist. Und auch ich starre den Alten aus der Dreizehn, der plötzlich einen Namen hat, mit offenem Mund an.

»Aha, hm, ja, soso«, murmelt der, während er den Brief gründlich studiert. Und dann sagt er was von Paragraf irgendwas, Absatz nochwasanderes, nennt irgendein Gesetz und dann noch einen Paragrafen und sagt, dass der Brief eindeutig eine Fälschung sei und hier überhaupt nichts abgerissen werden dürfe. So genau verstehe ich nicht, was wirklich in dem Brief steht, aber dass der Alte aus der Dreizehn – äh – Ludwig Kaiser – zu Silke sagt, sie solle jetzt besser die Polizei rufen, das kann ich ganz genau verstehen. Im gleichen Moment versucht der Glatzkopf zu türmen, was ihm aber nicht gelingt, weil sich sofort vier Müllmänner auf ihn stürzen und ihn festhalten. Weit entfernt ertönt die Sirene von einem Polizeiauto und dann sehe ich auch schon das Blaulicht über die Straße flackern. Und im gleichen Moment sehe ich noch etwas anderes: Zwei Männer in dunklen Anzügen gehen ganz langsam und Schritt für Schritt rückwärts, dann drehen sie sich um und rennen los. Und niemand hält sie auf.

Als dann die Polizei endlich da ist, nimmt sie erst mal den Glatzkopf fest, damit er nicht weiter mit einem Vorschlaghammer Leute in Gefahr bringen kann, dann lässt sie sich von Silke erklären, was überhaupt passiert ist, guckt sich kurz den Brief an, der tatsächlich nur eine Fälschung ist, und bestätigt, dass hier gar nichts abgerissen werden darf und schon gar nicht das Büdchen. Und dann bricht der Jubel los. Ich umarme erst Finja, dann Watson und dann endlich Mama. Als sie mich wieder loslässt, falle ich noch Silke um den Hals, und fast hätte ich aus Versehen auch Frau Wischnewski geküsst, aber nur fast. Und dann sehe ich in dem ganzen Trubel aus jubelnden Menschen den Alten aus der Dreizehn stehen, der jetzt Ludwig Kaiser heißt, und gehe zu ihm rüber, um mich bei ihm zu bedanken.

Ich tippe ihm auf die Schulter, aber er reagiert gar nicht, sondern guckt sich nur verwirrt um.

»Herr Kaiser?« Ich tippe noch mal, diesmal etwas fester. Keine Reaktion. »Hallo, Herr Kaiser! Das haben Sie toll gemacht!«

Endlich dreht er sich zu mir um und guckt mich verständnislos an.

»Wer ist Herr Kaiser?«, fragt er, und noch bevor ich antworten kann, vergräbt er seine Hände in den Taschen seines Bademantels, dreht sich um und schlurft zurück in die Richtung, aus der er gekommen ist.

Der Alte aus der Dreizehn

korrigierte Fassung

Vorname: ~~Weiß ich nicht.~~
~~Er aber vermutlich~~
~~auch nicht mehr.~~
Ludwig

Nachname: Kaiser

Beruf: Rechtsanwalt

Alter: So alt, dass sein Kopf wie ein Sieb ist, aus dem alles rausfällt. Oder wie eine alte löchrige Socke.

Frisur: Zottelige Haare. Weiß. Woran man auch erkennt, dass er schon ziemlich alt sein muss.

Kleidung: Gestreifter Pyjama. Manchmal auch ein karierter Pyjama. Und Pantoffeln, die genauso löchrig sind wie sein Kopf.

Ergänzung: Ganz manchmal auch ein Bademantel.

Merkmale: Er hat das Büdchen gerettet. Fast ganz alleine!

Epilog

Ein Epilog ist ein Nachwort, in dem alles erklärt wird, was jetzt noch nicht klar ist oder was noch nicht erklärt worden ist. Zum Beispiel, dass die Polizei erst ein bisschen enttäuscht war, weil die beiden Betrüger in den dunklen Anzügen sich einfach aus dem Staub machen konnten. Aber dann ist mir wieder der Zettel eingefallen, den ich extra aus meinem Geheimversteck geholt hatte. Den habe ich der Polizei gegeben. Denn darauf hatte ich nämlich die Autonummer des großen schwarzen Autos notiert, mit dem die beiden Anzugträger durch die Gegend düsen. Die Polizisten haben mir auf die Schulter geklopft und mich gelobt und sofort ihre Kollegen angerufen, damit sie nach dem Auto fahnden.

Und Finja? Die hat total gestaunt. »Aus dir wird ja doch noch ein richtiger Detektiv«, hat sie gesagt, und ich war froh, dass es immer noch ein bisschen dunkel war, weil sie so nicht sehen konnte, wie rot ich im Gesicht geworden bin.

Darth Vader ist übrigens tatsächlich der Typ mit der Duschhaube, den ich im Fernsehen gesehen habe. Aber eigentlich heißt er natürlich ganz anders und ist in ein riesiges Diamantenschmuggelgeschäft verwickelt. Die Polizei hat ihn sofort verhaftet und die fiese Bertram auch. Die ist nämlich seine Tante und war auch verwickelt. In den Diamantenschmuggel und später dann auch in Watsons Hundeleine, als sie fliehen wollte, aber das muss Finja irgendwann mal in Ruhe erzählen.

Jedenfalls wollte die fiese Bertram irgendwann keine falschen Klunker mehr um den Hals tragen, sondern viel lieber echte, und sie wollte auch nicht länger Lehrerin sein, sondern mit den echten Klunkern irgendwo in einem Liegestuhl an einem weißen Strand liegen und den ganzen Tag nichts tun. Aber weil weiße Strände und Nichtstun ganz schön teuer sind, hat sie versucht, für die Klassenfahrt sehr viel mehr Geld einzusammeln, als sie tatsächlich kosten sollte. Und dann hatte Darth Vader, also ihr Neffe, die Idee mit den Überraschungseiern. Weil das mit dem Klassenfahrtgeld viel zu lange gedauert hätte. Und weil er auch gerne am Strand liegen wollte. Und als die fiese Bertram dann mein Notizbuch gesehen hatte, bekam sie Angst, dass ich alles rausgefunden hätte, und hat es mir weggenommen. Jetzt liegt das Notizbuch bei der Polizei, was ich ziemlich cool finde, und die fiese

Bertram liegt auch nicht am weißen Strand, sondern ist auch bei der Polizei.

Ach ja, und Finja mag wirklich keine Motorradfahrer. Das liegt daran, dass ihre Mama mit einem Motorradfahrer einfach durchgebrannt ist. Sie wohnt jetzt in einer anderen Stadt, der Motorradfahrer ist längst weitergezogen, aber Finjas Mama ist trotzdem nicht zurückgekommen. Das ist eine traurige Geschichte und zum Ausgleich habe ich Finja meine traurige Geschichte erzählt und zu zweit lässt sich sogar die Traurigkeit ein bisschen besser aushalten.

Karl ist wieder nach Hause gekommen. Aber er darf sich nicht mehr so viel aufregen und so viel arbeiten soll er auch nicht. Deshalb hat er einen Nachfolger für sein Büdchen gesucht, und jetzt rate mal, wer seit letzter Woche im Büdchen arbeitet! Richtig! Mama ist nicht mehr in den Laden zurückgegangen, sondern geht jetzt jeden Morgen zum Büdchen und verkauft Kaffee und Zigaretten, und Karl sitzt bei ihr und sagt ihr, wo die Sachen sind, und nachmittags nach der Schule sind Finja und ich auch meistens am Büdchen und spielen mit Watson.

Lotto-Werner hat sich auch mal die ganzen Rechnungen aus Mamas Schublade angeguckt. Er hat ja früher auf einer Bank gearbeitet und versteht deshalb was von Rechnungen und Geld und so. Die meisten Rechnungen waren noch aus der Zeit, als Papa so krank wurde, die Arztkosten waren einfach so riesig, dass Mama sie gar nicht mehr bezahlen konnte. Aber auch das ist jetzt vorbei, denn Finja und ich haben für die Ergreifung der Diamantenschmuggler eine richtig fette Belohnung kassiert. Und ich habe meinen Teil der Belohnung Mama gegeben. Für die Rechnungen. Aber nur geliehen. Lotto-Werner hat für mich ein Konto eröffnet, und da will Mama jetzt jeden Monat etwas einbezahlen, bis ich mein ganzes Geld zurückbekommen habe. Das gehört sich so, sagt Mama. Mir ist das eigentlich egal.

Ludwig Kaiser hat seinen Namen ganz schnell wieder vergessen. Aber ich nicht. Und ich habe ihm versprochen, dass ich ihn immer wieder daran erinnere. An seinen Namen und daran, wie er für uns alle das Büdchen gerettet hat.

Übrigens, mein neuer Klassenlehrer hat lange Haare und spielt in einer Rockband. Die Klassenfahrt musste natürlich ausfallen, aber dafür fahre ich in den Ferien mit Mama und Karl nach Prag. Und da gucke ich mir die goldenen Dächer und das Goldene Gässchen an.

Und das ist das Ende von meinem Buch. Ein gutes Ende. Denn Bücher, die nicht gut ausgehen, mag ich nicht.

ENDE

Ich klappe mein Notizbuch zu. Einen Moment lang passiert gar nichts. Es fühlt sich an, als ob die Zeit einfach stehen geblieben wäre. Warum sagt keiner etwas? Hat ihnen mein Buch nicht gefallen? Ich starre vor mich hin und halte die Luft an. Aber dann klatscht Karl begeistert los. Und dann klatschen auch alle anderen. »Was für eine tolle Geschichte, Emil!«, ruft Karl und klopft mir immer wieder auf die Schulter. »Und was für ein wunderbares gutes Ende!« Silke wuschelt mir dauernd über die Haare und Mama tupft sich heimlich ein paar Tränen ab. Serhad, Fred und Ali lassen klirrend ihre Kaffeetassen aneinanderstoßen und prosten mir zu. Die geringelten Leggins vor mir hüpfen ständig auf und ab und auch Watson bellt fröhlich in den ganzen Tumult hinein. Nur der Alte aus der Dreizehn guckt ein bisschen verwirrt. Dann beugt er sich über den Tresen und fragt: »Wer hat noch mal das Büdchen gerettet?«

»Herr Kaiser. Ludwig Kaiser«, antwortet Mama lächelnd und tätschelt ihm die Hand.

»Moment mal!« Frau Wischnewski zerrt Paul zu sich und füttert ihn mit einem Hundekuchen. »Da fehlt doch noch was! Jetzt wissen wir immer noch nicht, wem der abgerissene Finger eigentlich gehört, den der Hund da im Gebüsch gefunden hat.«

»Stimmt«, murmele ich. »Das muss ich mir erst noch ausdenken.«

»Und dann schreibst du einfach noch ein Buch!«, ruft Finja und schiebt sich einen Lolli in den Mund.

Und jetzt ist wirklich Ende.

DROPS
Limo